Für Piam

1.

»Ich finde mich ja manchmal selbst ein bisschen seltsam«, sagte ich seufzend.

»Na, das ist doch ein Anfang«, erwiderte Whoopi.

»Viel zu kopflastig. Viel zu analytisch«, fügte ich grübelnd hinzu.

»Sag nicht so was …«

»Ich zerdenke ja praktisch alles!«

»Wenn du deine überschlauen Monologe im Unterricht meinst, dann hast du recht«, sagte Whoopi. »Die sind tendenziell unsexy.«

Da hatten wir den Salat. Ich war unsexy. Überschlau. Aber was sollte ich denn machen? Ich hatte einen IQ von einhundertvierzig. Mein Hirn lief ständig auf Hochtouren und ließ mich Dinge sagen, die völlig gedankenverschwurbelt waren und die außer mir niemand verstand, nicht einmal Whoopi. Und Whoopi gab sich redlich Mühe, mir von A nach B zu C zu folgen, aber falls ich dann unvermittelt zu F sprang, winkte sie meist ab und erfand einen neuen Spitznamen für mich. Zum Beispiel

Hypothesenhirni oder so etwas. Aber das war okay. Ich wusste ja, dass ich manchmal ein bisschen seltsam war. Unsexy war allerdings niemand gern.

»Ist doch egal«, sagte Whoopi und wischte sich eine Schweißperle von der Stirn. Es war ein stickig heißer Tag im Juli, und wir schlurften im Schneckentempo von der Schule zur Bushaltestelle. »Wir gehören halt nicht zu denen, die zu den hippen Partys eingeladen werden. Na und? Antonia und ihre Schätzchen sollen ruhig ohne uns feiern. Die haben ja keine Ahnung, was ihnen entgeht!«

Ich lachte. Wenn die richtige Musik lief, war Whoopi auf der Tanzfläche der absolute Knaller. Zumindest auf dem Teppich in ihrem Zimmer, denn auf eine richtige Tanzfläche hatten wir es bisher noch nicht geschafft.

»Ich glaube, Antonia hat keine Ahnung, wer ich bin, obwohl ich in Physik neben ihr sitze«, sagte ich. »Sie kennt bestimmt noch nicht mal meinen Namen.«

Whoopi zuckte die Achseln. »Du kannst deinen Namen doch sowieso nicht leiden.«

Das stimmte. Mein Name war niedlich. Ich nicht.

Whoopi mochte ihren Namen allerdings auch herzlich wenig. Ihre Mutter hatte sie nach einer Neunziger-Schauspielerin benannt, die weder schön noch besonders aufregend war, und das nahm Whoopi ihr übel. Das und … nun ja, *Whoopi*. Ein Name, so sexy wie ein Purzelbaum (Zitat Whoopi).

»Trotzdem würde ich gern mal zu einer dieser Partys gehen«, gestand ich. Immerhin kamen zweiundachtzig Prozent der Jugendlichen zwischen vierzehn und siebzehn Jahren auf einer Party mit ihrer ersten Liebe zusammen. Aber das war bei mir sowieso eher unwahrscheinlich. Es war noch nie jemand in mich verliebt gewesen, zumindest nicht seit der Grundschule. (Und dass Leon Kortekamp damals neben mir sitzen wollte, zählte eigentlich auch nicht richtig.) »Ich will nur mal gucken, was die da so machen.«

»Bestimmt was echt Sensationelles«, antwortete Whoopi ironisch. »Also sowieso nicht ganz unser Metier.«

»Was ist denn unser Metier?«, hakte ich sofort nach.

»Klassisches Nerdtum, meine Liebe.«

Ich seufzte wieder.

»Wir sind so nerdy, wie man nur sein kann!« Whoopi grinste und präsentierte dabei ihre übergroße Zahnlücke. »Hast du mal in einen Spiegel geguckt, wenn wir zusammen den Flur langzockeln?«

Ich lachte. Whoopi war dreißig Zentimeter kleiner als ich, gerade mal eins fünfzig, und im Doppelpack sahen wir vermutlich tatsächlich aus wie eine Parodie auf den herkömmlichen Nerd: Die eine war klein, moppelig, mit riesiger Brille, langem Zopf und grellbunten Klamotten. Die andere war viel zu groß, dünn auf die kurvenlose Art, chronisch untrendy gekleidet, mit viel zu wilden

Augenbrauen, hängenden Schultern und einem Gesicht wie aus Tausendundein Mensch am Bahnsteig. Wir waren ein unspektakulär schräges Gespann. Trotzdem mochte ich uns. In Gegenwart von Whoopi mochte ich mich selbst sogar lieber als allein, was vor allem daran lag, dass sie das Beste in mir zum Vorschein brachte. Und das war nicht die Streberin, die sich in Büchern verkroch und makellose Zeugnisse sammelte, sondern jemand, der manchmal einigermaßen originelle Ideen hatte und hin und wieder sogar ganz witzig sein konnte. Sagte zumindest Whoopi.

»Man muss nur mit Leib und Seele das sein, was man ist«, erklärte Whoopi weise, während wir in den Bus einstiegen und uns wie immer nach ganz hinten setzten. »Dann arrangiert man sich mit der Schublade, in die man gesteckt wird, und findet das Ganze eher lustig.«

»Ja, bei uns in der Nerd-Schublade ist es echt zum Totlachen …«

Whoopi verpasste mir einen Klaps auf den Oberarm. »Unsere Schublade ist die beste von allen! Weil es unsere ist! Und wir sind etwas Besonderes.«

Ich lächelte ergeben. »Du bist wirklich herzerfrischend, Whoopilein.«

Ihr rundes Gesicht strahlte. Dann fragte sie: »Sag mal, warum machst du dir eigentlich einen Kopf darum, was jemand wie Antonia von dir denkt? Das ist dir doch sonst auch egal.«

»Ach, nur so …«

Whoopi blickte mich durchdringend an, dann schnalzte sie mit der Zunge. »Ah! Du denkst, auf einer Party sind die Chancen größer, jemanden zu treffen.«

»Mmpf«, nuschelte ich und verschränkte die Arme. Whoopi war leider eine Meisterin im Kombinieren.

Sie schenkte mir ein ironiefreies Lächeln. »Mach dir keine Sorgen. Er ist irgendwo da draußen. Wenn es Schicksal ist, dass ihr zusammentrefft, dann sorgt das Schicksal auch dafür, dass ihr euch ohne Party über den Weg lauft.«

Ich grinste schief und hoffte, dass sie (wie meistens) recht hatte.

Zwanzig Minuten später schleppten wir uns schnaufend die Treppen in Whoopis Wohnhaus hinauf. Whoopi und ihre Mutter lebten auf der fünften Etage eines extrem hässlichen Hochhauses, in dem ständig der Fahrstuhl kaputt war. Sie hatten eine Fünfzig-Quadratmeter-Wohnung, vollgestopft mit alten Ikea-Möbeln, die so überladen und spillerig waren, dass man jedes Mal, wenn man einen Schrank öffnete, dachte, die gesamte Einrichtung käme aus dem Gleichgewicht und würde dominomäßig umkippen. Trotzdem fühlte ich mich hier zu Hause. In Whoopis Wohnung war irgendwie alles gut. Hier konnte man sich einfach auf Whoopis Bett werfen und sich wohl fühlen … und sich wünschen, dass man nie mehr in sein richtiges Zuhause zurückkehren müsste.

Whoopi schloss die Wohnungstür auf und pfefferte ihre Schultasche auf die Kommode, die gleich hinter der Tür stand und verhinderte, dass man diese komplett öffnen konnte.

»Hallo, Mama!«, donnerte Whoopi, obwohl ihre Mutter den ganzen Tag arbeitete und nie vor acht oder neun Uhr abends nach Hause kam. Whoopi grüßte sie trotzdem jedes Mal, wenn sie heimkam, und nannte das *Die stumme Anklage des allein gelassenen Teenagers*. Ich hatte Whoopi zwar schon zigmal erklärt, dass es keine stumme Anklage war, wenn sie *Hallo, Mama!* brüllte, aber Whoopi sagte, es wäre ja dadurch, dass ihre Mutter sie nicht hörte, ein stummer Protest. Das ist natürlich Quatsch, weil es bei dem Wort *stumm* nicht darum geht, dass jemand dich nicht hört, sondern darum, dass du nichts sagst, aber ich will nicht immer auf allem herumreiten.

»Hallo, Frau Kalouny!«, schrie ich nun, wie immer, wenn ich die Wohnung betrat, und schmiss meine Tasche ebenfalls auf die Kommode hinter der Tür.

Whoopi marschierte zielstrebig in ihr winziges Zimmer, und ich folgte ihr. Ich liebte Whoopis Zimmer. Hier war alles eng, knallbunt und fröhlich.

Wir warfen uns aufs Bett, und Whoopi stellte den Fernseher an. Sie war ein bekennender TV-Junkie und schaute täglich mehrere Stunden lang fern, vorzugsweise alte Science-Fiction-Serien wie Star Trek, Stargate und Star Wars (oder war Star Wars das, von dem es nur Filme und keine Serie gab?). Leidenschaftlich gern guckte sie aber auch das Nachmittagsprogramm der Privatsender, also den richtig üblen Mist. Whoopi war der einzige Mensch, den ich kannte, der nicht zufällig in irgendeinen schaurigen Scripted-Reality-Schrott hineinzappte und dann entsetzt wegschaltete, sondern tatsächlich gezielt nach dem Schrott suchte und sogar im Kopf hatte, wann welcher Schrott anfing. Was das anging, hatte meine beste Freundin einen ausgesprochen schlechten Geschmack, und auf den war sie sehr stolz! Oft trug sie selbst gedruckte, farbenfrohe Shirts mit irgendwelchen Z-Promis darauf, deren Namen kein Mensch kannte. Whoopi konnte einem jedoch sagen, in welcher Staffel welcher Show das Shirt-Gesicht mitgemacht hatte, was es für ein perfektes Dinner kochen würde und wie schnell es shoppen konnte. Dabei strahlten Whoopis Augen, und ihre Stimme kiekste ein bisschen vor Glück. Ja, Glück! Fernsehen machte sie glücklich. Und wenn man davon ausging, dass Glück etwas war, nach dem alle Menschen strebten, konnte man nur daraus schließen, dass es eigentlich egal war, wofür man sich begeisterte, Hauptsache, es packte einen so sehr wie der TV-Müll Whoopi.

Star Trek fand ich übrigens selbst ganz okay, aber allem anderen, was Whoopi sich ansah, konnte ich leider überhaupt nichts abgewinnen. Deswegen las ich, machte Hausaufgaben oder grübelte vor mich hin, während

Whoopi wie hypnotisiert zum Bildschirm starrte – oder ich aalte mich einfach in Whoopis Glücksblase, die sich auch jetzt um sie herum auf dem Bett ausbreitete und mich zum Durchschnaufen brachte. Hier, auf Whoopis Bett, in Whoopis Welt, konnte ich endlich mal den ganzen Mist vergessen, der sich ständig von hinten in meine Gedanken stahl und sich wie ein fieser kleiner Splitter zwischen den Hirnhälften festsetzte.

»Drama, Baby!«, kommentierte Whoopi mit amerikanischem Akzent und sah mich forschend an. »Warum stöhnst du so?«

»Ich bin entspannt«, antwortete ich und schnaufte gleich noch einmal tief durch. »Kann ja mal passieren.«

Whoopi zog die linke Augenbraue in die Höhe. »Und weswegen noch?«

Ich seufzte. Whoopi konnte man nichts vormachen.

»Spuck es lieber gleich aus. Dann können wir uns danach wirklich entspannen«, schlug sie vor.

»Hm …«

»Immer noch wegen der Party?« Whoopi setzte ihren Röntgenblick auf. »Nee, was anderes …« Ihr Blick intensivierte sich. »Deine Eltern sind bescheuert, alles Kacke, deine Elli?«

Ich schaute sie resigniert an. Das traf es ziemlich genau, obwohl ich keine Ahnung hatte, wer diese Elli war. Whoopi sagte ständig *Alles Kacke, deine Elli*. Ich seufzte wieder. »Heute Abend sind meine Eltern beide zum Essen da«, erklärte ich, und in meinem Tonfall schwangen hundert ungesagte Dinge mit – der ganze Mist eben.

Mit gekräuselter Stirn wickelte Whoopi das Ende ihres Zopfes um den Finger. »Tischgespräche des Grauens, Teil fünfundsechzig?«

Ich nickte.

Whoopi schien eine Idee zu haben. Sie hob den Zeigefinger. »Du musst ja nicht mit deinen Eltern reden.«

»Haha.«

»Nein, im Ernst!« Auf ihrem Gesicht breitete sich ein schelmisches Grinsen aus. »Wenn sie dich heute Abend was fragen, bellst du einfach.«

»Ich belle?«

»Ja, wenn sie dir blöd kommen, kläffst du wie ein Hund!« Whoopis Augen leuchteten. »Das wäre die ultimative stumme Anklage!«

»Bellen wäre ultimativ nicht stumm!«

»Aber du sagst ja nichts!«

»Schon. Aber *stumm* –«

»Ach, Pillepalle!« Sie machte eine wegwerfende Handbewegung. »Du wärst voll die Rebellin!«

»Ja, klar.« Ich lachte, schüttelte aber gleichzeitig den Kopf. Allein die Vorstellung war beunruhigend. »Ich glaube, eher nicht.«

Whoopi schnalzte noch einmal mit der Zunge. »Na, dann mach doch, was du willst.«

»Nö!«, entgegnete ich entschieden.

Whoopi lachte. »Dann bell sie platt!« Damit rollte sie sich auf den Bauch und schaute wieder zum Fernseher.

Ich brummte leise. Wie cool wäre es, einfach meine Eltern anzubellen? Aber ich war nun einmal nicht cool, sondern befolgte immer die Regeln. Ich war die, die alles richtig machte, damit sich niemand auf den Schlips getreten fühlte. Vor allem nicht Lehrer ... oder meine Eltern.

Verdammt. Alarm! Fieser Splitter zwischen den Hirnhälften!

Zum Glück hatte ich ein Abwehrsystem für unerwünschte Gedanken. Sobald ich bemerkte, dass sich etwas in meinen Kopf geschlichen hatte, das ich da nicht haben wollte, nahm ich einen imaginären Minigolfschläger und schlug den bösen Gedanken wie einen Golfball in ein tiefes Loch. Je nach Schweregrad des Gedankens stellte ich zusätzlich eine Gießkanne auf das Loch, so dass der Ball/Gedanke nicht wieder herauskommen konnte. In meinem Kopf waren meine Eltern schon eine Zillion Mal im tiefsten Golfloch und unter der Gießkanne gelandet. So auch jetzt.

»Ah!«, murmelte Whoopi, während sie gebannt auf den Bildschirm starrte. Inzwischen lief kein Laienschauspieler-Driss mehr, sondern irgendein Promimagazin. Whoopi griff nach einer Tüte Chips und tauchte blind mit der Hand hinein. »Wie findest du ihn eigentlich?«

»Wen?«, fragte ich und streckte meine Füße aus.

»Den Bieber.«

»Butzemann?«

Whoopi kicherte. »Justin Bieber, du Nuss!«, sagte sie und verpasste mir einen kleinen Ellbogencheck.

Ach so, der Typ im Fernsehen. »Äh, süß?«, erwiderte ich, nachdem ich ihn mir angesehen hatte.

»Falsch!« Whoopi schüttelte streng den Kopf. »Wir finden Justin Bieber doof! Verstanden? Egal, wie süß er ist.«

Ich zog die Brauen hoch. »Also findest du ihn süß?«

»Neiiin!« Whoopi biss krachend in eine Handvoll Chips und grummelte irgendetwas Unverständliches.

Grinsend ließ ich mich in Whoopis Kissen zurücksinken, verschränkte die Hände hinter dem Kopf und guckte mir den nächsten Beitrag an. Ein überkandideltes Starlet erzählte, dass es sich am liebsten schöne Wörter eintätowieren ließ. Stolz deutete sie auf *Phantasie* am Oberarm, *Schmetterling* an der Fessel und *fabelhaft* am Handgelenk.

Whoopi grunzte. »Was für eine Hohlfrucht.«

»Armes Ding«, bemerkte ich.

Whoopi hob wieder den Zeigefinger. »Ja, und Schmetterlinge sind eigentlich Raupen! Krabbelnde Würmer!«, erklärte sie ernst. »Nur später.«

Ich nickte eifrig, und wir schauten wieder zum Bildschirm. Es war die Faszination des Grauens, die einen hinsehen ließ – wie bei einem Verkehrsunfall. Als der

Bericht über das arme Starlet mit dem Wurm an der Hacke (nur später) zu Ende war, setzte Whoopi sich auf und fragte mich nachdenklich: »Wenn du dir ein Wort eintätowieren lassen müsstest, welches würdest du nehmen?«

»Radium.«

Whoopi stöhnte theatralisch.

»Oder Polonium!«, begeisterte ich mich, denn ich war ein großer Fan von Marie Curie, einer Wissenschaftlerin des frühen zwanzigsten Jahrhunderts, die die chemischen Elemente Radium und Polonium entdeckt hatte. »Radium und Polonium stehen für Entdeckergeist, Emanzipation, Brillanz!«, rief ich mit angemessenem Enthusiasmus und reckte die Faust in die Höhe.

Whoopi schaute mich an wie eine Mutter ihr wasserbombenwerfendes Kind. Ihre Augen lächelten allerdings. »Und wohin lässt du dir das tätowieren?«, fragte sie.

»Auf die Stirn.«

»Klar doch.«

»Und du?«

Whoopi überlegte. »Das schönste Wort, das ich kenne, ist *Pommes*.«

Ich kicherte.

Whoopi nickte jedoch ernsthaft. »Ich lasse mir *Pommes* in verträumter Poesiealbum-Schrift quer über den Bauch stechen«, sagte sie und strich sich über die liebe, runde Wampe. »In meiner Lieblingsfarbe – Neongrau!«

Ich machte ein Quiekgeräusch. »Dann lass ich mir auch mein Leibgericht eintätowieren!«, gluckste ich. »Auf meinem Bauch prangt dann in Hardrock-Prunkschrift das coolste Wort aller Zeiten: *Müsli*.«

Whoopi musste so sehr lachen, dass sie sich vornüberkrümmte und ihre Nase in der Chipstüte verschwand, die sich dann aufblähte und zusammenzog, als würde Whoopi hyperventilieren. Das brachte mich wiederum dazu, zu blöken wie ein Esel, während Whoopi Chipskrümel aushustete.

Als wir uns wieder einigermaßen beruhigt hatten, war das Promimagazin vorbei und eine Kochshow begann. Kochshows fand ich sogar einigermaßen interessant, immerhin konnte man da etwas fürs Leben lernen, aber in diesem Moment schaltete Whoopi schon zu irgendeiner Sitcom um, in der ein Nerd namens Leonard versuchte, bei einer hübschen Blondine namens Penny zu landen. Er war viel cleverer als sie, aber sie war trotzdem die Tolle. So was nervte mich! Wenn man die Menschen dieser Welt vor die Wahl stellen würde, ob sie lieber extrem hübsch oder extrem intelligent wären, würde sich unter Garantie eine überragende Mehrheit für eine perfekte Nase entscheiden. Zirka 96,5 Prozent, würde ich schätzen, vielleicht mehr. Aber na ja, wer stellte einen schon vor diese Wahl, etwa eine Fee mit Zauberstab? Hm. Wenn es solch eine Fee gäbe und sie mich vor die Wahl stellen würde, dann würde ich mir zugegebenermaßen möglicherweise auch ein hübsches Gesicht wünschen. Wenigstens leihweise. Nur für einen Tag. Ausprobieren würde ich nämlich schon gern mal, wie es ist, wenn die Leute einen ansehen und direkt mögen, einfach so, weil ihnen gefällt, was sie sehen.

Aha, erwischt! Ich war also wirklich kein Nerd mit Leib und Seele, sondern wohl vielmehr jemand, der manchmal gern anders wäre, als er ist, aber am liebsten natürlich jemand wäre, der genauso sein will, wie er ist, aber das nicht ist und deswegen eben gezwungenermaßen so ist, wie er ist.

Das nur zur Info, liebe Antonia.

Deine Juli.

2.

Als ich nach Hause kam und die Mahagoniholztür hinter mir zufiel, umschloss mich die Hausatmosphäre augenblicklich wie eine eisige Wolke. Draußen herrschten über dreißig Grad, aber in diesem Haus schien jeder Kubikmeter frostig und klamm, bis zum Rand gefüllt mit den schweren, kalten Gefühlen der Bewohner. Es war ein schickes Haus, sogar das schickste in diesem schicken Viertel. Aber die Designermöbel, der Marmorboden, die hässlichen teuren Gemälde – das alles war so leblos und dumpf wie unsere kleine, schreckliche Familie. Am liebsten wäre ich auf der Stelle wieder zu Whoopis Wohnung zurückgefahren, in der keine Zehntausend-Euro-Skulpturen im Weg standen, wenn man aufs Klo wollte.

Ich hasste es, dass wir reich waren. Meine Eltern machten nichts, aber auch gar nichts Sinnvolles mit ihrem Geld! Sie stellten nur überflüssiges, teures Zeug auf und hatten zwei dreckschleudernde SUVs und einen unbequemen Porsche in der überbreiten Garage stehen.

Das machte mich manchmal richtig wütend, denn meine Eltern verschwendeten keinen einzigen Gedanken an die Leute, denen es weniger gutging, und daran, dass der Reichtum der Welt verdammt ungerecht verteilt war.

»Da bist du ja, Engel!«, rief meine Mutter und kam mir entgegengestöckelt. »Na, wie war die Schule? Warst du noch bei Whoopi?«, zwitscherte sie und strich mir eine Strähne meiner dunkelbraunen Locken hinters Ohr. »Willst du dir nicht mal eine Spange in die Haare machen? So fallen sie dir doch ständig ins Gesicht!«

Nein, ich wollte keine Spange. Meine schulterlangen Haare behinderten manchmal zwar ganz erheblich meine Sicht, aber sie verdeckten auch mein abstehendes rechtes Ohr. Man musste Prioritäten setzen.

»Oh«, sagte meine Mutter und sah aus, als hätte sie plötzlich etwas Übelriechendes vor der Nase. »Du hast zu dem hübschen Rock Turnschuhe angezogen.«

»Ja.«

»Aha.« Ihr kritischer Blick wanderte an mir herauf und wieder hinunter. »Du hast doch auch Ballerinas, oder?«

»Schon. Du hast mir ja welche gekauft.«

»Ja, aber angezogen hast du sie noch nie.« Sie betrachtete wieder meine Füße. »Was ist denn mit deinen Chucks? Mit Chucks ginge es vielleicht, aber diese Turnhallentreter …«

Ich fand Chucks einfach tierisch unbequem.

Meine Mutter stieß einen Es-ist-zwecklos-Seufzer aus und strich mir noch einmal die Haare hinter die Ohren. »Das Essen ist gleich fertig«, sagte sie in dem für sie typischen Plauderton. »Es gibt Lammlachse. Die magst du doch so gern, nicht wahr?«

Nein, Mama, die magst *du* gern, dachte ich, sprach es aber natürlich nicht aus.

»Papa ist in seinem Zimmer. Er kommt gleich runter.« Damit rauschte meine Mutter in die Küche und brutschelte vor sich hin, während ich meine Haare wieder nach vorn strubbelte, die Turnschuhe auszog, in meine bereitgestellten rosafarbenen Puschen schlüpfte und mich zögerlich an den bereits perfekt gedeckten Tisch im Esszimmer setzte. Konnte ich noch irgendwie entkommen? Ich könnte sagen, ich hätte schlimme Migräne. Ich litt so oft an Kopfschmerzen, dass sie mir diese Ausrede vielleicht glauben würden.

Aber da kam schon mein Vater. Ich hörte seine Schritte auf der Treppe und wappnete mich. Im nächsten Augenblick betrat er den Raum wie ein Monarch, hocherhobenen Hauptes und mit einem Blick, der den vermeintlichen Untertanen gebot, sich zu verneigen. Ich verneigte mich nicht, aber meine ohnehin hängenden Schultern sackten noch ein wenig mehr nach vorn.

»Juli«, sagte er.

»Papa«, sagte ich.

Dann setzte er sich, legte die Hände bedächtig rechts

und links neben den Teller und nickte. Ich legte die Hände auch rechts und links neben den Teller.

»Wie läuft es in der Schule?«, fragte er nach einer unangenehmen Pause.

»Gut«, antwortete ich.

»Wie sind deine Noten? Gut?«

»Nein, sehr gut.«

Er nickte wieder. »Gut.«

Wir schwiegen. Mein Vater schaute ins Leere und schien mit den Gedanken weit weg zu sein, seine Aura war allerdings voll präsent und ließ mich ehrfürchtig in der Rolle des gehorsamen Töchterchens verharren.

»Ich habe diese Woche Mathe und Erdkunde zurückbekommen«, erzählte ich dann. »Beides Einsen.«

»Mhm«, machte er abwesend.

»Erdkunde war eine wirklich schwierige Arbeit. Soziale Ungleichheit und sozialpolitische Lösungsansätze«, erklärte ich und hoffte, damit seine Aufmerksamkeit zu erregen. »Ich hatte mich vorher intensiv mit dem Thema beschäftigt und mich in Studien eingelesen, die eigentlich Uni-Material sind.« Zugegebenermaßen, weil mich das Thema wirklich interessierte, aber das behielt ich für mich.

»Ja, so ist das«, kommentierte mein Vater tonlos. »Von nichts kommt nichts.« Das war sein Leitspruch. Den hatte er mir schon im Kindergartenalter eingeimpft.

»Und meine Lehrerin meinte, sie hätte noch nie eine

derart brillante Aufschlüsselung von Spezialwissen gelesen wie in meiner Arbeit«, schob ich hastig nach. Mir war bewusst, wie peinlich das war. Aber ich konnte nicht anders.

»Mhm«, machte mein Vater wieder und wirkte nun richtiggehend gelangweilt. Ungeduldig drehte er sich zur Küche um, und in mir zuckte ein winzig kleiner Wutfunke auf.

Kurz darauf stakste meine Mutter mit einem Tablett aus der Küche, lächelte mich an, ignorierte meinen Vater und stellte eine Platte mit nett angerichteten, blutenden Lammlachsen, eine Schale mit gedünstetem Gemüse und eine mit petersiliengespicktem Kartoffelgratin auf den Tisch.

»Das Gemüse habe ich in dem neuen Dampfgarer gemacht. Das erhält die Vitamine«, schwatzte sie los und begann einen Vortrag über Gemüse im Allgemeinen und Vitamine im Speziellen, während mein Vater und ich wortlos zugriffen und mit gesenkten Blicken zu essen begannen.

Nachdem über Gemüse beim besten Willen nichts mehr zu sagen war, sprach meine Mutter davon, dass bei solchen Temperaturen wie heute die Ozonwerte stark erhöht wären und ihr Wartezimmer schon am Vormittag voll mit Patienten gewesen wäre, die Atemprobleme und Kreislaufstörungen gehabt hätten. (Meine Mutter war Hals-Nasen-Ohren-Ärztin und hatte eine Privatpraxis in der Stadt.) Unermüdlich plapperte sie weiter – dass man bei solch einer Hitzewelle keinesfalls Sport machen dürfe. Dass Sport aber prinzipiell total wichtig wäre. Vor allem für den Körper. Aber auch für den Kopf! Und so weiter und so weiter. Sie war fast noch peinlicher als ich, wie sie krampfhaft versuchte, die Illusion eines normalen Tischgesprächs aufrechtzuerhalten. Dabei sah sie mich immer wieder an, und zwei- oder dreimal hörte ich mich »Ach so« oder »Hab ich auch schon mal gehört« murmeln. Mein Vater war derweil vollauf mit seiner Mahlzeit beschäftigt und hob nicht ein einziges Mal den Blick.

Bis er ihn dann doch hob. »Ich mag keine Lammlachse«, sagte er und sah meine Mutter einen winzigen Augenblick lang abschätzig an. Dann tupfte er sich mit der Serviette den Mund ab.

Meine Mutter sog zischend die Luft ein. »Ach, wirklich?«, fragte sie spitz. »Seltsam, dass dein Teller leer ist.«

»Lammlachse mag ich nicht«, sagte er, als sei dies ein Faktum aus dem Geschichtsbuch, das jeder kennen müsste.

Das starkgeschminkte Gesicht meiner Mutter verdunkelte sich, und in diesem Moment wäre ich am liebsten aufgesprungen und fortgerannt. Aber natürlich blieb ich sitzen.

»Ich habe die Lammlachse für Juli gemacht!«, versetzte meine Mutter mit eiskalter Stimme. »Anders als du kümmere ich mich nämlich um die Bedürfnisse unserer Tochter.«

Wenn das so wäre, dann wüsstest du, dass ich blutendes Fleisch widerlich finde!, schoss es mir ärgerlich durch den Kopf, und ich merkte, dass der Wutfunke von eben plötzlich zu einer kleinen Flamme wurde.

»Unsere Tochter ist gut versorgt«, erwiderte mein Vater herablassend. »Darum habe ich mich gekümmert.«

»Ach, nur weil du sie in deiner Lebensversicherung an meiner Stelle als Begünstigte eingesetzt hast, denkst du, dass sie gut versorgt wäre?«

Ihr schert euch doch beide einen Dreck um mich!, dachte ich sauer. Wütend. Zornig. Ich war mit einem Mal richtig zornig.

»Das geht dich nichts an«, entgegnete mein Vater kühl. Dann, lauernd: »Woher weißt du, dass ich die Lebensversicherung habe umschreiben lassen?«

Meine Mutter setzte ihr undurchdringliches Pokerface auf. »Ich habe meine Quellen.«

Mit vorgeschobenen Schultern saß ich da und wunderte mich über das Feuer in meinem Bauch, ein lichterloh brennendes Wutfeuer. Es brachte mich dazu, ganz langsam die Schultern zurückzunehmen.

»Ich weiß noch einiges mehr«, sagte meine Mutter mit gefährlich leiser Stimme. »Zum Beispiel, dass –«

Es reichte! Genau jetzt reichte es!

»Wuff!«, bellte ich.

Die Köpfe meiner Eltern fuhren herum. »Wie bitte?«, fragte meine Mutter verdutzt.

Der Blick meines Vaters bohrte sich in meinen. Streng, tadelnd, irritiert.

Meine Wangen wurden schlagartig glühend heiß. Aber die Wut war größer als die Scham. »Wuff! Wuff, wuff!«, kläffte ich wie ein explodierender Dackel. »WUFF WUFF WUFF!«

Meiner Mutter klappte der Unterkiefer herunter.

Mein Vater starrte mich sprachlos und mit tiefer Falte zwischen den Augenbrauen an.

Aber der Dackel war fuchsteufelswild. »Rrrrr«, knurrte er und kläffte abermals. »WUFF WUFF WUFF WUFF!« Es tat überraschend gut, das zu tun. Wahnsinnig gut. Ich konnte den ganzen Mist endlich einmal herauslassen. Und sie hörten mich! Sie nahmen mich und meine Wut wahr. Ich bellte noch einmal. Und noch einmal.

Dann sagte mein Vater kühl: »Ich glaube, Juli sollte jetzt besser auf ihr Zimmer gehen.« Der Gebrauch der dritten Person drückte die größtmögliche Verachtung aus. Zusätzlich schaute er aus dem Fenster. Ich war unwürdig.

Aber in diesem Augenblick machte es mir nichts aus. Wie berauscht erhob ich mich. Als ich am Tisch vorbeiging, schnappte ich noch einmal in Richtung meiner Eltern wie ein bissiger Köter mit Tollwut.

Meine Mutter schüttelte vorwurfsvoll den Kopf. Mein

Vater schaute wieder aus dem Fenster, diesmal mit missbilligend verzogenen Mundwinkeln. Aber egal. Das war es wert gewesen. Die ultimative Teenager-Rebellion!

Vielleicht war ich ja doch ein kleines bisschen cool.

3.

Der kleine Teich lag ganz still da, und doch kräuselte sich die tiefgrüne Oberfläche hauchfein im Wind, als wollte mir das Wasser zuwinken. Dieser Ort war gut, freundlich. Mein Lieblingsort. Meine Lichtung. Mein Teich.

Nach dem Gespräch, ha, nein, nach dem Gebell mit meinen Eltern hatte ich mir rasch meine Schuhe angezogen, meine Tasche geschnappt und war blindlings aus dem Haus in die Hitze gerannt. Zu Whoopi war es zu weit, mindestens eine Stunde mit dem Bus, auf dem Handy hatte ich sie auch nicht erwischt. Also war ich durch den nahe gelegenen Wald gelaufen, zu meiner Lichtung, meiner Zufluchtsstätte, die versteckt zwischen zwei Waldhügeln und einem Weizenfeld lag und wohin sich nie eine Seele verirrte. Nur meine verirrte Seele kam immer wieder her. Denn hier konnte ich mich einfach ans Teichufer setzen, mich gegen meinen Lieblingsbaum lehnen und grübelnd vor mich hin starren.

Ich stützte meinen Kopf in die Hände. Die Euphorie,

die mich beim Bellen überkommen hatte, war mittlerweile verflogen und hatte einem Gefühl von tiefer Beschämung Platz gemacht. Was hatte ich nur getan? Ich hatte gekläfft! War das nicht unglaublich kindisch? Idiotisch? Erbärmlich?

Und dann das Gesicht meines Vaters …

Mein ganzes Leben lang hatte ich versucht, meinem Vater zu gefallen und die Rolle der von ihm gewünschten Tochter zufriedenstellend auszufüllen, ihn stolz zu machen, falls das überhaupt möglich war. Doch heute war die Wut plötzlich größer gewesen als mein tief verwurzeltes Papa-Programm. Ich wusste nicht, wieso. Aber was auch immer der Grund gewesen war – es war eine absolute Katastrophe! Falls ich mir durch meine Schulerfolge jemals ein winziges bisschen Anerkennung bei ihm erarbeitet hatte, hatte ich sie heute verspielt.

Und dann diese Bemerkungen über die Lebensversicherung. Wenn mein Vater meine Mutter tatsächlich als Begünstigte hatte löschen lassen …

Nein, Mist!

Schnell holte ich den imaginären Minigolfschläger heraus und schlug den unerwünschten Gedanken, der sich da gerade in mein Hirn geschmuggelt hatte, in das tiefste aller Löcher. Anschließend stellte ich die Gießkanne drauf.

Der fiese Gedanke lag im Loch, aber das Schamgefühl über meine Bell-Attacke und die Angst, etwas nicht

Wiedergutzumachendes getan zu haben, waren noch da und lagen mir schwer im Magen. Für unerwünschte Gefühle hatte ich allerdings ebenfalls ein Abwehrsystem: Ich schob sie unter einen braunkarierten Teppich. Dafür hob ich eine Ecke des Teppichs hoch, stopfte die Gefühle darunter und ließ sie ruckzuck wieder fallen. Manchmal trampelte ich auch noch auf ihr herum. Leider krochen die Gefühle aber oftmals trotzdem wieder unter den Seiten hervor. Unerwünschte Gefühle waren nämlich sehr viel schlimmer als unerwünschte Gedanken! Vielleicht fand ich das aber auch nur, weil ich mich in meinem Kopf besser auskannte als in meinem Herzen. Whoopi hatte mir übrigens schon öfter geraten, doofe Gefühle ebenfalls mit dem Minigolfschläger wegzuschlagen, aber diese Vorstellung erschien mir ein bisschen verrückt.

Beklommen hob ich den Kopf. Über meinem Teich stand die Hitze. Mücken tanzten mühsam in ihr auf und ab und schienen wenig motiviert, noch lange durchzuhalten. Es war einfach kein Abend zum Tanzen.

Da hörte ich plötzlich ein Geräusch. Es klang wie ein dumpfer Stoß, begleitet von einem unterdrückten Aufschrei, als ob jemand einen Schlag in den Magen bekommt und vor Überraschung und Schmerz nach Luft schnappt.

Erschrocken fuhr ich herum.

Da war nichts.

Die hohen Gräser und Wiesenblumen hockten satt

und schläfrig in der Abendsonne und schienen nichts bemerkt zu haben. Auch die Mücken tanzten müde, aber unbeeindruckt weiter.

Doch am anderen Ende der Lichtung sah ich etwas zwischen den Gräsern aufblitzen, etwas Weißes. Abrupt erhob ich mich und spähte mit zusammengekniffenen Augen über die Lichtung. War da jemand?

Mein Puls beschleunigte sich. Auf meiner Lichtung war noch nie, nie, nie jemand gewesen! Und wenn es nach mir ging, würde ich auch für immer die einzige Zutrittsberechtigte bleiben.

Geduckt und mit vorsichtigen Schritten überquerte ich die Wiese, schlich wie eine Tigerin durchs hohe Gras. Was immer da auf meine Lichtung geplatzt war, ich wollte es erst einmal begutachten, bevor es mich sah.

Nach ein paar weiteren Schritten hatte ich mich nahe genug herangepirscht und erkannte etwas mehr. Ein strahlend weißes Hemd, einen Rücken.

Ich zuckte zurück und ging in die Hocke.

Jawohl, da war jemand.

Das gefiel mir ganz und gar nicht.

Unvorhergesehene Dinge, die schlecht einzuordnen waren, konnte ich nicht leiden – und dass ich mich angepirscht hatte, verstärkte irgendwie den Eindruck, dass etwas ausgesprochen Ungewöhnliches vor sich ging. Sonst hätte ich mich ja nicht anpirschen müssen.

Während die eine Hälfte meines Gehirns sich fragte,

was an diesem Gedanken nicht stimmte, wog die andere meine Möglichkeiten ab. Dabei stellte sie insgesamt elf Hypothesen auf (von denen keine wirklich tragfähig war, da ich einfach nicht genügend Informationen über die Hemd-Person hatte) und spielte mir währenddessen einige wenig hilfreiche Szenarien vor, die von Kidnapping im Wald bis zur Ankunft einer fremden Spezies auf unserem Planeten reichten.

Ganz ruhig, Juli.

Am besten wäre es wahrscheinlich, einfach mal genauer hinzuschauen. Vorsichtig reckte ich den Kopf, bis ich die Person wieder sehen konnte. Den breiten Schultern nach war es ein Mann. Ein Mann, der im Gras saß oder vielmehr lag, mir den Rücken zuwandte und ganz offensichtlich Probleme beim Luftholen hatte. Er hustete immer wieder und versuchte, tief durchzuatmen, was jedoch zu neuerlichen Hustenanfällen führte.

Ich zog den Kopf wieder ein. Er hatte Husten. Was bedeutete das? Wie war es dazu gekommen, und wenn ja –

Ganz ruhig, Juli!

Langsam streckte ich wieder den Kopf vor und linste durch die Gräser. In diesem Moment setzte sich der Mann auf, und ich konnte sein Gesicht sehen. Er war jung. Vielleicht siebzehn oder achtzehn. Und er sah gut aus. Verdammt gut.

Atmen, Juli!

Er hatte hellblondes, leicht gewelltes Haar, das ihm weich und locker über die Schultern fiel.

Er hatte lange Haare! Das war doch total out, oder? Fand ich es trotzdem gut? Am liebsten hätte ich Whoopi angerufen und sie gefragt, wie wir lange Haare fanden.

Da kam eine leichte Brise auf und wehte sanft durch die glänzende Pracht. Ahhh! Ja, ich mochte lange Haare. Ich liebte lange Haare.

Zu allem Überfluss hatte der Typ eines dieser Gesichter, die man einfach nur anstarren möchte. Und das tat ich. Er war der schönste Mensch, den ich je gesehen hatte.

Der Junge hatte mich noch nicht bemerkt. Mit geschlossenen Augen saß er da und konzentrierte sich anscheinend aufs Atmen. Seine Hände lagen auf seinem Brustkorb, als wollten sie ihn stützen. Was war bloß mit ihm? Hatte er vielleicht einen Asthma-Anfall? Oder war er allergisch gegen die Gräser hier? War heute wieder Pollenflug? Und falls ja: Konnte ich ihn irgendwie stoppen?

JULI!

Ach, verflucht.

Jetzt mal ganz rational. Die Situation war irgendwie sonderbar. *Er* war sonderbar. Sein strahlend weißes Hemd war bei genauerem Hinsehen sehr seltsam geschnitten. Um die Schultern herum weit und am Bauch eng. Das betonte durchaus ansehnlich seine schlanke Taille, aber bei H&M hatte er das Teil sicher nicht gekauft. Außerdem sah der Stoff seiner Hose aus wie eine

Mischung aus dunkler Jeans und hellem Samt. So etwas hatte ich noch nie gesehen.

Ich hockte wie erstarrt im Gras und umklammerte meine Knie. Was machte er hier?

Da öffnete er die Augen und fuhr sich mit beiden Händen durch sein Traumhaar. Ich kauerte keine drei Meter von ihm entfernt, aber seitlich, und so sah er mich nicht. Mit besorgter Miene blickte er sich auf der Lichtung um. Sein schönes Gesicht verriet deutlich, dass irgendetwas ganz und gar nicht stimmte. Noch einmal holte er ächzend Luft, dann stand er auf.

Whoopi hätte an dieser Stelle bestimmt unanständig durch ihre Zahnlücke gepfiffen. Ich war jedoch zu nichts dergleichen in der Lage.

Er war groß. Größer als ich, jede Wette, und die Art, wie er dastand, war zutiefst beeindruckend. Aufrecht, stark und irgendwie furchtlos. Wie vorteilhaft der Schnitt seiner Klamotten war, wurde außerdem jetzt erst richtig offensichtlich.

Er ließ den Blick über den Teich und die großen Silberpappeln am Rande der Lichtung wandern und wandte ihn dann nach oben. Mit den Augen suchte er den Himmel ab. Suchte er nach Pollen? Oder nach seinem Raumschiff?

Ich bemerkte, dass ich zu zittern begonnen hatte. Allein die Tatsache, dass hier plötzlich jemand aufgetaucht war und meine Ruhezone störte, brachte mich schon aus dem Konzept, aber dass es dazu noch ein überaus interessanter Junge war, verwandelte mich nun in einen schlotternden Lappen.

Außerdem war es unvermeidbar, dass er mich entdeckte.

Dann drehte er sich um und unsere Blicke trafen sich. Verblüfft schnappte er nach Luft.

»Äh«, krächzte ich, und mein Herz schlug hart gegen die Rippen. »Ich … habe dich … husten gehört«, stammelte ich. »Deswegen bin ich hier … rübergekommen. Von da drüben.« Ich wies mit dem Kinn in Richtung meines Lieblingsbaumes am Teich.

Und kam mir unglaublich blöd vor.

Seine Augen blieben staunend auf mich gerichtet. Sie waren braun. Hellbraun, mandelförmig und bildschön. Seine Augen waren fast noch toller als seine Haare.

Mein Herz begann nun richtig zu rasen, denn es fühlte sich an, als ob der Junge mir direkt in die Seele schaute. Doch plötzlich wandte er sich ab und sah sich suchend um, als hielte er nach etwas Bestimmtem Ausschau. Dann sagte er: »Ich sollte gehen.«

»Wohin?« Ruckartig stand ich auf. »Hast du Probleme? Mit dem … was dir Probleme macht?«, brachte ich stockend hervor. Du liebe Zeit!

Er zögerte. Sein Blick wanderte an mir herunter, über mein T-Shirt und den Rock, bis zu den Turnschuhen, die keine Chucks waren. Oh, verdammt, warum waren sie keine Chucks!?

Er schaute mir wieder in die Augen. »Du bist von hier«, sagte er mit melodiöser, tiefer Stimme, und ich bemerkte einen merkwürdigen Akzent.

»Ja, ich … also … ja«, erwiderte ich wortgewandt wie zuvor. »Und du?«

Er zögerte wieder. »Ich bin nicht von hier.«

»Was bist du denn?«

»Ich bin … verschoben.«

»Bitte?« Was meinte er? Und was war das bloß für ein Akzent?

»Verschoben«, wiederholte er und strich sich mit einer schnellen Geste über die Stirn. Er überlegte. »Verwirrt?«

»Ah!« Ich nickte bestätigend. »Verwirrt.« Das war ich auch. So was von.

Mit zusammengezogenen Augenbrauen wiederholte er: »Ich muss gehen«, und fügte murmelnd hinzu: »Bevor …« Den Rest verstand ich nicht.

»Schade!«, sagte ich. Es rutschte mir einfach so heraus.

Überrascht hielt der Junge inne und lächelte. Das genügte, um meinen schnellen Herzschlag in ein regelrechtes Presslufthammerfeuerwerk zu verwandeln. Ich musste mich wieder hinsetzen. Aber hier war kein Stuhl. Und mein armer, überhitzter Kopf schaffte es nicht, mir eine Hinsetz-Option ohne Stuhl aufzuzeigen.

Der Junge betrachtete mich währenddessen durchdringend. »Du denkst.« Er machte eine Pause. »Viel.«

»Ähm … ja.« War mir das etwa anzusehen?

»Wieso bist du so aufgeregt?«, fragte er und schien sich über diese allzu offensichtliche Tatsache zu wundern.

Wieso? Tja, wieso …

1.) Weil er irgendwie toll war.
2.) Weil ich keine Ahnung hatte, wie ich mich verhalten sollte.
3.) Weil er dastand wie Kolumbus am Steuer seines Schiffes kurz vor dem Aufbruch nach Indien/Amerika.
4.) Weil er mich so angesehen hatte.
5.) Mit diesen schönen, braunen Augen.
6.) Weil mein Kopf sowieso schon auf Hochtouren gelaufen war und mir das Hemd und die Haare und die Augen und überhaupt alles jetzt endgültig den Rest gaben.

Das alles sagte ich natürlich nicht. Ich entschied mich für: »Wie heißt du?« Und gab das so lässig wie möglich von mir. Das hohe Quietschen am Ende des Satzes verdarb den Effekt allerdings ein klein wenig.

Der Junge vollführte eine eigenartige Geste mit den Händen, als ob er Gewichte abwiegen wollte. Offenbar kämpfte er mit sich. »Anjano«, antwortete er. Kaum hatte er das ausgesprochen, drehte er sich wachsam um die eigene Achse, als erwarte er darauf eine Antwort des Universums oder so etwas. Kam aber nicht.

»Anjano«, echote ich. »Anjano.«

Er war sichtlich erstaunt. Offenbar war etwas ganz anders, als er erwartet hatte. »Anjano ist der Name, den ich trage«, sagte er und hustete plötzlich wieder. Dieser Hustenanfall war schlimmer als die Anfälle zuvor, und meine Aufgeregtheit wich nun Besorgnis. Was war denn nur mit ihm? Das bloße Atmen schien ihm Schmerzen zu bereiten. »Möchtest du etwas trinken?«, fragte ich und wollte ihm wirklich gern helfen.

Als er wieder zu Atem kam, nickte er erleichtert. »Ja, wenn du etwas Wodaqua hast, wäre das gut.«

»Wodaqua?«

»Ich meine ...« Er überlegte. Wieder diese abwiegende Geste mit den Händen. »Ein transparentes Getränk ...«

»Wasser?«

Sein Gesicht hellte sich auf, als erinnere er sich an dieses Wort. »Ja, Wasser!«

Wenn er Deutsch als Fremdsprache gelernt hatte, hatte sein Lehrer offenbar vergessen, ihm die wichtigsten Vokabeln zuerst beizubringen.

»Hast du Wasser?«, fragte Anjano.

Da fiel mir ein, dass ich nur eine halbleere Colaflasche dabei hatte. Kein Wasser. »Tut mir leid, ich habe nur Cola.«

Fragend blickte er mich an.

Also bitte, er musste doch Cola kennen! »Coca-Cola«, sagte ich ungläubig. Hallo?!

Er schien damit tatsächlich nichts anfangen zu können.

»Das ist Wasser … mit braunem Geschmack«, versuchte ich zu erklären.

Er schüttelte ratlos den Kopf.

»Komm mit, meine Tasche ist da drüben«, sagte ich. Meine Beine fühlten sich zwar an wie Wackelpudding, aber ich ging voraus, zu meinem Platz am Teich zurück, und verfluchte dabei meine schlechte Körperhaltung.

Anjano folgte mir und schaute sich dabei erneut verwundert um, als suche er etwas.

Während ich in meiner Tasche kramte, fragte ich: »Wo kommst du her?«

»Was denkst du denn, wo ich herkomme?«

»Ähm … Finnland?«, schoss ich ins Blaue. Tiefstes finnisches Hinterland, ohne Cola.

»Nein«, entgegnete er und lächelte mich an. Dieses Lächeln brachte mich davon ab, weiter nachzuhaken. Denn meine Hände zitterten nun so sehr, dass ich beinahe meine Tasche fallen ließ. Schließlich fand ich die Colaflasche. »Hier«, sagte ich und gab sie ihm.

Anjano betrachtete die braune Brühe in der Flasche skeptisch und ließ sie zweimal hin und her schwappen, aber als ich ihm aufmunternd zunickte, zog er am Deckel. Der ging natürlich nicht auf.

»Drehverschluss«, erklärte ich freundlich.

Anjano musterte unsicher den Verschluss und drehte

ihn. Zuerst in die falsche Richtung, aber dann in die richtige, und nach einigem Drücken und Schieben war der Deckel schließlich ab.

Entgeistert schaute ich ihm beim Hantieren zu und fragte mich, ob er vielleicht eher vom Nordpol als aus Finnland kam. Wie konnte es sein, dass er Drehverschlüsse nicht kannte? War er vielleicht in einem Iglu aufgewachsen?

Er zögerte, aber dann trank er. Kaum hatte Anjano den ersten Schluck genommen, krümmte er sich wie unter einem Fausthieb zusammen und spuckte die Cola hustend ins Gras. »Was ist das?«, keuchte er und fasste sich an den Hals, als hätte die Cola ihm die Speiseröhre verätzt. »Das ist Toxo!«

Toxo? Meinte er Gift? »Nein, das ist ... ein Softdrink«, stotterte ich.

Anjano wankte mit hochrotem Gesicht zum Teich, ließ sich auf die Knie fallen und schöpfte mit beiden Händen trübes Teichwasser. Dann trank er es.

Ich verzog staunend den Mund. In der Teichplörre waren doch bestimmt Bakterien, Algen, Kaulquappen und jede Menge mikrokleines Waldwassergewimmel! Aber Anjano schien dieses Wasser besser zu schmecken als die Cola. Erleichtert trank er ein paar große Schlucke. Schließlich kam er zu mir zurück. »Viel besser«, sagte er und blickte erleichtert auf den Teich. »Davon solltest du etwas in deine Flasche abfüllen.«

Ich blähte meine Nasenflügel. Die Vorstellung war ekelhaft. »Ich habe gerade keinen Durst«, erwiderte ich, obwohl ich eigentlich am liebsten den Rest aus der Colaflasche getrunken hätte. Die Abendhitze lag schwer wie eine Wolldecke auf der Lichtung, und meine Kehle war völlig ausgetrocknet.

Anjano runzelte die Stirn. »Du lügst«, sagte er erstaunt.

Was? Ich? Wovon redete er?

»Es stimmt nicht, dass du keinen Durst hast.«

»Ich … äh …«

»Du ekelst dich vor dem Wodaqua. Aber du hast Durst. Du möchtest von deinem Toxo trinken. Warum sagst du etwas anderes?«

Ich schüttelte irritiert den Kopf. Die Antwort lautete: Nur so. Was man eben so sagt. Aber das behielt ich natürlich für mich. Viel wichtiger war: Woher wusste er so genau, dass ich Durst hatte und Cola trinken wollte?

Ich hielt seinem durchdringenden Blick mit heißen Wangen stand. »Wer bist du?«, fragte ich und wollte mehr denn je eine Antwort.

Er sah mich an. Sah mir direkt in mein rasendes Herz.

»Das kann ich dir nicht sagen«, erwiderte er leise. In diesem Moment kam wieder ein hauchzarter Wind auf, strich Anjano die herrlichen Haare aus dem Gesicht und verlieh dem Augenblick die Dramatik, die er wohl verdiente.

»Auf Wiederfühlen, schönes Mädchen«, sagte Anjano mit einem beinahe wehmütigen Lächeln und trat einen Schritt zurück.

»Ich …«, begann ich und überlegte angestrengt, was ich sagen konnte, um ihn zurückzuhalten. »Ich heiße Juli.«

»Juli?« Seine Augen blitzten. »Das gefällt mir.« Dann drehte er sich um und lief mit federnden Schritten durch das hohe Gras davon.

4.

Am nächsten Morgen wachte ich mit stechenden Kopfschmerzen auf. Stöhnend schleppte ich mich in mein Bad und tastete im Medizinschränkchen mit geschlossenen Augen nach Schmerztabletten. Meine Kopfschmerzen waren morgens manchmal so stark, dass ich Pillen nehmen musste. Blöd, aber es ging oft nicht anders. Nachdem ich zwei Tabletten runtergespült und mich im Schneckentempo wieder ins Bett sinken lassen hatte, wanderten meine Gedanken automatisch zu Anjano. Ich hatte bis weit nach Mitternacht wach gelegen und mir den Kopf über ihn zerbrochen. Im Nachhinein fand ich sein Auftauchen auf der Lichtung noch merkwürdiger als zuvor, und manche Dinge erschienen mir regelrecht surreal. Wo war er hergekommen? Wieso kannte er keine Drehverschlüsse? Wieso wusste er, dass ich eine kleine Notlüge benutzt hatte (die so trivial war, dass sie die Bezeichnung kaum verdiente)? Und was waren das für Klamotten gewesen? Dann diese Gesten, dieser eigenartige

Akzent, diese Sprache! *Wodaqua*. Dieses kryptische *Das kann ich dir nicht sagen* …

Ich ging nun erneut den Faktenbestand durch und versuchte, sämtliche Informationen zu vernetzen, um eine schlüssige Theorie über Anjano aufstellen zu können. Heraus kam allerdings nur, dass er womöglich diesen altertümlich lebenden Amish-People angehörte – aber einer bisher gänzlich unbekannten Gruppierung der Amish-People, die seit mindestens hundert Jahren unentdeckt und vollkommen isoliert in unserem Wald hauste. Na ja.

Es fiel mir zugegebenermaßen nicht leicht, mich aufs Analysieren zu konzentrieren, da ich vor meinem inneren Auge immer wieder Anjanos hellblonde Haarpracht im Wind wehen sah. Dann diese Augen. Dieses Lächeln …

Ich hörte mich seufzen und hätte über mich selbst gelacht, wenn mir der Kopf nicht so weh getan hätte. Doch mein Herz klopfte schon wieder auffallend schnell, und über sich selbst zu lachen, wäre an dieser Stelle durchaus angebracht gewesen. Ein dermaßen gutaussehender Typ war so etwas von außerhalb meiner Reichweite, dass das Klopfen meines Herzens geradezu lächerlich war. Und überhaupt – was für eine Reichweite? Ich hatte null Reichweite! Ich war nicht hübsch. Meine grünen Augen standen viel zu schräg, meine Nase hatte einen blöden kleinen Knick in der Mitte, meine dichten Augenbrauen sahen aus wie dunkle Gesichtsbalken (aber Zupfen ziepte einfach zu sehr) und mein Busen war so flach wie ein Teelöffel.

Und doch hatte Anjano mich angesehen, als sei ich hübsch. Außerdem – und das war es, was mich die halbe Nacht wach gehalten hatte – hatte er mich *schön* genannt. *Auf Wiederfühlen, schönes Mädchen*, hatte er gesagt.

Irgendetwas konnte mit ihm nicht stimmen. Eingeschränkte Wahrnehmung oder so. Aber trotzdem.

Ein paar Sekunden lang herrschte nun selige Leere in meinem Kopf, und ich seufzte erneut.

Ich musste Whoopi anrufen.

Als ich zum Handy griff, zuckte noch einmal ein heftiger Stich durch meine rechte Schläfe, aber die Tabletten taten bereits ihren Dienst, und die Schmerzen waren auszuhalten.

»Bist du bescheuert, mich am Donnerstagmorgen um fünf Uhr anzurufen?«, begrüßte Whoopi mich nuschelnd am Telefon. »Ich könnte noch vier Stunden schlafen!« Donnerstags hatten wir erst um zehn Schule.

»Ich hab nicht auf die Uhr geguckt, sorry«, entschuldigte ich mich und schaute aus dem Fenster. »Upps. Man kann den Mond noch sehen.« Es musste wirklich ziemlich früh sein.

»Wo siehst du den Mond?«, fragte Whoopi träge. »Ich seh ihn nicht.«

»Durch mein Fenster kann man ihn sehen. Er ist echt

schön«, antwortete ich und betrachtete zerstreut die blasse Sichel am Himmel.

»Super.« Whoopi schmatzte. »Dann komm doch vorbei und bring dein Fenster mit, dann kann ich den Mond auch sehen.«

Ich lachte.

»Warum rufst du denn an?« Whoopi gähnte geräuschvoll. »Wegen dem Mond?«

»Wegen des Mondes.«

»Also, echt jetzt?«

»Nein, ich meine nur … der korrekte Genitiv wäre *Wegen des Mondes*.«

»Also doch wegen dem Mond?«

»Nee!«, entgegnete ich langgezogen und grinste in mich hinein. »Also.« Am liebsten hätte ich gleich mit Anjano angefangen. Aber eins nach dem anderen. »Ich hab gestern gebellt.«

»Toll«, sagte Whoopi müde. »Ich hab gestern meine Socken alphabetisch sortiert.«

»Nein, ich hab meine Eltern angebellt.«

»Ach so! Wirklich?« Mit einem Mal schien Whoopi hellwach. »Und? Wie war's?«

»Es hat sich tierisch gut angefühlt.«

»Hab ich dir doch gesagt!«

»Aber nur in dem Moment, in dem ich's gemacht habe. Danach wär ich am liebsten vor Scham im Boden versunken.«

»Egal! Du hast einen Evolutionssprung vollzogen!«

»Ich fühle mich im Nachhinein allerdings eher wie eine störrische Göre in der Trotzphase.«

»Aber du sollst dich so nicht fühlen!«

»Hm …«

»Also, so geht das nicht.« Ich konnte hören, dass Whoopi sich raschelnd aufsetzte. »Du nimmst jetzt sofort den Minigolfschläger und haust dieses Sich-schämen-Ding weg!«

»Whoopi, der Minigolfschläger ist für unerwünschte Gedanken! Der braunkarierte Teppich ist für unerwünschte Gefühle.«

»Aber der Golfschläger ist viel besser als der olle Teppich!«

Ich brummelte wortlos in mich hinein. Diese Diskussion hatten wir schon mehrere Male geführt, und irgendwie kamen wir nie auf einen grünen Zweig. Außerdem wollte ich jetzt endlich von Anjano erzählen. »Es ist noch etwas passiert«, wechselte ich das Thema.

»Was denn?«, fragte Whoopi, und ich konnte hören, dass mein Tonfall ihr Interesse geweckt hatte.

Da rauschte es auf einmal in der Leitung und die Verbindung brach ab.

Verwundert schaute ich auf mein Handy und schüttelte es ein bisschen. Dann tippte ich noch einmal auf die Whoopi-Kurzwahltaste. Nach ein paar Sekunden erschien allerdings nur die *Keine Verbindung möglich-*

Anzeige. Ich probierte es noch einmal, ohne Erfolg. Komisch. Dann musste ich es ihr wohl später in der Schule erzählen.

Nachdenklich blickte ich wieder aus dem Fenster. Der Mond war mittlerweile weg, die Morgendämmerung breitete sich gerade aus. Am besten stand ich einfach auf. Meine Kopfschmerzen waren inzwischen einigermaßen von den Tabletten eingelullt worden, und schlafen konnte ich sowieso nicht mehr. Ich zog mein Harry-Potter-Nachtshirt aus und streifte mir ein leichtes, kurzes Sommerkleidchen über. Normalerweise nutzte ich den Donnerstagmorgen immer zum Lesen, und auf dem Schreibtisch lag eine brandneue Biographie von Marie Curie, auf die ich mich gestern noch richtig gefreut hatte. Aber nun wollte ich etwas anderes. Ich hatte gemerkt, dass ich es wollte, als ich mir gestern Nacht einzureden versucht hatte, dass ich es überhaupt nicht wollte: Anjano wiedersehen.

Wiederfühlen …

Stopp! Du hast keine, wirklich überhaupt gar keine Chance bei einem Jungen wie ihm, Juli! Und dass er dich schön genannt hat, war bestimmt ein Versehen. Oder eine übliche Verabschiedungsfloskel bei den Amish-People.

Okay, ist ja gut.

Aber es gab noch einen anderen Grund, warum ich ein zweites Mal mit ihm sprechen musste, einen überaus wichtigen Grund: Mein Kopf kam mit ungelösten Rätseln sehr schlecht zurecht. Es entstand dann eine Art Überdruck im Schädel. (Meine Kopfschmerzen kamen dieses Mal bestimmt allein daher!) Im Falle Anjano waren die generelle Informationsbeschaffung und die eventuelle Aufstellung eines glaubwürdigen Entwurfs seines Lebenslaufes also wichtig für meine Gesundheit. Wenn ich mir darüber hinaus von vornherein klarmachte, dass ich keinerlei Chancen bei ihm hatte, konnte ich auch nicht enttäuscht werden, und dann würde ein erneutes Zusammentreffen einzig und allein aus rein investigativen Gründen stattfinden – wenn es überhaupt stattfand, denn dass sich Anjano noch immer in der Nähe der Lichtung aufhielt, war eigentlich mehr als unwahrscheinlich.

Trotzdem.

Ich wollte mich zur Lichtung davonstehlen und nach ihm suchen. Ausschließlich im Dienste der dringend notwendigen Ermittlungen, dachte ich und zog meine Chucks an.

Nachdem ich mir in meinem Bad sorgfältig die Zähne geputzt und mich frisch gemacht hatte, huschte ich auf den Flur, am Schlafzimmer meiner Mutter vorbei und dann am Arbeitszimmer meines Vaters, aus dem lautes Schnarchen drang. Die Tür war nur angelehnt, also drückte ich sie auf. Mein Vater lag schlafend auf der Ausziehcouch und röhrte wie ein sterbender Hirsch. Er hatte alle viere von sich gestreckt, und sein Gesicht wirkte ungewohnt gutmütig und beinahe empfindsam – Eigenschaften, die man ihm im normalen Leben wohl nicht nachsagen würde.

Ach, Papa, warum siehst du nie so aus, wenn wir am Esstisch sitzen?

Ich meinte natürlich nicht den offen stehenden Mund und die schlaffen Gesichtszüge. Nur die Weichheit. Die war schön.

Auf dem Boden neben ihm lag ein Blatt Papier. Er schien sich vor dem Einschlafen Notizen gemacht zu haben. Mein Blick fiel auf die großgeschriebene Überschrift.

Aufstellung der Vermögenswerte und Möglichkeiten der Teilung.

Während ich jählings zurückzuckte und aus dem Zimmer hastete, vollzog mein Minigolfschläger einen brachialen Hammerschlag, und jedwedes aufkommende Gefühl wurde blitzschnell unter den braunkarierten Teppich gestopft.

So.

Es war wirklich schönes Wetter heute. So wie gestern, aber mit ein paar bauschigen Wölkchen am Himmel. Sommer war echt was Tolles, dachte ich angestrengt, als die Haustür hinter mir zufiel.

Mit schnellen Schritten überquerte ich zwei Straßen und lief zu dem kleinen Pfad, der in den Wald hineinführte. Den Weg zu meiner Lichtung hätte ich auch blind gefunden, so oft war ich ihn schon entlanggeflüchtet – meist mit Golfschläger und Teppich beschäftigt. Dieses Mal wanderten meine Gedanken allerdings gleich wieder zu Anjano und den zweihundertvierundfünfzig Fragen, die ich über ihn hatte.

Dann war ich da. Der Teich lag verschlafen im frühen Morgenlicht, und die Blumen und Sträucher schienen ebenfalls noch nicht richtig wach zu sein.

Ich verlangsamte meine strammen Schritte.

Wie friedlich es hier war.

Jeder Mensch sollte solch eine Lichtung zur Verfügung haben, schoss es mir durch den Kopf, für die Seele, weil die Leute viel zu viel Stress haben und vom Stress krank werden, und wenn jeder auf seiner eigenen Lichtung regelmäßig entspannen könnte, würde das wahrscheinlich zu einem erhöhten allgemeinen Wohlbefinden führen, zu mehr Zufriedenheit und zu einer längeren Lebenserwartung, und es müssten außerdem sehr viel weniger Psychopharmaka verschrieben werden, was dann allerdings schlecht wäre für die Pharmaindustrie, für Arztpraxen, für die Wellnessindustrie und überhaupt alle, die vom Stress der Leute profitieren und die dann viel weniger zu tun hätten als vorher, und wenn man genauer darüber nachdachte, wäre das wohl ziemlich fatal, denn wenn Pharmaleute und Konsorten nicht mehr gebraucht würden, würde das letztendlich zu Millionen von Arbeitslosen führen, die alle auch noch länger leben würden als normal (weil sie auch alle eine Lichtung hätten), was enorm zur Überalterung der Gesellschaft beitragen und dafür sorgen würde, dass viel mehr Rentner als sowieso schon Rente wollen, was dann niemand mehr bezahlen könnte, und das würde dann schlussendlich zum vollständigen Zusammenbruch des Staates führen.

Daraus ergab sich folgende Hypothese: Wenn alle Menschen glücklich und entspannt wären, wäre das das Ende der modernen Zivilisation.

Ich setzte mich an meinen Lieblingsplatz am Teichufer, lehnte mich gegen meinen Lieblingsbaum, grüßte die schönen Silberpappeln am Rande der Lichtung mit einem kleinen Kopfnicken und atmete tief durch.

Jetzt mal still da oben.

Ich wollte einfach nur ein bisschen hier sitzen. Der Gedanke, dass Anjano noch hier sein könnte, erschien mir inzwischen total lächerlich.

Da nahm ich aus den Augenwinkeln etwas auf der anderen Seite der Lichtung wahr. Ich fuhr herum und schnappte nach Luft. Dort drüben war er! Er war es wirklich. Die blonden Haare, die breiten Schultern, die aufrechte Körperhaltung …

Allerdings trug er nicht mehr die Sachen von gestern, sondern ein schwarzes T-Shirt und Bluejeans. Mein Blick hing wie festgetackert an ihm, und mein Puls pochte mir bis in die Fingerspitzen.

Cool bleiben, Juli. Weißt du noch? Du wolltest einzig und allein Informationen sammeln …

Ja, klar.

Ich lachte erstickt.

Aber gut, Informationen. Also: Was machte er?

Mit klopfendem Herzen beobachtete ich Anjano und versuchte zu erkennen, was er tat. Er machte … Pantomime. Oder zumindest etwas Ähnliches. Er schien die Luft mit den Händen nach unsichtbaren Glasscheiben abzutasten.

Hm.

Und? Vorschläge?, fragte ich meinen Kopf.

Leider hatte er keine. Außer, dass Anjano womöglich im Zirkus jobbte und seine Nummer am liebsten ungestört im Wald übte. Aber seinem Gesichtsausdruck nach war das, was er tat, nicht zum Lachen. Er sah angespannt aus. Beunruhigt.

Ich stand auf und ging langsam über die Lichtung auf ihn zu. Meine Knie zitterten zwar wie Espenlaub, aber ich marschierte trotzdem tapfer weiter.

Anjano entdeckte mich. Sein Mienenspiel schwankte zwischen Erstaunen und … Freude. Oder bildete ich mir das nur ein?

Ich blieb vor ihm stehen.

Erst jetzt registrierte ich, dass er tatsächlich größer war als ich. So groß. So schön.

Scht! Still da oben!

»Hi«, presste ich dünn hervor.

»Ich sehe dich«, antwortete Anjano mit seiner schönen, warmen Stimme und mit seinem Akzent.

Ich sehe dich …

Krass.

»Du bist zurückgekommen«, fügte er hinzu und schien sich sehr darüber zu wundern.

»Ja«, hauchte ich und räusperte mich schnell. »Ja, bin ich. Ich bin zurück. Gekommen. Ich meine … du bist auch zurückgekommen.«

Am liebsten hätte ich mich selbst geohrfeigt.

Anjano schien abermals hin- und hergerissen zu sein. Seinem Gesichtsausdruck nach hielt er es für eine schlechte Idee, sich mit mir zu unterhalten. Eigentlich sah er sogar so aus, als wäre er am liebsten auf der Stelle fortgelaufen. Doch dann machte er eine Geste, als würde er etwas zur Seite werfen. »Wohin?«, fragte er.

Ich brauchte fünf Sekunden, um die Frage zu verstehen. »Wohin?«, wiederholte ich. »Wohin ich gekommen bin? Ähm … hierhin … wo wir jetzt sind.« Herrgott! Wofür hatte man denn in Rhetorik eine Eins, wenn im Ernstfall DAS dabei herauskam? Da bemerkte ich Anjanos breites Grinsen.

»Findest du das lustig?«, fragte ich völlig durcheinander.

»Nein.«

»Aber du grinst!«

»Ja.« Er grinste von einem Ohr zum anderen.

»Hä?«

Er lachte, und das Geräusch war so schön, dass mir trotz meiner Verwirrung ein kleiner wohliger Schauer über den Rücken lief. »Ich finde nicht *das* lustig, sondern *dich*.«

Oha. War das gut oder schlecht?

»Es tut mir leid«, lachte er, »du bist so leicht aus der Schiene zu bringen. Da konnte ich nicht widerstehen.«

Na, das war dann wohl eher schlecht. Und außerdem blamabel. Schlagartig bekam ich heiße Ohren.

»Nein, begreif mich nicht falsch!« Er fuhr mit der Hand durch die Luft. »Ich mag lustige Leute.«

Er fand mich lustig. Er mochte lustige Leute.

Während mein Kopf die äußerst schwierige Schlussfolgerung aus diesen beiden Feststellungen zog, grinste ich debil.

Anjano schien das sympathisch zu finden. »Ich lache gern«, ergänzte er.

»Aber bei der Pantomime eben hast du sehr ernst ausgesehen …«, murmelte ich, während mein Hirn jauchzend *Er mag mich!* trällerte – nur, um das Ganze im nächsten Moment sofort wieder zu relativieren. *Er ist wahrscheinlich nur höflich. Vielleicht ist so etwas da, wo er herkommt, ganz normaler Small Talk.*

Er zog vage die Achseln hoch. »Die Wahrheit du sagst.«

Jetzt hatte ich's! Er war ein Verwandter von Yoda!

»Was –«, begann Anjano, doch dann hustete er auf einmal wieder heftig. Es war ein schlimmer Anfall. Zwischen den tiefen Hustern versuchte er Luft zu holen, und man konnte hören, wie schwierig das für ihn war. Seine Atemwege waren anscheinend verengt oder blockiert.

Anjano wandte sich hustend von mir ab und presste sich die Hände auf den Brustkorb. Offenbar half das. Der Anfall ebbte langsam ab.

»Meine Mutter hat eine HNO-Praxis«, erklärte ich, als Anjano sich wieder zu mir umdrehte. »Vielleicht …«

»HNO?«, fragte Anjano mit belegter Stimme und rotem Gesicht. »Was ist HNO?«

»Sie ist Hals-Nasen-Ohren-Ärztin.«

»Ärztin.« Er schien in der Hinterstube seiner Erinnerung nach der Übersetzung dieser Vokabel zu suchen. »Ah! Eine Heilkundige?«

Ich nickte und machte mir eine Notiz im Kopf: Er konnte Deutsch keinesfalls als Fremdsprache gelernt haben. Kein Lehrer der Welt brachte seinem Schüler das Wort *Heilkundige* bei, bevor *Ärztin* dran war.

»Wieso bist du hier auf der Lichtung?«, fragte ich nun rundheraus. »Und was ist das für ein Husten?«

»Ich habe Schwierigkeiten beim Atmen«, erwiderte Anjano mit noch immer kratziger Stimme. Dennoch blitzte es verschmitzt in seinen Augen.

»Das ist mir auch schon aufgefallen.«

Er lächelte. »Siehst du?« Grinsend deutete er auf mich. »Lustig.«

Ich grinste zurück und hatte in diesem Moment das schöne Gefühl, wir könnten Freunde werden. Wenn ich schon keinerlei Chancen als … Frau bei ihm hatte (ha ha ha), dann war Plan B vielleicht, dass wir beste Kumpel wurden. Allerbeste. So richtig enge.

»Du hast meine Frage nicht beantwortet«, stellte ich fest.

»Genau«, bestätigte Anjano.

»Damit hab ich recht, was?«

»Absolut.«

Da musste ich lachen, und er lachte auch.

Das führte dazu, dass ich mich ein wenig entspannte. Obwohl Anjano ein Junge war und so aussah, wie er aussah, war es einfach schön, bei ihm zu stehen und mit ihm zu sprechen. »Du bist ebenfalls lustig«, hielt ich fest.

»Mal in der Zeit.«

»Bitte?«

»Manchmal … in der Zeit.«

»Hin und wieder?«

Er machte wieder die abwiegende Geste mit den Händen. »Wenn es so heißt …«

Wie seltsam das war! Ich musste noch einmal nachhaken. »Warum redest du so komisch?«

»Ich finde, *du* redest komisch.«

»Du lenkst ab! Immer wieder!«

Er ließ seufzend die Hände sinken. »Ich kann dir nichts über mich sagen.«

»Warum nicht?«

»Bitte, Juli …«, sagte er. »Frag nicht weiter nach.«

Er hatte sich meinen Namen gemerkt! Er hatte sich meinen Namen gemerkt! Mein Herz begann aufgekratzt herumzutanzen. Nachdem es ein paar Pirouetten gedreht hatte, begriff ich, was Anjano gesagt hatte. »Warum soll ich nicht nachfragen?«

Ein kleines Lächeln erschien auf seinem Gesicht. »Wenn dich jemand bittet, nicht nachzufragen, fragst du nicht, warum du nicht nachfragen sollst.«

Ich grinste. »Du willst mir nicht verraten, wer du bist und was du hier machst?«, fragte ich und schwankte zwischen dem Wunsch, ihn nicht zu bedrängen, und meinem übermächtigen Wissensdurst. Letzterer war allerdings stärker. Ungelöste Rätsel waren schließlich ungesund für mich.

»Nein. Es ist besser, wenn ich nichts über mich erzähle. Kannst du dem mit Akzeptanz begegnen?« Bittend sah er mich an.

Mein Herz schmolz dahin. »In Ordnung.« Ich hauchte wieder mehr, als dass ich sprach. Ging aber gerade nicht anders. »Ich frage fürs Erste nicht weiter.«

Dafür schenkte er mir ein hinreißendes Lächeln.

Als mein Gesicht wehzutun begann, merkte ich erst, dass ich dämlich lange zurückstrahlte.

Plötzlich verwandelte sich sein Lächeln jedoch schlagartig in Husten, und es war gar nichts mehr lustig. Anjano krümmte sich, fiel auf die Knie und hustete sich die Seele aus dem Leib. Ich bekam langsam wirklich Angst. Unbeholfen hockte ich mich hinter ihn und klopfte ihm auf den Rücken, während er sich mit beiden Händen den Brustkorb festhielt und nach Atem rang. Doch schließlich ging auch dieser Anfall vorüber.

»Soll ich einen Notarzt rufen?«, fragte ich. »Oder brauchst du ein Asthmaspray?«

»Nein«, krächzte er und sog geräuschvoll die Luft ein. »Was immer das ist, es würde mir nicht helfen.«

»Aber was kann man denn tun?«, fragte ich und merkte, dass meine Hand noch immer auf seinem Rücken lag. Ich musste sie wegnehmen. Jetzt. Sie blieb liegen. Der Stoff seines T-Shirts fühlte sich toll an. Unglaublich toll. Und direkt darunter war … er.

Anjano hob den Kopf. Sein Gesicht war auf einmal keine zwanzig Zentimeter von meinem entfernt. Seine hellbraunen Augen schauten mich fragend an.

Ich spürte, wie ein Kribbeln mein Rückgrat emporschoss und sich rasend schnell in jede meiner Zellen ausbreitete. Sah mich dieser Junge tatsächlich gerade so an, als wolle er …

Da schüttelte er den Kopf und wandte sich ab.

Wie versteinert hockte ich da. Was hätte ich gemacht, wenn er sich nicht abgewandt hätte?

Anjano fuhr sich mit beiden Händen übers Haar und seufzte schwer. Mein Blick fiel auf einen kleinen Schriftzug, der auf sein T-Shirt gedruckt war: *Das Leben ist kein Ponyhof*.

»Ist das dein Shirt?«, fragte ich.

»Jetzt schon.«

»Wie meinst du das? War es nicht in deinem … Koffer?« Ein weiterer Schuss ins Blaue, abgefeuert, um irgendetwas aus ihm herauszubekommen.

Anjano schwieg jedoch.

»Oder hast du es geklaut?«

»Was habe ich?«

»Es geklaut? Gestohlen!« Wenn er kriminell war, fand ich das überhaupt nicht witzig. »Wo hast du es her?«

Anjano schien zu erkennen, dass ich nicht lockerlassen würde. »Ich habe gestern Nacht ein paar Dinge genommen.« Kaum hatte er das gesagt, schaute er sich um, als müsse jemand auf seine Worte reagieren. Die Büsche vielleicht. »Ich bin zu dem Wohnwinkel südlich des Waldes gegangen und habe mir dort geholt, was ich brauchte.«

»Wohn… was?«

»Wohnwinkel.« Er zeichnete mit dem Zeigefinger mehrere Dächer in die Luft. »Wo man wohnt.«

»Du hast dir die Sachen also einfach … angeeignet?«

»Ja«, bestätigte er und machte ein zufriedenes Gesicht. »Es waren viele Dinge da.«

»Du hast sie gestohlen!«

Er schien nicht zu verstehen.

»Entwendet«, versuchte ich es anders. »Gemopst!«

Anjano zog die Stirn in Falten, als bemühe er sich sehr zu begreifen, was ich sagen wollte.

»Du bist ein Dieb!«

Dieses Wort schien er zu kennen. Überraschenderweise lachte er jedoch. »Oh, nein! Ein Dieb bin ich nicht. Der Mann, von dem ich die Kleidung genommen habe, hatte viele Tragesachen. Er braucht das hier« – er wies auf das Shirt und die Jeans – »weniger dringend als ich.«

Ich war sprachlos.

»Wenn er sie genauso dringend wie ich gebraucht und ich sie trotzdem genommen hätte, dann wäre ich ein Dieb.« Anjano blickte sich abermals um, als würde er den Angriff einer Killerbiene erwarten. »Die größere Not war bei mir, also war es kein Unrecht.«

»Sag das mal meinem Vater, der lacht dich aus.«

»Dein Vater?«

»Er ist Anwalt.«

Seiner Miene nach gehörte dieses Wort ebenfalls nicht zu seinem Wortschatz.

»Er …« Wie erklärte man das? »Er verhilft Leuten zu ihrem Recht.«

»Ah. Dazu braucht man bei euch also jemanden«, sagte Anjano und zuckte erschrocken zusammen, als wäre ihm dieser Satz unabsichtlich herausgerutscht.

»Bei *euch* …«

Anjano wirkte alarmiert. Hektisch schaute er sich um, als erwarte er, dass das, was seiner Meinung nach offenbar passieren müsste, nun aber ganz gewiss eintreten würde. Es passierte aber nichts.

»Was ist denn los?«

Sein Blick richtete sich wieder auf mich. »Es ist eigenwürdig, dass ich mit dir darüber reden kann«, sagte er, und zwischen den Zeilen schienen sich die Dinge zu verbergen, die ich wissen wollte.

Plötzlich erklang ein seltsames Geräusch. Ein hohes, metallisches Klirren, das unangenehm in den Ohren kratzte. Es schien aus dem angrenzenden Weizenfeld zu kommen.

Anjanos Kopf fuhr augenblicklich herum. Ihm kam das Geräusch offensichtlich nicht seltsam vor. Es schien ihn eher zu freuen – oder vielmehr regelrecht zu elektrisieren. Als habe er sehnsüchtig darauf gewartet.

»Ich muss gehen!«, rief er und warf mir einen bedauernden, liebevollen Blick zu. (Ja, liebevoll! Oder ich hatte vollkommen den Verstand verloren.) »Leb wohl, schönes Mädchen.«

»Warum musst du denn gehen?«, fragte ich schnell.

Bitte nicht!, flehte ich in Gedanken.

Als hätte er meine Gedanken gelesen, schüttelte Anjano den Kopf. »Ich kann nicht bleiben.«

»Warum nicht?«

Da nahm Anjano meine Hand, drehte sie um und küsste die empfindliche Stelle am Handgelenk.

Ich bekam eine kolossale Gänsehaut und hatte das Gefühl, mir rieselten tausend silberne Schneeflocken den Arm hinunter. Er hatte mein Handgelenk geküsst! Seine Lippen hatten meine Haut berührt! Ich war … geküsst worden!

Vorsichtig ließ Anjano mich los und ging ein paar Schritte rückwärts in Richtung des Weizenfeldes, in Richtung des Geräusches, das immer lauter zu werden schien. Er sah mich durchdringend an, während er rückwärtsging, als wolle er sich mein Gesicht einprägen.

Fast hätte ich angefangen zu heulen. Oder zu schreien. Oder beides.

Anjano schenkte mir ein Lächeln, ein wunderschönes Abschiedslächeln, dann drehte er sich um und verschwand im Weizenfeld.

5.

Ich war völlig neben der Spur. Ein aufgescheuchtes Huhn, das laut gackernd im Stall auf und ab lief. Also, mein Kopf gackerte zumindest hysterisch vor sich hin, während ich stampfenden Schrittes vor dem Schuleingang auf und ab tigerte. Wo war Whoopi? Es war bereits fünf vor zehn, und der Unterricht ging gleich los.

Sie kam nicht. Um zwei vor zehn gab ich das Warten auf und lief in den Klassenraum. Dabei bemerkte ich am Rande, dass ich mir in den Chucks Blasen gelaufen hatte, aber das war mir relativ egal. Ich war geküsst worden! Auf die Haut! Mit den Lippen! Von einem absoluten Traumjungen, der selbst, wenn er hustete und krächzte, noch unglaublich wunderbar war. Wunderbar und lustig und klug und süß und … mysteriös.

(Andererseits – womöglich war das Handgelenk-Küssen bei seinen Leuten eine ganz normale Verabschiedungsgeste, und er würde auch seiner Tante Britta so auf Wiedersehen sagen?)

Mein Kopf stand kurz vorm Overload. Was war das bloß für ein Geräusch im Weizenfeld gewesen? Klang so ein einparkendes UFO? Hatte Anjano vorher per Pantomime Kornkreis-Muster ausprobiert, die das Raumschiff in dem Feld hinterlassen könnte?

Anjano war bestimmt der kreative Typ.

Hilfe!

Wo war Whoopi?!

Statt Whoopi watschelte unsere Biologielehrerin Frau Blümke in den Raum. »Tach«, knurrte sie. »Mal wieder Doppelstunden-Donnerstag. Was soll man machen.« Miesepetrig verzog sie ihr Burn-out-Gesicht und klatschte ihr Kursheft auf den Lehrertisch. »Wo waren wir? Clemens?« Müde wies sie mit dem Kinn in meine Richtung. »Sie wissen doch immer alles.«

Äh … »Regenwaldabholzung«, spulte ich ab.

Das schien Frau Blümke zum Glück zu reichen. »Ach ja. Na, dann lesen wir mal im Buch weiter.«

Da schlüpfte Whoopi in den Raum. »Sorry«, nuschelte sie. »Hab den Bus verpasst.«

Ich war so glücklich, sie zu sehen, dass ich am liebsten wie ein hechelnder Cockerspaniel an ihr hochgesprungen wäre.

Whoopi klemmte sich auf den Platz neben mir, nippte seelenruhig an ihrem Becher Kakao, den sie sich jeden Morgen als Erstes in der Cafeteria holte (dafür war also Zeit gewesen!), und zog ihre Sommerstrickjacke aus. Dann hielt sie inne. »Was ist?«, fragte sie leise und schaute mich durch ihre Brille mit großen Augen an.

»Ich muss dir was erzählen! Es ist was passiert!«, flüsterte ich. Zumindest hatte ich vorgehabt zu flüstern.

»Oh, Frau Clemens möchte etwas erzählen!«, rief Frau Blümke in erfreutem Ton. Sie fand ihren Unterricht selbst grottenlangweilig und machte keinen Hehl daraus. »Was ist Ihnen denn passiert? Was Interessantes?«

»Was Heißes?«, rief Mirko von hinten links.

Gelächter.

Es wurde gelacht, weil die Vorstellung, dass ich etwas Heißes erlebt haben könnte, offensichtlich total absurd war.

Beschämt senkte ich den Kopf.

Frau Blümke seufzte und begann, mit Leierstimme aus dem Biobuch vorzulesen.

Ich brauchte nur eine Minute, um über den Spruch und das Gelächter hinwegzukommen – erstaunlich schnell für meine Verhältnisse. Aber Mirko war Sprücheklopfer von Beruf, und gelacht hatten eigentlich nur die üblichen Idioten. Außerdem war ich noch immer viel zu aufgekratzt, um mich da hineinzusteigern. Die Sache kam also ratzfatz unter den Teppich.

Ich warf einen Seitenblick auf Whoopi. Sie trank gerade erneut einen großen Schluck Kakao, hievte dann ihre Tasche auf den Tisch und kramte geräuschvoll darin herum. Bestimmt suchte sie ihre Splissschere. Wenn der

Unterricht langweilig war, untersuchte Whoopi nämlich immer ihre Haarspitzen auf Spliss und schnitt jede kleine Haarspaltung ab, bis der ganze Tisch voller feiner Haare war.

Ich konnte gerade nicht mit ihr reden, weil zwei der Idioten immer noch mit gespitzten Ohren zu uns herübersahen, also kritzelte ich die Zusammenfassung der unglaublichen Ereignisse notgedrungen mit meinem Füller auf ein Blatt Papier: *Ich habe jemanden kennengelernt! Er heißt Anjano und ist unglaublich toll und sieht wahnsinnig gut aus. Allerdings ist alles an ihm irgendwie geheimnisvoll. Er verbirgt etwas und gibt das auch zu, will aber nichts erklären, was meinen Kopf fast zum Explodieren bringt. Wir müssen unbedingt darüber sprechen. Ich flipp gleich aus!*

Sobald die Gelegenheit günstig war, würde ich Whoopi den Zettel zustecken. Whoopi hatte gerade ihre Schere gefunden und wollte ihre Tasche wieder nach unten stellen. Dabei klappte einer der beiden Taschenträger zur Seite, legte sich wie eine Schlinge um den Kakaobecher und zog ihn ein paar Zentimeter über den Tisch, bis er gegen meinen Arm stieß, umkippte und seinen Inhalt über den gesamten Tisch ergoss.

Es geschah alles so schnell, dass ich lediglich noch den Arm wegziehen konnte, bevor er etwas abbekam, und belämmert zusehen musste, wie der Kakao meinen Zettel ertränkte.

Die Idioten applaudierten. Frau Blümke verzog ihr faltiges Gesicht zu einem abfälligen Knitterflunsch. Whoopi murmelte »Uppsi« und stand auf, um Wischtücher zu holen.

Ich starrte währenddessen auf meinen Zettel. Der Kakao hatte die Tinte in komplett unleserliche blau-braune Pfützen verwandelt.

Na super.

Whoopi kam zurück und wischte den Kakao auf. Dabei entdeckte sie das klägliche Häuflein Zettel und blickte mich fragend an.

Ja, der war für dich.

Whoopi schien zu verstehen. Bedauernd schob sie die Unterlippe vor. Dann kratzte sie meinen Zettel von der Tischplatte und warf ihn in den Müll.

Als sie sich wieder setzte, raunte sie mir zu: »Was Gutes?«

»Ja, ich glaube schon«, flüsterte ich zurück. Dieses Mal flüsterte ich wirklich, aber Frau Blümke hob trotzdem wachhundmäßig den Kopf. »Details, Frau Clemens?«

»Nein«, grollte ich.

Manno! Dann musste ich es eben noch mal mit einem Zettel versuchen. Ich nahm ein zweites Blatt Papier und meinen Füller zur Hand. Als ich aber zu schreiben begann, stellte ich fest, dass die Patrone leer war.

Frustriert schnaubte ich durch die Nase und suchte in meiner Tasche nach einem Kuli, fand aber keinen.

Dann war Frau Blümke fertig mit Vorlesen und schien zu überlegen, was man als Nächstes tun könnte. »Kann noch mal jemand zusammenfassen, wieso die Abholzung des Regenwaldes … schlecht ist?« Ihr Blick wanderte über die Schülerschaft, die kollektiv woanders hinsah.

»Frau Clemens, wie wäre es mit Ihnen?«

Mist. Aber wenn ich meine Eins behalten wollte, musste ich mich jetzt zusammenreißen. Also begann ich über die Regenwälder zu sprechen. Über ihre globale Bedeutung und darüber, dass sie so etwas wie die Lungen unserer Welt waren und CO_2 speicherten, also die ganzen fiesen Abgase aufnahmen, die wir Menschen so produzierten, und dass es äußerst dumm war, die Regenwälder abzuholzen, nur, um teure Möbel aus dem Holz zu machen oder um Ackerfläche für die industrielle Nutzung zu gewinnen, da wir uns damit auf lange Sicht selbst die Luft abschnürten.

Frau Blümke hörte mir mit ausdruckslosem Gesicht zu und gähnte zwischendurch. »Schön«, sagte sie dann. »Noch was?« Sie gab die Unterrichtsgestaltung gern an die Schüler ab und hatte wahrscheinlich mal wieder keinen Plan, wie es mit der Stunde weitergehen sollte. Dabei war das ein wirklich wichtiges Thema! Na gut. Ich konzentrierte mich und hielt nun einen zweiten Vortrag, der sich detaillierter mit den Hintergründen und Zusammenhängen der Thematik beschäftigte. Dabei blickte ich die anderen in der Klasse an, und bei manchen erregte ich mit meiner Darstellung tatsächlich so viel Interesse, dass Nachfragen kamen. Ich beantwortete alle, während Frau Blümke in sich zusammengesunken dasaß, aus dem Fenster starrte und wohl von den Sommerferien träumte.

»Ohne die Regenwälder könnte die Menschheit nicht überleben«, fasste ich abschließend zusammen. »Und trotzdem geht die Abholzung ungebremst weiter. Pro Stunde wird die Fläche von etwa 2400 Fußballfeldern vernichtet.«

»Aber dann ist doch bald kein Wald mehr da!«, fuhr unvermittelt einer der Idioten hoch. Luca. »Ich meine … das ist doch scheiße!«

Sein Tischnachbar lachte, aber Luca schien ernsthaft entsetzt zu sein. »Warum macht denn keiner was dagegen?«

Ich fand es toll, dass Luca sich aufregte. Gerade wollte ich versuchen zu erklären, warum so wenig gegen die Abholzung unternommen wurde, da klingelte es. Die Stunde war um.

Alle sprangen auf.

Gut. Dann konnte ich jetzt endlich mit Whoopi sprechen.

Doch die wurde gerade von Frau Blümke zum Lehrerpult zitiert. Der alte Drachen! Das machte sie doch nur, weil sie genau wusste, dass ich Whoopi etwas erzählen wollte!

Frau Blümke hielt nun lautstark eine völlig überzogene Standpauke wegen Whoopis Verspätung (die anscheinend durch eine Kombination aus Busverspätung und lebenswichtigem Abstecher zur Cafeteria zustande gekommen war), und schickte sie dann los, einen Riegel am Automaten für sie zu ziehen. Es war kaum zu fassen.

Whoopi warf mir einen hilflosen Blick zu und schlurfte davon. Verflucht! Dann musste ich eben doch noch mal einen Zettel schreiben.

»Jenny, kannst du mir einen Kugelschreiber leihen?«, fragte ich das Mädchen, das hinter mir saß.

Jenny steckte die Nase in ihre Tasche. »Ich find gerade keinen«, sagte sie dann achselzuckend.

War wohl nicht mein Glückstag heute.

Ich fragte Larissa, eine Freundin von Antonia (zu deren Party wir nicht eingeladen waren), ob sie mir etwas zu schreiben geben könnte. »Klar«, antwortete sie und überreichte mir einen Kuli. Schön. Ging doch.

In dem Augenblick jedoch, in dem ich die Spitze auf das Papier setzte, klackte es im Inneren, und die Mine verschwand im Stift. Ungläubig schraubte ich ihn auf. Ein Plastikteilchen war durchgebrochen, und der Kuli schrieb nicht mehr.

Ich starrte auf den Stift.

Hier stimmte etwas nicht.

Da schellte es, und der Unterricht ging weiter. Frau Blümke trug uns auf, das Kapitel im Buch noch einmal zu lesen, und während die Klasse vorgab, das zu tun, kam Whoopi mit dem Riegel zurück.

Frau Blümke packte ihn raschelnd aus und biss lustlos hinein, während Whoopi sich setzte und zwischen den Buchdeckeln verschwand.

Und ich ... ich saß wie erstarrt da und konnte meine kleinen grauen Zellen beinahe vor Anstrengung knirschen hören. Das konnte doch nicht sein! Das war völlig unmöglich! So etwas gab es einfach nicht.

Da! Aus dem Kursheft, das vor Frau Blümke auf dem Tisch lag, guckte ein Bleistift heraus!

Jetzt würde ich mir beweisen, dass das alles Zufall gewesen war.

Ich erhob mich im Zeitlupentempo und ging auf den Stift zu. Mein Blick war fest auf das kleine gelb-schwarze Ding gerichtet. Ich würde mir diesen Bleistift nehmen und Whoopi eine Nachricht schreiben. Ja, das würde ich. Ich würde –

Ich stolperte über Whoopis Tasche und fiel der Länge nach hin.

Autsch.

Ich war auf meine Hand gefallen, und mein Daumen hatte komisch geknackt.

»Alles in Ordnung, Frau Clemens?« Die Blümke hockte über mir, den Riegel in der Hand, und sah mich mit leeren Augen an. »Haben Sie sich verletzt?«

»Ich ...« Verblüfft schaute ich auf meinen Daumen,

der dick zu werden begann, und dann auf den kleinen gelb-schwarzen Bleistift, der aus Frau Blümkes Kursheft herausguckte. Das konnte doch alles nicht wahr sein!

Whoopi kniete sich neben mich. »Juli, was machst du denn?« Als sie meinen Daumen sah, quietschte sie: »Ach du Schande! Du musst sofort zum Lohman.« (*Lohman* englisch ausgesprochen, wie *Lohmän*.) Der Lohman, Herr Lohmann, war unser schneidiger Hausmeister, und der hatte eine Sanitäterausbildung. Immer, wenn man sich irgendwas verrenkte oder verdrehte, ging man zu ihm und ließ sich erstversorgen. »Das sieht echt übel aus!«

Ich biss mir vor Schmerz auf die Lippe. »Mhm«, machte ich und stand mühsam auf. Whoopi half mir. Die anderen drängten sich dicht um uns und glotzten.

»Wieso bist du denn überhaupt aufgestanden?«, fragte Jenny und guckte mich mit schmalen Augen an. »Du sahst merkwürdig aus. Wie ferngesteuert …«

Mein Daumen tat so weh, dass ich nur zum Lohman wollte. »Ist doch egal.«

»Sie ist ganz grün im Gesicht«, stellte einer der Idioten fest.

»Das stimmt«, bestätigte Frau Blümke, und es schien sie nicht die Bohne zu interessieren. »Jenny, würdest du Juli zur Erstversorgung begleiten?«

Jenny war sofort dabei. »Sicher!«

Warum Frau Blümke nicht Whoopi gebeten hatte, mit mir zu gehen, konnte ich mir denken. Blöde Kuh.

Whoopi warf mir einen betretenen Blick zu, als ich mich auf Jennys Arm gestützt aus dem Klassenraum schleppte.

»Tut es sehr weh?«, fragte Jenny. »Du siehst aus wie ein Gespenst.«

Ich stöhnte als Antwort, und sie beeilte sich, mich zum Lohman zu bringen. Wir mussten ihn aus einer Besprechung holen und es dauerte alles furchtbar lange, aber schließlich saßen wir in seinem Erste-Hilfe-Raum und er sah sich meinen roten, geschwollenen Daumen an.

»Fff«, pfiff er mehrmals durch die Zähne, während er den Daumen drehte und wendete. »Das tut bestimmt weh.«

Ja, Mensch!

Gewissenhaft sprühte der Lohman meinen Daumen mit Eisspray ein, strich irgendeine Salbe drauf und verband ihn. »Schön ruhig halten«, empfahl er dann noch. »Und nicht schreiben!«

Nicht schreiben.

Vor allem keine Zettel.

Langsam wurde mir die Sache unheimlich.

6.

Schwer grübelnd trottete ich eine Weile später an Jennys Arm aus dem Erste-Hilfe-Zimmer. Whoopi wartete auf dem Flur auf mich, mit mitfühlendem Gesichtsausdruck und einem Erdbeereis. »Und?«, fragte sie und gab mir das Eis in die gute Hand.

»Geprellt«, antwortete ich. »Oder verstaucht.« Ich konnte mich nicht erinnern, was genau der Lohman gesagt hatte, weil all meine Neuronen mit der Ungeheuerlichkeit dessen beschäftigt gewesen waren, was passiert war.

»Er hat gesagt, dass es schon wieder wird«, erklärte Jenny Whoopi und sah auf die Uhr. Bio war inzwischen vorbei. Französisch auch. »Ich muss jetzt mal was essen. Kommt ihr mit in die Mensa?«

»Nee«, entgegnete Whoopi. »Wir haben den Rest des Tages frei. Sechste und siebte Stunde Mathe fällt heute aus.«

»Im Ernst?«, fragte ich erleichtert.

Jenny machte eine Siegesfaust, rief: »Yes!« und hoppelte glücklich davon.

Whoopi wandte sich mir zu. »Fahren wir direkt zu mir?«

»Klar, warum nicht?« Super. Dann hatten Whoopi und ich ja den ganzen Nachmittag, um über Anjano zu reden – dachte ich trotzig und wusste doch, dass es höchstwahrscheinlich anders kommen würde.

Alle Indizien sprachen dafür.

Dafür, dass etwas sehr Eigenartiges vor sich ging.

»Du bist heute komisch«, stellte Whoopi fest, nahm mir das Erdbeereis-Hörnchen ab und packte es aus.

»Findest du?« Ich hätte gelacht, wenn nicht alles so merkwürdig gewesen wäre … und auch ein bisschen beängstigend.

»Absolut.« Whoopi hielt mir das Eis hin.

Ich schüttelte den Kopf.

Ihr blieb nichts anderes übrig, als es selbst zu essen. »Sag mal«, setzte sie mit vollem Mund an. »Was wolltest du mir denn erzählen? Du hast mich heute Morgen doch wahrscheinlich wegen der gleichen Sache angerufen, oder?«

Meine Augen weiteten sich. Mein Anruf heute Morgen! Plötzlich war die Leitung tot gewesen. Gerade, als ich von Anjano erzählen wollte! Ich schauderte.

»Also, was ist los?!« Whoopi stupste mich an. »Jetzt raus damit!«

Was würde geschehen, wenn ich noch einmal versuchte, es ihr zu erzählen? Würde ich mich wieder auf die Nase legen?

»Ist was richtig Sensationelles passiert?«, bohrte Whoopi und schob ihre Brille auf die Nasenspitze, um mich prüfend über den Rand hinweg anzublicken.

Langsam. Ich würde es ganz langsam ausprobieren. Kaum merklich nickte ich.

»Also ja?« Whoopi betrachtete mich mit gerunzelter Stirn. »Na, dann muss es ja der Oberhammer sein!«

War es auch.

»Jetzt sag schon!«, forderte sie ungeduldig.

Ich kämpfte mit mir. Wie gern wollte ich ihr alles erzählen! Aber einen zweiten dicken Daumen – oder eine dicke Lippe – konnte ich nicht gebrauchen …

Whoopi wartete. Schob ihre Brille wieder hoch. Kratzte sich am Hinterkopf. Wartete.

Okay. Dann würde ich es eben noch einmal versuchen. »Ich habe gestern …«, fing ich an.

Da tippte jemand Whoopi auf die Schulter. Carla. Aus Informatik. »Deine DVD ist kaputt!«, rief sie und wedelte mit *Avatar* vor Whoopis Nase herum. »Da ist ein fetter Kratzer drauf. Man kommt nicht aus dem Menü raus.«

»Echt? Mist.«

»Kaufst du dir die noch mal neu?«

»Zu teuer«, murmelte Whoopi und bedachte die DVD mit einem bedauernden Blick.

»Hast du gehört, dass sie einen zweiten Teil drehen wollen, der unter Wasser spielen soll?«, plapperte Carla nun los und begann mit leuchtenden Augen über unentdeckte Wasserwelten zu fachsimpeln.

Whoopi warf mir einen entschuldigenden Blick zu und ging dann auf Carlas Bemerkung ein, James Cameron würde sich damit bestimmt noch mal selbst vom Thron stoßen, so wie mit *Titanic*.

Ich verstand nur Bahnhof. Aber andererseits auch nicht. Was ich verstanden hatte, war, dass es für mich offenbar unmöglich war, Whoopi von Anjano zu erzählen.

Es war unglaublich.

Unfassbar.

Als wollte das Universum mich verarschen.

Dabei glaubte ich gar nicht an diesen ganzen Universums-Fügungs-Blödsinn! Es musste eine andere Erklärung geben. Eine logische, wissenschaftlich nachweisbare Erklärung. Die gab es immer, für alles.

Während Whoopi und Carla sich nun langsam in Bewegung setzten und schwatzend Richtung Bushaltestelle spazierten, stapfte ich neben ihnen her und feuerte die Liste der ungeheuerlichen Tatsachen durch alle Hirnwindungen, damit die Summe der Einzelteile bitte augenblicklich eine eisenharte Hypothese hervorbrachte.

1.) Es sind inzwischen zwölf Dinge geschehen, die verhindert haben, dass ich Whoopi von Anjano erzählen kann.
2.) Sieben davon sind in der Kombination wirklich beunruhigend.
   a) Unser Handygespräch wird unterbrochen.
   b) Sechs mal … SECHS MAL! … misslingt mein Versuch, Whoopi einen Zettel über Anjano zu schreiben oder ihn ihr zu geben!
3.) Fünf der Geschehnisse sind allerdings nicht komplett ungewöhnlich.
   a) Whoopi kommt zu spät.
   b) Frau Blümke ist ein mürrischer Drachen und lässt mich den Unterricht schmeißen.
   c) Frau Blümke ist ein mürrischer Drachen und schickt Whoopi in der Pause zum Riegelholen.
   d) Frau Blümke ist ein mürrischer Drachen und fragt Jenny statt Whoopi, ob sie mich zum Lohman bringt.
   e) Die Labertasche Carla quatscht Whoopi wegen DVDs an.
4.) Es kann sich also durchaus auch um Zufälle handeln.
5.) Die enorme Anhäufung von Zufällen in dieser kurzen Zeitspanne spricht allerdings dagegen, dass es Zufälle sind.
6.) Vorfälle. Es sind einfach Vorfälle.

7.) Die Vorfälle scheinen Reaktionen vom … Kosmos … zu sein und sind ganz offensichtlich dazu gedacht, ein Gespräch zwischen Whoopi und mir zu verhindern.
8.) So was gibt's nicht.
9.) Dem Kosmos ist es egal, mit wem du über wen redest.
10.) Dem Kosmos ist noch nicht mal was egal. Der Kosmos … ist überhaupt niemand!
11.) Kosmos klingt genauso beknackt wie Universum. Dann kannst du auch gleich Universum sagen.
12.) Nö.
13.) Zusammenfassung: Die Vorfälle haben alle dasselbe Resultat hervorgebracht, nämlich, dass wir nicht über Anjano sprechen konnten.
14.) So. Und jetzt?
15.) Mir platzt gleich der Schädel.
16.) Mal kurz was anderes denken.
17.) Heute ist es wieder außerordentlich heiß.
18.) Für heute Abend ist aber Regen angesagt.
19.) Es herrscht außerdem starker Pollenflug.
20.) Esche, Raps und Löwenzahn.

Wir erreichten die Bushaltestelle vor der Schule. Carla schnatterte sich gerade mit strahlendem Gesicht über Sci-Fi-Filme in Rage, was Whoopi natürlich durchaus interessierte. Doch nach einem kurzen Blick auf mich unterbrach sie die Quasselstrippe. »Nimm es mir nicht übel, Carla, aber Juli und ich müssten dringend mal was besprechen.«

Carlas Lächeln gefror. »Ach so. Na dann …« Sichtlich beleidigt drehte sie sich um und stellte sich ans andere Ende der Bushaltestelle.

Whoopi seufzte. »Musste sein.« Mit krausgezogener Nase musterte sie mich. »Ich mach mir langsam echt Sorgen. Du bist blass wie ein Hemd. Hast du schon wieder Kopfschmerzen?«

»Mhm«, bestätigte ich. Es war wirklich kein Wunder.

»Willst du mir jetzt trotzdem den Oberhammer erzählen?«

Ich massierte mir die Schläfen. »Besser nicht.«

Whoopis Brauen fuhren in die Höhe. »Was? Warum nicht? Jetzt quatscht uns doch endlich keiner mehr dazwischen!«

»Ja, schon, aber …« Ach, menno! Konnte ich es vielleicht doch noch einmal riskieren? Wachsam drehte ich mich um die eigene Achse und schaute mich nach potentiellen Gefahrenquellen um. Speziell nach Dingen, über die man stolpern konnte.

Da fiel mir etwas ein. Genauso hatte sich Anjano umgesehen, als er mit mir gesprochen hatte! Als erwarte er eine Reaktion!

Vom Kosmos.

Hatte er nicht sogar gesagt »Es ist eigenwürdig, dass

ich mit dir darüber reden kann«? Offenbar hatte Anjano von dieser … kosmischen Verhinderungssache gewusst! Hätte er sie mir womöglich erklären können? Mist. Was hätte ich dafür gegeben, ihn noch einmal zu sprechen! Aber mir war nicht entgangen, dass er dieses Mal *Leb wohl (schönes Mädchen)* gesagt hatte. Dann dieser Blick. Der Abschiedskuss. Er war fort.

Da merkte ich, dass Whoopi mich durchdringend ansah. »Was ist bloß mit dir los?«

»Ich …« Sollte ich es nun noch einmal versuchen oder nicht? Rasch blickte ich mich abermals um und checkte die Lage. Wir standen mitten auf dem Gehweg. Neben einer Hauptstraße. Hier waren jede Menge Leute. Und Autos! Nein. Hier konnte alles passieren.

Moment mal! Was war das denn? War das Anjano?

Meine Augen weiteten sich.

Auf der anderen Straßenseite stand ein enorm gutaussehender, enorm blonder Typ mit Pferdeschwanz.

Ich blinzelte. Das konnte doch nicht sein …

Er hob die Hand und winkte.

Mir blieb das Herz stehen.

Anjano war hier.

Vor meiner Schule.

Mein Herz begann ruckartig wieder zu schlagen und jagte tanzendes Blut durch meine Adern.

Er war nicht fortgegangen.

Ich hob staunend die Hand.

»Wem winkst du?«, fragte Whoopi und drehte sich zur anderen Straßenseite um. In diesem Moment rempelte jemand sie von der Seite an, und Whoopi kleckerte sich den Rest des Erdbeereises, das sie noch in der Hand hielt, auf ihr sonnengelbes Top.

Es war ein Jogger. »'tschuldigung!«, rief der Mann und joggte weiter. Ich hatte ihn nicht kommen gesehen.

»Bei dem Wetter soll man nicht joggen!«, brüllte Whoopi dem Mann hinterher, fluchte und kramte ein Taschentuch hervor, um das Eis abzuwischen.

Sie war abgelenkt.

Mit offenem Mund blickte ich wieder zu Anjano. Er stand da, in dem Ponyhof-Shirt und der Bluejeans von heute Morgen, und schaute zu mir herüber. War er meinetwegen hier? Wollte er mich sprechen?

Wie aufs Stichwort trat er an den Rand der Straße und schien hinübergehen zu wollen. Konzentriert beobachtete er den Verkehr und machte dabei ein Gesicht, als sei eine Straßenüberquerung eine lebensgefährliche Angelegenheit – was ihn aber offenbar nicht davon abhalten konnte.

Er wollte zu mir!

Neben mir hörte ich zwei Achtklässlerinnen kichern. Sie hatten Anjano entdeckt, starrten ihn an und wisperten aufgeregt irgendetwas.

Da segelte der Samen einer Pusteblume heran und flog schnurstracks in die Nase des einen Mädchens, das sofort heftig zu niesen begann. Dabei trat es dem anderen Mädchen auf den Fuß, das ihm daraufhin eine Kopfnuss verpasste, woraufhin ein lautstarker Streit ausbrach, der schließlich dazu führte, dass die beiden Anjano völlig vergaßen.

Anjano stand noch immer auf der gegenüberliegenden Straßenseite und beobachtete hochkonzentriert die Autos. Mehrere Lücken im Verkehr ließ er ungenutzt. Er schien darauf zu warten, dass die Straße vollkommen frei wurde. Zehn Meter weiter befand sich zwar ein Zebrastreifen, aber entweder hatte er ihn nicht bemerkt, oder er wusste nicht, wozu er gut war.

»Das ist echt ein übler Fleck«, hörte ich Whoopi brummen.

Whoopi!

Anjano!

Der Kosmos hatte ganz klar etwas dagegen, dass Whoopi etwas über Anjano erfuhr oder ihn sah. Und Anjano war geradewegs auf dem Weg zu uns! Was würde passieren, wenn er hier ankam? Würde es eine weitere Pusteblumen-Attacke geben? Oder Schlimmeres?

Whoopi steckte gerade ihr Taschentuch weg und beäugte mit säuerlicher Miene den erdbeerroten Klecks, der mitten auf ihrem Top prangte.

Ich fasste sie bei den Schultern. »Whoopi, du musst hier weg!«, stieß ich dramatisch hervor. Aber dramatisch war die Situation ja auch! Ich musste Whoopi schützen.

»Wie bitte?« Whoopi sah mich an, als fragte sie sich, ob ich nun endgültig einen an der Waffel hätte.

Da klingelte ihr Handy.

Whoopi warf mir einen Blick zu, der zwischen Ratlosigkeit und Besorgnis schwankte, und ging dran. »Kalouny?« Pause. »Was?« Pause. »Ich habe Ihre Schuhe nicht geklaut!«

Ah. Ich konnte mir denken, wer dran war. Whoopis Nachbarin von gegenüber, Frau Stippel-Mösinger (ja, die hieß wirklich so!), stellte immer ihre Schuhe im Hausflur ab, obwohl ihr dort schon mehrere Paare gestohlen worden waren. Aus irgendeinem Grund glaubte die gute Frau, dass Whoopi die Übeltäterin war.

»Ich finde Ihre Schuhe potthässlich! Die würde ich gar nicht haben wollen!«, schnaubte Whoopi ins Handy. »Außerdem habe ich Größe 36 und Sie 48 oder so!«

Gerade fuhr ein großer Lastwagen vorbei, der so laut war, dass Whoopi Frau Stippel-Mösinger offenbar nicht mehr hören konnte. Also presste sie das Handy fester ans Ohr, den Finger auf das andere und ging zurück in Richtung Schule, weg von der Straße.

Weg von mir.

Weg von Anjano.

Gute Lösung, Kosmos. Besser als verknackste Körperteile.

Mir entfuhr ein hysterisches Lachen.

Carla blickte vom anderen Ende der Bushaltestelle zu

mir herüber und schien sich das mit der Waffel ebenfalls zu fragen.

Anjano stand noch immer auf dem gegenüberliegenden Bürgersteig und wartete auf den richtigen Moment.

Eine aufgedonnerte Frau ging gerade hinter ihm den Weg entlang. Als sie schon vorbei war, drehte sie sich nach ihm um. Er sah halt wirklich einfach umwerfend aus! Leider tippelte sie währenddessen weiter und lief geradewegs gegen einen Laternenpfahl. Hastig richtete sie ihre Frisur und stelzte deutlich verlegen davon. Anscheinend hatte sie sich aber nicht allzu sehr wehgetan.

Ich blickte ihr mit ratterndem Hirn nach. So lief das also! Die Leute konnten Anjano wahrnehmen, aber nur, wenn sie ihm keine besondere Aufmerksamkeit schenkten. Viele Fußgänger stiefelten an ihm vorbei, und niemand rannte ihn um. Also sahen sie ihn durchaus! Sobald aber jemand Interesse an ihm zeigte – wie die Achtklässlerinnen oder die schicke Trulla –, sorgte Mr Kosmos dafür, dass dieser jemand abgelenkt wurde.

Oder war der Kosmos vielleicht eine Mrs?

Und noch viel wichtiger: Warum war es bei mir anders? Warum konnte ich mit Anjano sprechen, wenn andere schon beim leichtesten Interesse an seinem Aussehen gegen die Laterne rannten?

UND WIESO RANNTEN LEUTE ÜBERHAUPT GEGEN DIE LATERNE?

Das war doch alles total irre!

Die Straße war nun für einen kurzen Augenblick komplett leer, und Anjano setzte sich in Bewegung. Mit leichten Schritten lief er über die Fahrbahn und auf mich zu.

Der Pferdeschwanz stand ihm wirklich gut. Außerdem war Anjano bestimmt eins neunzig groß. Mindestens.

Dann stand er vor mir.

»Juli«, sagte er warm. »Ich sehe dich.«

»Ich sehe dich auch«, piepste ich. Mein Herz schlug so heftig, dass ich es bis in meine Zehenspitzen fühlen konnte und die Blasen in den Chucks rhythmisch mitklopften.

Ruhig, Juli. Luftholen nicht vergessen.

Ein paar Meter hinter mir konnte ich Whoopi ins Handy giften hören. Aber ich brauchte mich gar nicht umzudrehen, um zu schauen, ob sie Anjano bemerkt hatte. Garantiert nicht.

»Du bist gar nicht fort?«, fragte ich Anjano mit wackeliger Stimme. »Ich dachte, du wärest weg.«

»Ich dachte auch, dass ich dich nicht wiederfühlen würde«, erwiderte er mit seinem Akzent und seinen blitzenden Augen. Dann strich er sich langsam über die Haare, als müsste er überlegen, was er als Nächstes sagen durfte. »Aber ich bin noch hier.«

»Das sehe ich. Ich sehe dich. Ha!« Ich lachte trocken, und Anjano grinste.

»Du bist wirklich eine Gaudiumsgeberin.«

Ich lachte wieder. »Ich kann mir denken, was das bedeutet.«

Anjano lächelte. »Wie heißt das denn … bei euch?«

»Bei uns heißt das …« Ich überlegte. »Ulknudel.« Leider fiel mir auf die Schnelle nichts Besseres ein.

»Ulknudel«, wiederholte er. »Klingt schön.«

Öhm … ja. Zum Tätowieren schön.

»Hey, wisst ihr, wie viel Uhr es ist?«, fragte plötzlich jemand. Es war Carla. Sie war herübergekommen und stand nun mit großen Augen vor uns. Oder vielmehr vor Anjano. Unverhohlen schmachtete sie ihn an.

»Nee, wissen wir nicht«, entgegnete ich schroff und hätte sie am liebsten weggeschubst. Aber das musste ich gar nicht. Das übernahm nämlich der Kosmos, der in eben diesem Moment Carlas Bus vorfahren ließ.

»Oh, ich muss los«, stellte sie bedauernd fest. »Tschüs dann.« So langsam wie möglich trollte sie sich zum Bus und verrenkte sich dabei den Hals nach Anjano.

Ich schaute zu Whoopi. Die warf nur kurz einen Blick auf den Bus, stellte fest, dass es nicht unserer war, und wetterte dann weiter ins Handy. Anjanos Anwesenheit entging ihr komplett.

Während der Bus abfuhr, sammelte ich meine fünf Sinne, um endlich offen mit Anjano zu reden. Ich hatte heute Morgen zwar zugestimmt, ihn fürs Erste nicht weiter zu löchern, aber *fürs Erste* war jetzt eben vorbei.

»Wieso werden immer alle abgelenkt, wenn sie dich genauer ansehen oder dich ansprechen wollen?«, fragte ich kühn.

Anjano zog die Brauen zusammen.

»Darauf kannst du nicht antworten?«

»Lieber nicht.«

»Weil du Angst hast, dass du dann eins aufs Dach kriegen würdest vom Kosmos?«

Anjano schien mich nicht zu verstehen (was nicht verwunderlich war).

»Weil du Angst hast, dass allein beim Versuch, es zu erklären, etwas geschehen würde, das verhindert, dass du weitersprechen kannst?«, versuchte ich es noch einmal.

Anjanos Augen verengten sich.

Bingo.

»Woher weißt du das?«, fragte er verdutzt. Dann hustete er heftig.

Ich legte ihm unnütz meine Hand auf den Arm und schaute mich hilfesuchend um. Komischerweise standen um uns herum kaum noch Leute. Im Umkreis von zwanzig Metern war der Gehweg wie leergefegt.

Saubere Arbeit.

Der Hustenanfall ging vorüber. Anjano ließ die Hände, die er wieder auf seinen Brustkorb gelegt hatte, sinken. »Also …« Er räusperte sich. »Woher weißt du von den Interventionen?«

Interventionen.

Hammer.

»Ich habe heute vierzehn Mal erfolglos versucht, meiner besten Freundin Whoopi von dir zu erzählen.«

»Whoopi? Das Mädchen in dem gelben Kittel da drüben?«

Über *Kittel* würde sie sich wahrscheinlich aufregen. Aber ich ließ das mal so stehen. »Ja, das ist sie«, bestätigte ich und deutete auf das wunderbare, dicke Mädchen, das mit dem Handy am Ohr vor der Schule auf und ab marschierte. »Wir besprechen normalerweise alles. Aber heute bin ich mit teilweise recht radikalen Methoden davon abgehalten worden.« Schief lächelnd hielt ich den bandagierten Daumen in die Höhe.

»Vermurkst!«, rief Anjano erschrocken. »Das tut mir leid. Daran bin ich schuld.«

Damit hatte er wahrscheinlich recht, aber ich nahm es ihm nicht persönlich übel. »Wie kann ich verhindern, dass das noch mal passiert?«, fragte ich geistesgegenwärtig.

Anjano zögerte. Dann seufzte er ergeben. »Halt dich von mir fern. Rede nicht über mich.« Die Vorstellung schien ihm selbst nicht zu gefallen. »Denk nicht mal an mich«, fügte er dennoch hinzu und sah wachsam links und rechts über seine Schultern. »Ich bin ein Störfaktor.« Kaum hatte er das gesagt, hielt er abrupt inne. Wartete. Aber nichts geschah. Es war keine böse Pusteblume in Sicht.

Auf Anjanos schönem Gesicht zeichnete sich tiefe Verwirrung ab.

»Jetzt bist du verschoben«, sagte ich.

Er nickte.

»Ich auch.«

»Warum kann ich mit dir reden?«, fragte Anjano irritiert. »Ich sollte mit niemandem reden können! Aber mit dir kann ich ganze Gespräche führen! Ich weiß nicht, warum du die Einzige bist, mit der das geht.«

Ich war also tatsächlich die Einzige! »Mit wie vielen Leuten hast du denn zu sprechen versucht?« *... seit du aus deinem Raumschiff gestiegen bist*, fügte ich in Gedanken hinzu.

»Ich habe niemanden angesprochen. Das hat keinen Zweck.«

»Warum nicht?«

Anjano schwieg.

»Es ist gefährlich«, versuchte ich, beim Thema zu bleiben.

»Nein, das ist es nicht«, entgegnete Anjano. »Es kann nichts Schlimmes geschehen. Selbst wenn die Interventionen stattfinden, trägt niemand einen wirklichen Schaden davon.«

Stumm widersprechend hob ich die Hand mit dem Verband.

Anjanos Miene verdüsterte sich. Er starrte auf meinen Daumen, und ich konnte regelrecht sehen, wie es in seinem Kopf arbeitete. »Das ist wirklich eigenwürdig«, murmelte er. »So etwas dürfte nicht passieren. Niemand ist jemals verletzt worden.«

»Tja, dann bin ich wohl etwas Besonderes«, sagte ich keck. So keck, wie Whoopi es gestern gesagt hatte.

Anjano hob den Blick. »Ja, das bist du«, stimmte er nachdenklich zu. »Mit dir ist es anders.« Etwas in seinen Augen änderte sich, wurde härter. »Das bedeutet, dass du aus irgendeinem Grund nicht geschützt bist«, sagte er mit plötzlicher Dringlichkeit in der Stimme. »Du bist in Gefahr. *Ich* bringe dich in Gefahr.« Er trat einen Schritt zurück. »Ich darf nicht mehr mit dir sprechen.«

»Aber ...«

»Juli!« Er sah mich warnend an. »Das ist keine Lachveranstaltung! Dir könnte etwas zustoßen!«

Ich schluckte.

»Versuche keinesfalls noch einmal, jemandem von mir zu erzählen!«, erklärte er energisch. »Nie wieder! Hörst du?«

»Ja«, versprach ich mit gepresster Stimme.

»Vergiss mich.«

Ich sah ihn bittend an.

Mein Bedauern spiegelte sich einen Moment lang in seinen Augen wider. Ihm tat es auch leid. Aber er blieb hart. »Nein. Es ist zu riskant.« Er trat einen weiteren Schritt zurück. »Denk nie wieder an mich.«

Entschlossen wandte er sich ab und eilte zwischen den Passanten davon, ohne sich noch einmal umzudrehen.

7.

Ich stand da wie ein begossener Pudel. Die Gedanken hüpften kreuz und quer durch meinen Schädel und verursachten einen Mordsradau, vor allem aus Protest.

Ich sollte Anjano vergessen?

Wie sollte ich das denn bitte schön anstellen? Das war ja wie die Sache mit dem rosa Elefanten, an den man nicht denken durfte, und natürlich dachte man sofort an ihn.

Da kam Whoopi zu mir zurück. »Diese Pappnasen…schreckschraube!«, schimpfte sie. »Paranoid bis zum Gehtnichtmehr und mir dann auch noch mit der Polizei drohen! Blöde … Pappnaserin.«

»Ja, die Stippel-Mösinger ist echt blöd«, kommentierte ich lahm.

Whoopi stöhnte zustimmend und steckte ihr Handy ein. »So. Wo waren wir?«

»Wir fahren zu dir und gucken fern«, erklärte ich.

»Ja, klar. Aber du wolltest mir doch noch den Oberhammer –«

»Nein«, entgegnete ich bestimmt. »Hat sich erledigt.«

Whoopis Gesicht verwandelte sich in ein Fragezeichen. »Im Ernst?«

»Lass gut sein«, bat ich sie, und etwas in meinem Tonfall hielt Whoopi davon ab, weiter nachzufragen.

»Okay«, sagte sie, irritiert.

»Okay«, sagte ich, nachdrücklich.

Und dann kam der Bus.

Wir verbrachten den Nachmittag ohne viele Worte in Whoopis Zimmer und sahen uns ein Schreckensformat der Privatsender nach dem anderen an, beziehungsweise Whoopi schaute hin, und ich grübelte indessen. Natürlich dachte ich nicht nicht an Anjano. Das war sowieso von vornherein ein Vorhaben der Unmöglichkeit gewesen. Ich dachte immer. Ich war ein wandelndes Hirn auf zwei dünnen Beinen! Ich konnte gar nicht nicht denken! Und schon gar nicht nicht an jemanden, der derart aufregend war wie Anjano. Außerdem schien der Kosmos mich nicht dafür bestrafen zu wollen. Keine Pusteblume, nix. Also machte ich weiter.

Ich brütete mit laut pochenden Schläfen und leise pochendem Daumen vor mich hin (während Whoopi Erdnüsse mampfend zum Fernseher starrte) und ging jede Einzelheit, jedes Fitzelchen des letzten Gesprächs mit Anjano noch einmal durch. Dabei gelangte ich zu einem erstaunlichen Ergebnis: Anjano hatte etwas übersehen.

Ich überprüfte meinen Gedankengang mehrere Male, da Anjano ja bestimmt viel mehr über die *Interventionen* wusste und die Auswirkungen weitaus besser einschätzen konnte als ich. Aber ich war mir fast sicher, dass er einen Denkfehler gemacht hatte.

Wenn der Kosmos mich um jeden Preis davon abhalten wollte, über Anjano zu sprechen, und mich dafür sogar verletzte, war das gefährlich. Aber einzig und allein *über Anjano reden zu wollen* schien gefährlich für mich zu sein! Unsere Zusammentreffen, unsere Gespräche hatten mich nicht in Gefahr gebracht, oder? Ich hatte mir nichts verknackst, und uns hatte auch kein Eichhörnchen in die Hacken gebissen – obwohl Anjano so was in der Art erwartet zu haben schien.

Lediglich sprechen durfte ich nicht über ihn.

Die Lösung war infolgedessen ganz einfach: Dann redete ich eben nicht über Anjano und versuchte es auch nicht noch einmal!

Und das wiederum hieß: Ich musste ihn gar nicht vergessen!

Wir konnten uns wiedersehen.

Noch mal überprüfen. Übersah ich irgendetwas?

Andere sollten offenbar nichts von Anjano erfahren. Aber ich schien mit ihm in Kontakt treten zu dürfen. Als Einzige. Ich war die Einzige, mit der er sprechen konnte!

Das war doch wichtig! Das war doch … schön! Gewollt. Vom Kosmos gewollt!

Konnte Anjano das wirklich einfach übersehen haben? Ich hatte keine Ahnung, wie sehr er das Ganze durchdacht hatte, wie viele Informationen er besaß, die mir fehlten. Aber vermutlich war er vor allem von der Tatsache schockiert gewesen, dass ich mich verletzt hatte. Das hatte ihn wohl zu der – überstürzten! – Annahme geführt, es wäre besser, wenn wir uns nie wiederfühlen würden. Aber: Einander nicht mehr zu begegnen wäre, als würde man ein ungewöhnliches Geschenk vom Kosmos erhalten und es zurückweisen, aus lauter Angst, was sich dahinter verbergen könnte, und dabei war es womöglich das Tollste, was einem jemals passieren konnte!

Ich musste unbedingt aufhören, *Kosmos* zu sagen.

Aber was sollte ich stattdessen sagen? Wer steckte denn hinter all dem? Wer ließ Stifte kaputtgehen und hetzte fliegende Pustesamen auf unschuldige Mädchen?

Wenn Anjano das Wort *Interventionen* benutzte, implizierte das, dass eine höhere Intelligenz in den Lauf der Ereignisse eingriff.

Jemand.

Jemand zog die Fäden.

Die Vorstellung war wirklich unheimlich. Als säße ein überirdisches Wesen in einem Raum voller Monitore und beobachtete die wimmelnde Menschheit, und wenn ein Mensch etwas tat, was dem Wesen nicht in den Kram passte, schnippte es mit den Fingern, und der Mensch wurde von Blumen oder im Weg stehenden Taschen angegriffen.

Ich fröstelte.

Doch der Gedanke, dass ein Wesen als die hier zuständige Instanz angenommen werden musste, erschien mir alles in allem glaubwürdiger als der schwammige Begriff *Kosmos*, hinter dem man sich ja nun irgendwie gar nichts vorstellen konnte. Ein überirdisches Wesen also. Oder vielmehr … ein außerirdisches?

Jetzt mal ohne Flachserei – konnte das sein?

Wenn mir eine derartige These vor zwei Tagen durch den Kopf gegangen wäre, hätte ich laut gelacht und mich selbst in die Klapse eingewiesen. Nun aber zog ich ganz ernsthaft in Erwägung, dass es so etwas geben könnte.

Ich versenkte mich noch einmal in die Fakten.

Nach gründlichem Drehen und Wenden der gesammelten Erkenntnisse kam ich zu dem Schluss, dass Anjano mit vierundsiebzigprozentiger Wahrscheinlichkeit ein Außerirdischer war. Klar, das klang total behämmert und konnte (mit sechsundzwanzigprozentiger Wahrscheinlichkeit) auch absoluter Schwachsinn sein, für den man mich, falls es irgendwann *bewiesener* Schwachsinn war, notwendigerweise einschläfern, wenn nicht vierteilen müsste, aber diese Theorie erklärte überraschend viele der ungelösten Rätsel, wie zum Beispiel Anjanos plötzliches Auftauchen auf der Lichtung (runtergebeamt), seine seltsame Sprache (implantierter Universalübersetzer, leicht defekt) oder seine offensichtlich fehlenden Kenntnisse über unsere Welt (seine Heimat war der Delta-Quadrant). Zugegeben, die Tatsache, dass Whoopi inzwischen zu gehaltvolleren Formaten übergegangen war und gerade Star Trek guckte, hatte meine Analyse möglicherweise ein klein wenig beeinflusst, aber das Fazit war trotz allem ausgesprochen plausibel. Anjanos Spezies wollte auf der Erde wahrscheinlich nicht in die natürlichen Abläufe eingreifen und hier nichts verändern, und sie hatte Mittel und Wege zu verhindern, dass Anjano auf die Menschen, die er traf, Einfluss nehmen konnte. Es handelte sich also nicht um einen Mr Kosmos, der dazwischenfunkte, sondern eher um einen … Mr Scotty, Kirk, Picard, Janeway oder wie auch immer die bei den Trekkies hießen.

Ha! Da war die wissenschaftliche Erklärung, die ich gesucht hatte. Es gab immer eine, jawohl.

Irgendwo im Orbit parkte Anjanos Raumschiff und überwachte die Vorgänge hier unten. (Wahrscheinlich war der Empfang für Orbitgespräche auf meiner Lichtung besonders gut, deswegen hielt sich Anjano dort auf.) Und wenn bei dem, was er hier machen sollte, etwas schieflief, dann griffen seine Leute ein.

Allerdings schien sich Anjano weder besonders gut an seinen Auftrag erinnern zu können noch in gutem Kontakt mit seinen Leuten zu stehen. Sonst hätte er sie einfach fragen können, warum bei mir nur Ablenkmanöver gestartet wurden, wenn ich *über* ihn sprechen wollte, nicht aber, wenn ich *mit* ihm sprach.

Hatte Anjano womöglich den Kontakt zu seinem Schiff verloren? War der Empfang doch nicht so gut? Wirkte er deswegen zwischendurch so beunruhigt? War er womöglich einsam? Immerhin konnte er ja mit niemandem außer mir reden …

Ruckartig setzte ich mich auf.

Ich musste sofort zu Anjano.

»Whoopi, ich muss wegbeamen … äh … gehen!«, platzte ich heraus.

Whoopi drehte sich zu mir und warf mir einen eigenartigen Blick zu. »Aha.«

»Ich kann das jetzt nicht erklären.«

»Dachte ich mir«, erwiderte sie und schien mich mit ihren Blicken durchbohren zu wollen. Sie musste mich für komplett durchgedreht halten.

Bittend sah ich sie an und flehte stumm um ihr Verständnis.

»Ist schon gut«, sagte sie. »Geh ruhig.« Ihr Ton war undefinierbar. War sie sauer? Machte sie sich Sorgen? War sie verstört? Oder alles auf einmal?

Ich hatte keine Zeit, das herauszufinden, denn die Hummeln in meinem Hintern ließen mich nun mit einem großen Satz vom Bett springen. »Wir sehen uns morgen in der Schule!«, rief ich, schnappte mir meine Tasche und hechtete aus der Wohnung.

Drei Schritte weiter fiel ich über Frau Stippel-Mösingers Riesenschuhe und landete auf dem Allerwertesten.

Da saß ich.

Ich war hingefallen. Schon wieder.

Hieß das, es war doch nicht gewollt, dass ich Anjano sah?

Oder lag es daran, dass ich einfach nicht geguckt hatte, wohin ich lief?

Käse. Wie sollte da denn noch jemand durchblicken?

Verwirrt rappelte ich mich auf, stand eine Minute lang konsterniert vor mich hin starrend im Flur und trottete dann langsam die fünf Etagen hinunter. Zum Glück war ich nicht wieder auf den Daumen gefallen. Aber trotzdem ...

An dieser Stelle musste ich feststellen, dass ich keine Ahnung hatte, was hier lief. Hypothesen und Wahrscheinlichkeiten hin oder her, ich wusste einfach überhaupt nichts mehr!

Ich ging besser nicht zu Anjano.

Mit vermutlich hochgradig grimmigem Gesichtsausdruck fuhr ich nach Hause. Der Bus setzte mich nach einer Stunde brav in unserer Straße ab, aber ich hätte ihm trotzdem am liebsten einen Tritt verpasst. Oder mit dem Vorschlaghammer auf ihn eingedroschen. Einfach, weil er mir nichts, aber auch gar nichts erklären konnte, der blöde Pappnasenbus.

Humpelnd schleppte ich mich durch die Hitze nach

Hause. Die Blasen an meinen Füßen waren inzwischen bestimmt blutig. Mein Kopf dröhnte. Und der Daumen schlug mit jedem Schritt einen Gong.

Als ich unsere Mahagonihaustür öffnete, musste ich daran denken, dass Mahagoniholz aus dem Regenwald kam und schicke Türen wie unsere einer der Gründe dafür waren, dass dort immer weiter abgeholzt wurde – dass man den Bonzen, die sich so was ohne nachzudenken kauften, allesamt den Hintern versohlen sollte! Dass die Welt zugrunde ging! Diese Tür war ein Symbol für all das, was mit der ganzen beknackten Menschheit nicht in Ordnung war!

Deswegen trat ich gegen die Tür.

Fest.

Und noch einmal. Und noch einmal.

Dann zuckte ein brutaler Schmerz durch meinen blasengebeutelten Fuß, und ich schrie auf.

»Juli?«, erklang die Stimme meines Vaters. Gleich darauf kam er aus dem Wohnzimmer und betrat die Halle. »Du bist da«, stellte er fest und musterte mich. »Hast du was gesagt?«

»Nein«, entgegnete ich und lächelte süß. »Hallo, Papa.«

»Ja, hallo.« Stirnrunzelnd beobachtete er, wie ich die Haustür hinter mir schloss und mit zusammengebissenen Zähnen die Schuhe auszog. Die Blasen waren monströs und tatsächlich blutig, aber ich schlüpfte dennoch so schnell wie möglich in meine rosafarbenen Puschen. Bloß keine Schwäche zeigen.

Mein Vater bemerkte weder die lädierten Füße noch meinen bandagierten Daumen. »Bitte komm herein«, sagte er. »Deine Mutter und ich müssen mit dir reden.«

Ich zuckte zusammen.

Nein.

O Gott, nein.

Nicht … das.

Nicht jetzt.

Mein Vater ging zurück ins Wohnzimmer – in der festen Annahme, dass ich ihm folgen würde.

Aber ich konnte nicht.

Wollte nicht.

Panikartig wandte ich mich um und stürzte aus der Haustür.

Nur weg hier!

Ohne nachzudenken schlug ich den Weg zu meiner Lichtung ein. Zu Anjano. Falls er dort war und immer noch darauf wartete, dass er Empfang zu seinem Raumschiff bekam oder dass sie ihn abholten.

Ich wollte jetzt nicht mehr grübeln, ob es klug war, ihn zu sehen oder nicht. Ich wollte einfach nur zu ihm und in seine schönen braunen Augen schauen, die mich so vielsagend ansehen konnten. So, als wäre da ganz viel Liebe für mich drin.

Die rosafarbenen Puschen rieben unangenehm über

die Blasen an meinen Füßen, also zog ich sie einfach aus, ließ sie mitten auf dem Gehweg stehen und lief barfuß weiter, den Pfad entlang, in den Wald. Tränen schossen mir in die Augen und rannen heiß meine Wangen hinab, während sich ein tiefes Schluchzen aus meiner Brust herausarbeitete.

Alles Kacke, deine Elli.

Ich stürmte auf die Lichtung. War er hier? Er musste einfach hier sein! »Anjano!«, brüllte ich. »Bist du da?«

»Ja«, hörte ich eine Stimme hinter mir. Seine Stimme.

Ich fuhr herum. Er saß auf meinem Platz am Teich.

»Juli«, sagte er, erhob sich und kam mit besorgtem Gesichtsausdruck näher. »Was ist los?« Seinen Akzent hörte ich schon fast gar nicht mehr.

»Ich habe nicht vergessen, dass du mich nicht wiederfühlen willst!«, brachte ich hastig hervor.

Anjano schien es allerdings gar nicht zu überraschen, dass ich hier auftauchte. »Ist in Ordnung«, sagte er. »Ich habe seit heute Mittag ununterbrochen darüber nachgedacht, und mir ist klargeworden, dass du meinen Wunsch ignorieren würdest. Ich habe dich also schon erwartet.«

Gut. Er war deswegen offenbar nicht böse. Viel mehr als dieses Thema schien ihn nun aber mein Zustand zu interessieren. »Juli, du bist im Chaos! Was ist passiert?«

»Ich … kann nicht mehr!«, stieß ich hervor, und die Verzweiflung in meiner Stimme war deutlich zu hören.

Anjano blieb einen winzigen Augenblick lang zögernd vor mir stehen, dann öffnete er die Arme.

Es war eine langsame Geste, eine, die mir alles anbot, aber es mir überließ, ob ich es nehmen wollte.

Ich schluchzte auf und warf mich hinein. Hinein in seine Arme. Hinein in alles, was das bedeuten konnte.

8.

Anjano hielt mich einfach nur fest. Er stand so aufrecht, als könnte nichts ihn umwerfen. Als hätten seine Füße Wurzeln geschlagen, Wurzeln, die ich nicht hatte und die uns einen Moment lang beiden Halt geben konnten.

Ich weinte haltlos. Ich war einfach komplett mit meiner Kraft am Ende, und mein Herz fühlte sich an, als müsste es jeden Moment explodieren.

Anjano schob mich ein klein wenig von sich und sah mich achtsam an, so als wollte er mir mit seinem Blick nicht zu nahetreten. Aber das konnte er gar nicht. Ich fühlte mich wahnsinnig wohl in seinen Augen, die nun wieder direkt in mich hineinzuschauen schienen, in mein gequältes Herz, in meinen rumpelnden, überlauten Geist, in mein verwirrtes, ratloses Ich.

»Was ist passiert?«, fragte er.

»Ich muss den Minigolfschläger nehmen!«, rief ich schluchzend und klopfte mir gegen den Kopf. »Und ich brauche meinen Teppich.«

Fragend hob er die Brauen.

Wie sollte ich das erklären? »Es ist alles zu viel!«

Anjano nickte. Dann legte er seine Hand auf mein Herz.

Was machte er da?

Die Hand wurde heiß. Oder bildete ich mir das nur ein? Sie …

Himmelherrgott!

Da kamen sie. All die verbannten Gefühle. Sie krochen unter dem Teppich hervor.

Die versenkten Gedanken. Sie schoben die Gießkanne beiseite und kletterten aus dem Golfloch heraus.

Anjanos Hand schien sie einzuladen und ihnen alle Türen zu öffnen.

Ich konnte nicht länger davonlaufen.

»Sie werden sich scheiden lassen«, presste ich hervor. Dann noch einmal, lauter: »Sie werden sich scheiden lassen!«

Da war er. Der ganze Mist, den ich nicht hatte sehen wollen, den ich weggeschoben hatte. Es war so offensichtlich wie nur irgendetwas, und doch hatte ich es erfolgreich verdrängt, hatte mich gewunden und verdreht, nur um es nicht sehen zu müssen.

Sie würden sich scheiden lassen.

Mit einem Mal verschwamm die Welt um mich herum, und die Knie knickten mir weg.

Anjano fing mich auf und hob mich hoch.

Er trägt mich. Er trägt mich auf seinen Armen.

Wahrscheinlich war ich tatsächlich ohnmächtig geworden und träumte gerade. Ich fühlte mich komisch. So benebelt und … leicht. Moment mal. Froh! Ich war irgendwie froh.

Anjano brachte mich zu meinem Platz am Teich, setzte mich vorsichtig ab und lehnte mich gegen meinen Lieblingsbaum.

Dankbar lächelte ich ihn an und fächelte mir mit der Hand Luft zu. Ich fühlte mich wie befreit. Als wäre das kranke Herz wirklich explodiert und hätte sich danach in einer gesünderen, leichteren Version wieder zusammengesetzt.

»Deine Hand … hat mein Herz repariert«, murmelte ich.

Anjano ließ sich mir gegenüber nieder und blickte mich aufmerksam an. »Du bist wirklich unglaublich«, sagte er staunend, und für einen winzig kleinen Moment hatte ich das Gefühl, ich könne sein Erstaunen *spüren*.

»Wie kann man denn nur so viele Emotionen abkoppeln?«, fragte er ungläubig. »Und so viele Gedanken!« Locker legte er die eine Faust auf die andere, als käme zu dem ersten Klops noch ein dicker zweiter hinzu. »Kein Wunder, dass du derartig überreizt warst.«

»Überreizt? Gar nicht!«, wehrte ich schwach ab.

Anjano grinste. »Nein, du warst vollends in deiner Seelenmitte, nicht wahr? Kein Wellengang, immer ruhige See.«

»Total«, behauptete ich matt.

Er lachte kopfschüttelnd. Dann holte er mühsam Luft. Bitte kein weiterer Hustenanfall!, schoss es mir durch den Kopf, und ich wünschte ihm, dass er nie wieder einen haben müsste. Dass ihm niemals etwas Schlechtes widerfahren würde. Dass er immer glücklich sein möge.

Anjano schaute mich versonnen an, als wüsste er, was ich gerade dachte.

Ach du lieber Himmel! War er womöglich Telepath?

Konnte das sein? O Gott. Dann würde ich ihm vor Scham nie wieder in die Augen sehen können!

»So jemanden wie dich habe ich noch nie erlebt«, sagte er. »Dein Kopf war zum Bersten voll mit lärmenden Gedanken.«

Dreifaltiger Scheibenkleister!

Er war Telepath!

»Woher weißt du das?«, piepste ich. »Kannst du meine Gedanken lesen?«

»Nein, ich kann deine Gedanken nicht lesen.«

Puh. Danke, großer Manitu. Allah! Jehova! Danke an alle!

Anjano überlegte. »Ich habe nur gespürt, wie überaktiv dein Verstand war«, fügte er hinzu. Ein winziger, wachsamer Seitenblick seinerseits verriet mir, dass er dem Kosmos-Braten immer noch nicht ganz traute.

»Du kannst fühlen, wie aktiv mein Verstand ist?«

»Ja. Jetzt ist er ruhiger.«

Stimmte das? Ich horchte in meine Nervenbahnen hinein. Anjano hatte recht. Es war auffallend still zwischen meinen Schädelwänden. Da war plötzlich nur ein Hauptgedanke und keine achtundzwanzig Nebenstränge, die alle parallel vor sich hinbrabbelten.

Anjano betrachtete mich interessiert. »Die Leute, denen ich hier begegne, sind alle voll von Gedankengetöse. Habt ihr bei all dem Krach denn nicht ständig Kopfschmerzen?«

Nun, das konnte ich wirklich nicht abstreiten. »Äh … doch.« Da fiel mir auf, dass meine Kopfschmerzen weg waren. Und mein Daumen tat auch nicht mehr weh. Und die Blasen auch nicht.

Wirklich?

Wirklich.

Es war kaum zu glauben. Eben noch war ich ein schmerzgebeuteltes Häuflein Elend gewesen, und jetzt war alles weg. Offenbar hatte Anjano nicht nur mein Herz repariert. »Was hast du gemacht?«

»Durch das Handauflegen wurden dein Kopf und dein Herz daran erinnert, wie ihr Idealzustand wäre.«

Aha! »Du hast sie also auf null gestellt?« Diesen Ausdruck schien er nicht zu kennen. Machte aber nichts. »Was ist denn genau passiert?«

»Mehrere Dinge.« Anjano richtete den Blick auf den Teich. Mehr wollte er anscheinend nicht sagen.

Verdammt, diese riesigen Lücken in der Informationskette waren wirklich schwer zu schlucken! »Ich bin dir jedenfalls sehr dankbar«, sagte ich. »In Bezug auf meine Eltern geht es mir tatsächlich besser. Jetzt, wo der Mist einmal raus ist, fühlt es sich irgendwie leichter an!«

»Das Ganze ist wohl eine sehr große Sache für dich?«

»Ja. Sie werden sich trennen.« Ich schluckte, aber es war okay. Dieser Satz versetzte mich nicht mehr in einen panischen Wegschiebemodus. »Das ist schlimm für mich.«

»Warum? Seid ihr eine tolle Familie?«

»Was? Nein. Wir sind schrecklich! Unsere Familie ist schon seit einiger Zeit gar keine richtige Familie mehr.« Ein Schmierentheater, das waren wir.

Anjano schien verwundert. »Dann müsstest du es doch gut finden, dass deine Eltern sich trennen.«

»Nein, es macht mir höllische Angst.«

»Aber wieso?«

Jetzt kamen wir zum Kern der Sache. »Weil ich dann meinen Vater verliere.«

Anjano blickte mich fragend an.

Ich seufzte. Es war ein bisschen seltsam, diese Dinge plötzlich offen auszusprechen, aber irgendwie hatten sie ihren übermächtigen Schrecken verloren. »Wenn meine Eltern sich trennen, werde ich bestimmt bei meiner Mutter leben. Keinesfalls bei meinem Vater«, erklärte ich. »Mein Vater ist nicht der fürsorgliche Typ. Er hat mir noch nie ein Butterbrot geschmiert.«

Anjano schien es nicht leichtzufallen, mir zu folgen. »Wenn du bei deiner Mutter lebst, kannst du deinen Vater doch trotzdem sehen, oder nicht?«

»Ja, wir werden uns bestimmt treffen. Ein- oder zweimal. Zum Essen. Und dann sitzen wir da und wissen nicht, worüber wir uns unterhalten sollen.« Ich sah es dreidimensional vor mir. »Ich werde krampfhaft versuchen, ihn mit irgendwas zu beeindrucken, aber ihn wird das nur langweilen. Nach dem zweiten Treffen ruft er dann nicht mehr an. Und danach ist er wahrscheinlich immer zu beschäftigt, um sich noch einmal mit mir zu verabreden.« Ich presste die Lippen aufeinander. »Er hat mich materiell abgesichert. Das ist für ihn gute Vaterschaft«, sprach ich dann weiter und spielte angestrengt mit einem Grashalm herum. »Ich werde meinen Vater verlieren. Das ist es, wovor ich solche Angst hatte«, fasste ich zusammen und lachte hart. »Schon komisch, dass mich diese Angst dazu getrieben hat, wie eine Wahnsinnige jedes Detail, das auf die Scheidung hinwies, beiseitezuschieben. Mein Vater und ich stehen uns kein bisschen nahe! Vielleicht bin ich gerade deswegen so sehr auf ihn fixiert. Auf seine Anerkennung.« Wie ein Hündchen, das eifrig Männchen macht, wenn sein Herrchen vorbeikommt, nur um eventuell ein Leckerli zu ergattern. (Wie passend übrigens, dass ich ihn angebellt hatte!) »Obwohl wir nicht gut miteinander zurechtkommen, ist der Gedanke, ihn zu verlieren …« Ich stockte.

»Er ist dein Vater. Die engste Beziehung, die man kann haben, ist die zu seinen Eltern.«

Ob es einem gefiel oder nicht.

(Hat Anjano also auch Eltern?, wollte da ein aufmüpfiger Nebenstrang-Gedanke wissen, während ein anderer sich fragte, ob sie möglicherweise Ähnlichkeit mit Yoda hatten. Tja. So langsam wurde es wieder lauter in meinem Großhirn.)

»Meine Mutter gibt sich auf ihre Art durchaus Mühe mit mir«, räumte ich nun ein. »Aber sie hört auch nicht richtig zu, wenn ich ihr etwas erzähle, und ordnet es einfach in ihr eigenes Weltbild ein. Meine Sachen kommen in ihre Schubladen. Und dann sind es gar nicht mehr meine Sachen, sondern ihre.«

Mit diesem Bild konnte Anjano offenbar etwas anfangen. »Deine Eltern sehen dich nicht.«

Exakt. Sie sahen mich nicht. Ich merkte, dass sich eine Träne in meinen Augenwinkel stahl.

»Und warum wollen sie sich trennen?«

»Ich glaube, sie haben sich schon lange nichts mehr zu sagen. Sie lieben sich wohl nicht mehr.«

»Das kann vorkommen.«

»Ja, aber man heiratet doch, weil man glaubt, dass das nicht vorkommt, oder?« Ich hörte selbst, wie naiv das klang. Außerdem kannte ich die Scheidungsratenstatistik.

Anjano schien in seiner Erinnerung nach etwas zu suchen. »Heirat ...«, murmelte er. »Zwei Menschen versprechen einander, für immer zusammenzubleiben?«

»Ja. Das ist so eine romantische Menschensache.«

»Was ist romantisch daran?«

»Na, man geht aus Liebe eine Verpflichtung ein. Man verspricht einander, immer für den anderen da zu sein. In guten wie in schlechten Tagen.«

»Aber wenn man sich liebt, macht man das doch sowieso, oder?«, fragte er in einem Tonfall, als sei ihm die Institution Ehe zwar bekannt, aber irgendwie schleierhaft. »Wieso muss man sich vertraglich verpflichten?«

»Weil ...« Das war eine gute Frage. Ich starrte auf den Grashalm in meiner Hand und überlegte. Mein Hirn lief nun wieder richtig warm und spuckte nach kurzem Abwägen fünf verschiedene Versionen ein und derselben Antwort aus. Und diese gefiel mir ganz und gar nicht. »Man verpflichtet sich, weil einer von beiden es sich irgendwann anders überlegen könnte.« Stimmte das wirklich? Das konnte doch nicht sein! Und wenn doch, dann war es wirklich eine Schande.

Anjano dachte über meine Worte nach. »Man ist verpflichtet, bei dem Heiratspartner zu bleiben, auch wenn man nicht mehr will? Deswegen heiratet man? Damit der andere nicht weggehen kann, falls er das irgendwann möchte?«

»Ähm ...«

»Was hat das mit Liebe zu tun?«

Klar. Das war die unausweichliche nächste Frage.

Ich dachte nach. »Man heiratet in erster Linie, um allen zu zeigen, wie sehr man sich liebt. Damit jeder sofort weiß, dass man zusammengehört.« Ich hob den Grashalm wie einen Zeigefinger. »Es ist doch ein schöner Gedanke, dass zwei Liebende einander versprechen, für immer zusammenzubleiben!« War Heiraten denn nicht der klassische Kleinmädchentraum? Ja! Und warum? Weil eine Hochzeit die Krönung alles Schönen war. Weil einem das Herz aufging, wenn man sich vorstellte, ein Mann liebte eine Frau so sehr, dass er sicher war, für immer an ihrer Seite bleiben zu wollen.

Ich holte gerade Luft, um noch einmal anzusetzen, da fragte Anjano: »Für euch ist es also wirklich ganz normal, sich vertraglich zu verpflichten, jemanden zu lieben?« Er klang ungläubig, als sei das für ihn einfach absurd.

Ich schwieg.

Was sollte man darauf antworten?

Anjano rieb sich über die feinen hellen Bartstoppeln am Kinn, richtete den Blick wieder auf den Teich und schien nun tief in Gedanken zu versinken.

Ich ebenso. Unsere menschlichen Bräuche durch die Augen eines Außerirdischen zu betrachten, war wirklich hochinteressant (auch wenn wir in Bezug aufs Heiraten nicht gerade gut wegkamen), und ich merkte, dass ich mehr davon wollte. Ich wollte mit Anjano diskutieren, mit ihm philosophieren und erfahren, was seine Spezies von unserer unterschied. Womöglich machte sie manche Dinge ja besser als wir. Immerhin schien sie technisch weiter entwickelt zu sein, vielleicht war sie es auch in anderen Bereichen? Möglicherweise gab es auf seinem Planeten keine Leute, die das Geld zum Fenster hinauswarfen, während andere verhungerten. Vielleicht hatten sie ihre Regenwälder (oder etwas Vergleichbares) noch. Und falls das so war, wollte ich wissen, wie sie das geschafft hatten.

Bei dem Gedanken wurde ich nun richtig kribbelig, denn mir bot sich durch Anjano eine einzigartige Chance, von der die Menschen bisher nur träumen konnten! Die Frage war allerdings, ob Anjano sich auf Diskussionen mit mir einlassen würde. Denn jedes Mal, wenn er etwas Interessantes sagte, machte er ein Gesicht, als würde er seine Worte am liebsten zurücknehmen …

Da begann Anjano wieder zu husten. Es war beinahe noch schlimmer als bei den vorherigen Malen und hörbar schmerzhaft. Oder vielmehr … fühlbar schmerzhaft. Kurz hatte ich das Gefühl, ich könnte seinen Schmerz spüren, wie einen zuckenden Blitz in der Brust. Aber gleich darauf war der Blitz auch schon verschwunden.

Als der Hustenanfall vorbei war und Anjano wieder atmen konnte, fragte ich: »Wenn du Schmerzen verschwinden lassen kannst, warum tust du das dann nicht mit deinem Husten?«

Anjano nahm die Hände herunter, die er wieder auf seinen Brustkorb gepresst hatte, und lachte leise. »Was meinst du, was ich die ganze Zeit versuche?«

»Dein Husten ist trotz deiner Fähigkeiten so schlimm?«

Er räusperte sich noch einmal, dann nickte er.

»Vermurkst.«

Trotz seines roten Kopfes grinste Anjano. »Ja, vermurkst.«

Ich grinste zurück und fühlte mich plötzlich wie eingehüllt in einen Kokon aus … Liebe. Es war total irrational und übertrieben, aber so fühlte es sich an.

In diesem schönen kleinen Moment hätte ich ein Leben lang verweilen können.

Doch Anjano beugte sich nun zum Wasser und schöpfte mit seinen Händen daraus.

»Wieso bist du zu meiner Schule gekommen?«, fragte ich ihn, während er das Teichwasser trank. »Und woher wusstest du, wo meine Schule ist?«

»Ich bin dir heute Morgen nachgegangen«, gestand Anjano, wischte sich den Mund ab und lächelte wie jemand, der ertappt worden war, aber gar nichts dagegen hatte. »Ich bin dir zu deinem Haus gefolgt und dann später mit dir in deinen Bus eingestiegen. Weiter hinten. Du hast mich nicht gesehen. Dann habe ich vor deiner Schule gewartet.«

»Warum?«, feuerte ich sogleich die nächste Frage ab.

»Weil du nun einmal die Einzige bist, mit der ich reden kann. Dem wollte ich auf den Grund gehen. Deswegen bin ich gekommen … und …« Er zögerte.

Ich hielt den Atem an.

»Und weil ich dich mag.«

Ich starrte ihn an.

Hatte er das gerade wirklich gesagt?

Ja, das hatte er.

Es war unerklärlich.

Er mochte mich.

Mich.

Den Nerd.

Die unsexy Streberin.

Mich.

Ich suchte nach einer würdigen Erwiderung, aber ich konnte nur strahlen wie ein Weihnachtsbaum.

Anjano lächelte. Doch er lächelte nicht einfach nur, er sah mich dabei an, als sei ich ein tolles Mädchen. Als sei ich jemand, den *er* toll fand.

Es war völlig surreal. Ich konnte es mir allerdings nicht länger selbst ausreden. Die Beweislage war erdrückend.

»Ich … mag dich auch«, sagte ich stotternd.

Sein Lächeln vertiefte sich, wurde weicher. »Das ist schön«, antwortete er und schaute mich mit diesem unglaublich liebevollen Blick an. »Schön und seltsam.«

»Ja, irgendwie ist das alles seltsam«, stimmte ich leise zu. »Eigenwürdig!«

Anjano lachte.

Ich lachte mit und hätte beinahe geseufzt, lehnte aber nur den Kopf gegen meinen Lieblingsbaum. Ich war völlig geschafft. Auf der Lichtung ging kein Lüftchen.

»Trink auch mal was«, sagte Anjano und schöpfte erneut Wasser aus dem Teich. Ich sollte die Teichplörre trinken! Mit dem mikrokleinen Waldwassergewimmel. Egal. Ich hatte wirklich Durst.

Anjano rückte an mich heran und hielt mir seine Hände mit dem Wasser hin. Die körperliche Nähe ließ meinen Puls augenblicklich in die Höhe schnellen. Anjanos Knie berührte mein Knie, und sein Oberarm lag an meinem. Das kam so unerwartet, dass ich einen kleinen Augenblick lang wie festgefroren dasaß, bevor ich mich mit klopfendem Herzen vorbeugte und das Wasser in seinen Händen trank. Es schmeckte gar nicht so schlecht. Ein bisschen nach Erde.

Als ich fertig war, rückte Anjano nicht von mir ab, sondern blieb, wo er war. Direkt neben mir.

»Du hast da einen Mückenstich«, sagte er und wies auf meinen Oberschenkel. Da ich nur mein kurzes Sommerkleid trug, waren meine Beine nackt. Über meinem Knie prangte ein leuchtend roter Stich, den ich bisher noch gar nicht bemerkt hatte.

»Oh«, hauchte ich.

»Soll ich die Hand darauf legen?«

Ich schluckte heftig.

Seine Hand … auf meinem Oberschenkel …

»Ja, okay«, flüsterte ich kaum hörbar.

Er legte seine Hand auf mein Bein. Ganz vorsichtig, langsam. Wie ein zarter Flügelschlag strichen seine Fingerspitzen über meine Haut, und ich hatte das Gefühl, mein ganzer Körper würde unter Strom gesetzt.

Dann legte er die Handfläche auf den Stich.

Es wurde warm, und ich schloss die Augen.

Kurz darauf zog Anjano die Hand wieder weg. »Besser«, sagte er. Ich sah hin. Der Stich war zwar nicht weg, aber die Schwellung war stark zurückgegangen.

Was er da mit der Hand machte, war wirklich unglaublich.

Und dass er meine körperliche Nähe suchte, war ebenso unglaublich.

»Danke«, sagte ich und war innerlich derart aufgeschäumt, dass ich glaubte, ich bestünde nur noch aus Blubberblasen.

Anjano blickte mich forschend an. Dann rückte er abrupt von mir ab.

»Was ist los?«

Einen Augenblick lang presste er die Lider zusammen. »Das geht alles viel zu weit«, sagte er. »Ich darf mich nicht auf diese Weise hinreißen lassen.«

Ich starrte ihn an. »Niemand hat eingegriffen …«

»Ich kann mir einfach nicht vorstellen, dass ich –« Er schüttelte den Kopf. »Ich meine, bisher gab es keine

Interventionen, aber …« Ratlos hob er die Hände. »Das kann nicht sein.«

»Warum nicht?«

»Weil es immer welche gibt!«

»Weswegen?«

Er schüttelte erneut den Kopf. »Ich weiß nicht, was hier vor sich geht. Allein, dass du die Interventionen bemerkt hast – dass du sie als solche wahrnimmst! Das ist so nicht vorgesehen.«

»Wie hätte ich sie denn nicht wahrnehmen sollen?« Dafür war das Ganze viel zu heftig gewesen!

»Ich habe keine Ahnung.«

Ich nickte. Wir hatten ganz offensichtlich beide keinen Plan von dem, was hier vor sich ging, und obwohl ich mit ungelösten Rätseln eigentlich überhaupt nicht zurechtkam, schien sich mein Kopf – zumindest für den Moment – damit abgefunden zu haben. Es gab nämlich Interessanteres.

»Würdest du mit mir essen gehen?«, fragte ich Anjano unvermittelt und spürte, dass mein Gesicht sofort rot anlief. Aber egal. Ein Rendezvous mit Wein und Kerzenschein war eine lange gehegte Phantasie von mir, und das hier war meine Chance.

»Keine schlechte Idee. Ich habe allgewaltigen Hunger«, antwortete er. »Bisher habe ich hier nur Beeren aus dem Wald und Gemüse von den Feldern hinter dem Weizenfeld gegessen.«

»Die Felder von dem kleinen Bio-Bauern? Du hast sein Gemüse geklaut?«

»Ja, weil so viel da ist, habe ich ein bisschen was gemopst.«

Ich grinste. »Worauf hast du denn allgewaltigen Hunger?«

Anjano dachte nach. »Gibt es bei euch Weizenspiralen?«

Mein Hirn klickte. »Nudeln?«

Er nickte, als klänge das gut für ihn.

»Nudeln lassen sich einrichten!«, rief ich erleichtert – schließlich hätte er auch etwas sehr viel Außerirdischeres haben wollen können, Meteoritenraspeln oder so.

Anjano sprang auf. »Gut, lass uns essen gehen!«

Dann nahm er meine Hand und zog mich hoch.

Zog mich zum Pfad.

An der Hand.

Noch nie hatte ein Junge meine Hand gehalten.

Eine schaumige Welle aus Freude und Aufregung brandete über mich hinweg.

Er mochte mich, und er hielt meine Hand.

Auf wackeligen Beinen stolperte ich neben Anjano her und bekam nun eine Ahnung davon, was es hieß, wie auf Wolken zu gehen.

9.

Erst als wir schon auf den belebteren Straßen der Vorstadt unterwegs waren, setzte mein Denken wieder ein. Was machte ich hier eigentlich? Wollte ich tatsächlich mit Anjano essen gehen? Was war mit Scotty? Wie viele Leute würden abgelenkt werden müssen? Die ganze Zeit hatte ich nur Anjanos Hand gespürt, die meine so warm umfasste, und überlegt, ob ich tatsächlich schwebte oder ob es sich nur so anfühlte.

»Beschwört es nicht zu viele Komplikationen herauf, wenn wir in ein Restaurant gehen?«, fragte ich nun.

Anjano überlegte. »Ich habe heute Morgen im Bus ganz hinten gesessen, und alles ist ohne besondere Ereignisse verlaufen …«

»Gut«, sagte ich und dachte rasch nach. Hier in der schnieken Vorstadt gab es nur ein einziges Restaurant, den *Grünen Husaren* – ein relativ edles Etablissement, in dem meine Eltern regelmäßig verkehrten und in das ich noch nie einen Fuß gesetzt hatte, weil ich diese Schickimickiläden nun mal absolut schrecklich fand. Die Tatsache, dass ich keine Schuhe trug (meine rosafarbenen Puschen hatte ich ja auf dem Gehweg vor unserem Haus stehen lassen), und der Umstand, dass ich lediglich einen einzelnen Zwanzig-Euro-Schein in der Tasche meines Kleides bei mir hatte, disqualifizierte uns aber sowieso für die Husaren-Snobs. Am besten liefen wir einfach noch ein paar Straßen weiter und gingen in die *Kitty Kitchen*. Das war ein italienisch-griechischer Thai-Street-Imbiss, in den ich oft mit Whoopi ging (weil neben der Theke ein ständig laufender Fernseher stand), in dem ich aber manchmal auch ohne Whoopi meine Zeit verbrachte, da direkt gegenüber die Bushaltestelle war, an der ich jeden Tag umsteigen musste, und wenn es zum Beispiel regnete und ich nicht zu meiner Lichtung gehen konnte, aber auch nicht nach Hause zu den beiden Eisblöcken fahren wollte, setzte ich mich einfach mit einem Buch in die *Kitty Kitchen*. »Ich weiß, wohin.«

Anjano drückte meine Hand und ließ sich von mir führen.

Ich strahlte vor mich hin und konnte noch immer kaum fassen, dass ich Händchen haltend mit dem schönsten Jungen aller Zeiten herumlief. Mit einem Außerirdischen! Anjanos Hand war allerdings warm, ein Android war er also definitiv nicht. Haha! Ich machte solche Witzchen wahrscheinlich nur, um mit der Unfassbarkeit der ganzen Situation zurechtzukommen. Wenn ich anfangen würde, ernsthaft darüber nachzudenken, in was ich da hineingeraten war (außerirdische Besucher! Interventionen! Fiepende UFOS im Weizenfeld!), würde ich mich vermutlich schreiend und mit Alu-Haube auf dem Kopf unter meinem Bett verkriechen.

Ich hing nun meinen wirbelnden Gedanken nach, während Anjano sich seinerseits interessiert auf den Straßen umschaute und von Dingen wie Werbeplakaten, Tankstellen, Mülleimern oder dem Altenheim in der Leopoldstraße völlig fasziniert zu sein schien. Mehrere Male wurde er allerdings von Hustenanfällen geschüttelt, und ich blieb jedes Mal neben ihm stehen und legte ihm die Hand auf den Rücken, als würde das etwas bringen. Anjano schien diese Geste allerdings zu gefallen, deshalb tat ich es immer wieder und hatte schließlich das Gefühl, dass ich ihm auf diese Weise wirklich beistehen konnte.

Schließlich erreichten wir die *Kitty Kitchen*, die kein Etablissement war, sondern einfach nur ein Imbiss in einer leicht abgeranzten Gegend. Die gelben Plastikstühle waren alt, die Mehrzahl der kleinen Tische kippelte und die Kellner wirkten meistens mürrisch, aber das Essen war lecker. Neben den romantischen Vorstellungen, die in meinem Kopf herumspukten, wollte ich Anjano außerdem gern eine der positiven Seiten unserer Welt zeigen. Wenn unsere Hochzeitsriten und unsere Multitasking-Schreihals-Hirne bei ihm schon nicht gut wegkamen, dann konnte diese meine Menschheit vielleicht mit Spaghetti punkten.

»Sollen wir uns draußen hinsetzen?«, fragte ich Anjano und wies auf die Tische vor dem Eingang. Ganz am Rand war etwas frei. Das war ziemlich nah an der Straße, aber Hauptsache, wir hatten einen Tisch für uns.

Anjano war einverstanden, und wir nahmen Platz. Mein erstes Date konnte beginnen. Es brannte zwar keine Kerze und wir würden bestimmt auch keinen Wein bestellen, zu teuer, aber das hier war ein richtiges Rendezvous!

Ich lächelte selig und schlug die Speisekarte auf. Nudeln oder doch lieber Bifteki? Eine Frühlingsrolle, Currywurst mit Pommes oder Thai Green Curry? Eigentlich am liebsten einen Döner. Der war hier verdammt gut. Ich konnte Anjano ja mal probieren lassen.

Da kam schon ein Kellner. Er war der griesgrämigste von allen. Ohne uns anzusehen fragte er, was wir wollten.

»Erst mal nur zwei Mineralwasser«, antwortete ich. »Wir bestellen gleich aber noch etwas zu essen.«

Der Kellner kritzelte etwas auf seinen Block und schlurfte zum nächsten Tisch.

Anjano las unterdessen sichtlich mühsam die Speisekarte. Die Schrift schien ihm Probleme zu bereiten. »Kann ich Nudeln ohne alles nehmen?«, fragte er. »In den meisten Gerichten sind ziemlich viele Toxe enthalten.«

Das stimmte wohl. Die Zusatzstoffe standen sogar unten auf der Karte. »Klar kannst du das«, antwortete ich und seufzte. Das war dann wohl auch nichts gewesen. Mit unserem Essen konnten wir also ebenso wenig vor Anjano glänzen wie mit den anderen Dingen. (Aber mal ganz ehrlich, wie sehr glänzte ein Döner?)

Ich lehnte mich zurück und betrachtete Anjano, dem der sanfte Juliwind soeben ein paar hellblonde Strähnen aus dem Pferdeschwanz gezaust hatte und der mit seinem Zweitagebart im Licht der Abendsonne fast wie ein wilder Pirat aussah. Im Ponyhofshirt.

Fiel hier eigentlich sonst niemandem auf, wie schön er war? Ich schaute mich um. Am Tisch nebenan saß eine Familie mit zwei Kindern, die mit Ketchuphänden Pommes in sich hineinschaufelten. Aber weder die Familie noch irgendjemand anders schien Anjano besonders interessant zu finden. Doch! Da drüben saß ein blondes Mädchen, etwa fünfzehn, das Anjano gerade entdeckt hatte. Ihre Augen bohrten sich regelrecht in ihn hinein, und es sah aus, als ob sie ihm am liebsten auf den Schoß springen würde. Aber da kam unser miesepetriger Kellner zurück und stellte sich in ihre Sichtlinie.

Ätsch! Deine kosmische Chance ist gleich null, Blondie, dachte ich und streckte ihr klammheimlich die Zunge raus. Wenn du Anjano nicht schnell vergisst, schüttet dir jemand einen Drink ins Dekolleté. Kannst dich drauf verlassen.

Der Kellner platzierte die Gläser mit Mineralwasser auf unserem Tisch, und ich bestellte zweimal Rigatoni ohne alles.

Der Kellner verdrehte die Augen. »Kein Problem!«, knurrte er genervt und stapfte davon.

An Blondies Tisch hatten sich inzwischen alle erhoben und machten sich bereit zum Gehen. Der Kellner räumte dort ab und schimpfte dabei leise vor sich hin. Anjano malte mit dem Finger einen lockeren Kreis in die Luft.

Ich blickte ihn fragend an.

Anjano übersetzte seine Geste: »Die Welt dreht sich trotzdem weiter«, sagte er verschwörerisch grinsend und trank von seinem Mineralwasser. Augenblicklich begann er wieder zu husten. Mist, auch Toxo! Warum hatte ich nicht daran gedacht? Ich legte ihm die Hand auf den Rücken und wünschte mir nichts sehnlicher, als dass ich das Wissen meiner Mutter besäße und ihm irgendetwas verabreichen könnte, das ihm half. Aber ich konnte nur warten, bis es vorbei war, und währenddessen beobachten, wie einige Gäste sich nach uns umdrehten und dann allesamt durch eine kleine Windböe abgelenkt wurden, die in just diesem Moment durch die Straße fegte und Speisekarten und Servietten durcheinanderwirbelte.

Obwohl ich mittlerweile schon einige Interventionen miterlebt hatte, fand ich es nach wie vor faszinierend. Was für eine Präzision! So viele Leute gleichzeitig zu koordinieren, war eine wahre Meisterleistung.

Anjanos Hustenanfall ging vorüber. Er räusperte sich mehrmals und nahm die Hände von seinem Brustkorb. Sein Gesicht war hochrot, aber das tat seiner Schönheit keinen Abbruch.

Er lächelte mich an. Offenbar hatte ich auch gelächelt.

»Ich möchte so gern mehr über dich erfahren«, sagte ich mit einer Mischung aus Sehnsucht und Resignation. »Über dich und eure Welt.«

Anjano strich sich die herausgezausten Strähnen zurück. »In Ordnung«, sagte er überraschenderweise.

Ich setzte mich kerzengerade auf.

»Frag mich etwas über uns. Aber nur eine einzige Frage!«

»Wer ist *uns*?«, versetzte ich prompt.

Das war die Frage.

DIE Frage!

Anjano schwieg. Er hatte wohl mit etwas Leichterem gerechnet. »Wenn ich dir das erzähle …«, begann er und hielt inne.

»Was dann?«, flüsterte ich, zum Zerreißen gespannt.

»Dann verändere ich den Lauf der Welt.«

Ich machte wahrscheinlich ein ziemlich dümmliches Gesicht. Dann fragte ich: »Kannst du mir nicht trotzdem einen kleinen Hinweis geben?«

»Ich habe hier nichts zu suchen«, erklärte Anjano und schien jedes Wort sorgsam auszuwählen. »Ich dürfte gar nicht hier sein. Es war nicht geplant, dass ich herkomme.

Es war ein … Unfall.« Er machte eine Pause. »Niemand kommt hierher. Und es wäre besser, wenn ich auch nicht gekommen wäre. Ich bin ein Störfaktor.«

Ich hörte ihm mit offen stehendem Mund zu und saugte jedes Wort in mich auf.

»Die Interventionen sorgen dafür, dass ich bei euch nichts durcheinanderbringen kann. Der Lauf der Dinge soll durch mich in keiner Weise beeinflusst werden. Ich darf auf niemanden einwirken, denn dadurch könnte ich alles verändern. Und es ist wichtig, dass ihr unangetastet bleibt.«

Das Prinzip der Nichteinmischung. Die Oberste Direktive der Sternenflotte. Ich war in der Star-Trek-Matrix gelandet.

Anjano rieb sich den Nacken. »Aber dann kamst du!«, sagte er und lachte kopfschüttelnd. »Mit dir ist alles anders. Mit dir darf ich ganz offensichtlich reden! Sogar über das, was ich weiß und was ich denke. Und das ist unglaublich! Es steht im Widerspruch zu allem, was ich gelernt habe.«

Der Kellner kam an unseren Tisch gedackelt und stellte uns zwei Teller mit dampfenden Nudeln ohne Soße vor die Nase. »Da«, motzte er, würdigte uns keines Blickes und stampfte von dannen.

Fast hätte ich einen lockeren Kreis in die Luft gezeichnet. Aber mir war gerade nicht nach Lockerheit. Mir war auch nicht nach essen zumute.

Anjano starrte die Nudeln ebenfalls mit leerem Blick an.

»Was, wenn die Interventionen in Bezug auf mich defekt sind?«, fragte ich. »Wenn sie bei mir einfach nicht richtig funktionieren?« Ich kratzte mich am Kopf. »Ich habe eine Amalgamfüllung! Vielleicht lenkt das … die Strahlen ab?«

»Die Interventionen können nicht defekt sein.«

»Warum nicht?« War Scotty etwa unfehlbar? Oder sein Equipment?

»Wenn die Interventionen defekt wären, dann wäre die Welt defekt. Und das ist sie nicht. Das ist sie nie.«

Was?

WAS???

Die WELT machte die Interventionen? Kein Scotty, sondern doch der Kosmos!? Das Universum? Das warf meine bisherige Hypothese ja einfach mal komplett über den Haufen.

Anjano griff nach seinem Messer und versuchte, damit eine Nudel aufzuspießen.

Mit dem Messer.

Da, wo er herkam, aßen wahrscheinlich alle mit Lichtstäbchen oder so. Schnell nahm ich meine Gabel, piekste sie in zwei Rigatoni und führte sie zum Mund.

Anjano beobachtete mich dabei. Dann nahm er seine Gabel und machte es mir nach. Vorsichtig kaute er auf den Nudeln herum und schluckte. »Schmeckt nach gar nichts«, stellte er enttäuscht fest.

Da ist ja auch keine Soße dran!, hätte ich fast gesagt. »Wonach sollten sie denn schmecken?«, fragte ich stattdessen.

»Nach Frühling. Nudeln sollten immer nach Frühling schmecken«, erklärte er und aß konzentriert weiter.

Ich nickte möglichst cool und fing ebenfalls an zu essen. Die nackten Nudeln schmeckten nach nackten Nudeln. Da konnte man nicht viel erwarten.

Anjano sagte etwas, aber ich konnte ihn nicht verstehen, weil gerade ein Bus an uns vorbeifuhr. Da lächelte er einfach nur, und ich lächelte zurück. Es war wie eine kleine Unterhaltung ohne Worte, und tief in mir seufzte etwas auf. So hatte ich mir das immer vorgestellt.

Der Verband störte mich beim Essen, und so wurschtelte ich an ihm herum, bis er sich löste, und betrachtete neugierig meinen Daumen. Er war okay. An zwei Stellen ein ganz klein bisschen blau, aber im Vergleich zu heute Vormittag sah er super aus.

Anjano musterte den Daumen ebenfalls. »Tut mir leid.«

»Macht nichts«, erwiderte ich. »Wenn ich die Wahl hätte, mir entweder nie wieder den Daumen zu verstauchen oder bei dir sein zu können, dann wähle ich die zweite Option«, erklärte ich.

Und wurde knallrot.

Anjano blickte mich jedoch liebevoll mit seinen warmen braunen Augen an, und ich vergaß auf der Stelle alles um uns herum und wäre am liebsten in diesen Blick hineingeschmolzen.

»Du bist so schön …«, sagte er.

»Was?!«, rief ich entgeistert – und ziemlich laut. Sofort drehten sich einige Köpfe nach mir um, und ich versteckte mich hinter meiner Hand. »Was?!«, flüsterte ich.

»Du bist außergewöhnlich schön«, wiederholte Anjano und wirkte leicht verwirrt.

»Und du hast einen Knall!«

»Wie herum?«

»Ich bin nicht schön!«, sagte ich entschieden und nahm die Hand weg. »*Du* bist schön!«

Jetzt war er völlig durcheinander. »Was, ich?« Er lachte und verschluckte sich beinahe. »Du findest mich schön?«

Wollte er mich veräppeln? Er war perfekt! »Du bist der schönste Junge, den ich je gesehen habe.«

Anjano lachte, als hätte ich einen wirklich guten Witz gemacht. »Was für eine Humbuglichkeit!«, rief er amüsiert. »Mein Gesicht ist viel zu ebenmäßig! Bei mir sind die Augen exakt auf der gleichen Höhe. Die Nase ist auch einfach nur gerade. Es gibt nichts Interessantes in meinem Gesicht. Es ist absolut langweilig!«

Ich war sprachlos.

»Das ist aber nicht schlimm«, fügte er hinzu. »Ich komme damit klar. Nicht jeder kann schön sein.«

Ich brech zusammen!

In seinen Augen blitzte es. »Ich habe allerdings schöne Haare.«

»Ja! Ja, die hast du!«, pflichtete ich ihm erleichtert bei. Wenigstens dahingehend waren wir einer Meinung. »Du hast wunderschöne Haare.«

»Die machen das langweilige Gesicht allerdings nicht wett«, erklärte er achselzuckend, als sei das Ganze aber auch kein Weltuntergang. »Eine Schönheit wie dich gibt es eben nicht so oft.«

»Was soll an mir denn schön sein?«, japste ich.

»Weißt du das wirklich nicht?«

Ich schüttelte den Kopf.

»Du hast unglaublich faszinierende Augen.«

»Was? Meine Augen?«, fiepte ich. »Die stehen total schräg! Und zu nah beieinander!«

»Das ist ja gerade das Schöne. Du hast bestrickende Katzenaugen.«

Langsam wurde es mir echt zu viel. Das stimmte doch nicht!

»Und deine starken Brauen betonen die Augen noch, wie ein geheimnisvoller Gedankenstrich …«, setzte er noch einen drauf.

Die buschigen Gesichtsbalken?!

Ich schloss die Augen und atmete tief durch. Das war wirklich harter Tobak. Ich hätte heulen können.

»Was bewegt dich daran so sehr?«, fragte Anjano überrascht.

»Ich …« Meine Stimme zitterte. »Ich dachte immer, ich wäre hässlich.«

»Das ist kaum zu glauben.«

Ich musste mich zusammennehmen. Ich durfte jetzt auf keinen Fall weinen. »Du denkst ja auch, dass du nicht schön bist. Das ist auch kaum zu glauben.«

»Wir haben wohl unterschiedliche Liebreizoptimale.«

»Ja, das scheint so zu sein«, stimmte ich zu und fasste mich wieder ein wenig. »Was ist denn euer … Optimal?«

»Na, das Besondere! Das Außergewöhnliche. Gesichter mit Charakter. Ausnehmende Merkmale, die den Blick fangen.«

Dann sollte ich ihm vielleicht mal mein im Haar gut verstecktes abstehendes Ohr zeigen. »Bei uns sind es Gesichter wie deines, die als schön gelten. Symmetrische Gesichter ohne Makel.«

»Ja …« Es schien, als erinnerte er sich dunkel daran, schon einmal von diesem Ideal gehört zu haben. »Das ist wirklich verschoben, denn du bist allgewaltig schön, Juli«, sagte er und beugte sich vor. »Als ich dich das erste Mal sah, stockte mir der Atem, weil ich dachte, du wärst eine Vision – zu schön, um wahr zu sein.«

»Ging mir mit dir genauso.«

Er lächelte mit leicht zusammengezogenen Augenbrauen. »Ich habe mich darüber gewundert, dass du so aufgeregt warst, als du mit mir gesprochen hast. Denn immerhin bist du ja die Schönheit und müsstest es doch gewohnt sein, dass den Männern bei deinem Anblick der Atem stockt.«

War das wirklich kein Traum?

»Bei meinem Anblick ist noch nie jemandem der Atem gestockt!«, murmelte ich. »Eigentlich guckt man mich noch nicht mal richtig an.«

Anjano schien das unglaublich zu finden. »Bei uns könntest du ein Modell für Künstler sein.«

Ein Topmodel! Na klar. »Dünn genug bin ich ja«, bemerkte ich sarkastisch.

Er machte eine wegwerfende Handbewegung. »Das ist egal.«

»Egal?«

»Ob dick oder dünn spielt doch keine Rolle.«

»Nicht?«

»Es zählt ja das Einzigartige, und einzigartig kann sowohl eine dicke als auch eine dünne Frau sein.«

Sag das mal Heidi Klum! Ich hätte fast gelacht, so verrückt war das alles. Aber egal. Er fand mich schön.

Überhaupt entwickelte sich das Date zu einem totalen Hammer. Wir hatten den gleichen Humor, wir hörten uns gegenseitig gut zu, wir konnten allein mit Blicken miteinander reden! Außerdem fühlte ich mich in Anjanos Gegenwart so unglaublich wohl. So wahrgenommen. So gesehen. So wertgeschätzt. Gewürdigt. Geliebt.

Ja, klar, es war viel zu früh, um von Liebe zu sprechen,

aber Anjanos Augen sprachen trotzdem davon. Und vielleicht sagten ihm meine bestrickenden Katzenaugen auch so etwas in der Art.

Anjano starrte mich fasziniert an.

Konnte er fühlen, was ich gerade fühlte?

Einen klitzekleinen Augenblick lang hatte ich wieder den Eindruck, dass ich in einem Kokon aus Liebe steckte. Dass es Anjanos Herz war, das mich wie ein Kokon umfing …

Anjano nahm meine Hand, drückte sie ganz leicht und strich mit dem Daumen über meine Knöchel.

Ich bekam eine kolossale Gänsehaut.

Da fuhr ein klappriger alter Lastwagen vorbei und blies eine dicke schwarze Abgaswolke in unsere Richtung. Als die Wolke uns erreichte, hielt ich einfach die Luft an, wie man es immer tat, wenn so etwas passierte. Kein großes Ding.

Für Anjano war es das allerdings.

Kaum hatte uns die Abgaswolke erreicht, fasste er sich an den Hals und begann zu husten.

O nein.

Er sprang auf.

Sein Stuhl fiel mit lautem Knall nach hinten weg.

Entsetzt blickte er mich an.

O nein, nein, nein!

Ich sprang ebenfalls auf und legte ihm die Hand auf den Rücken, was mir in diesem Moment ausgesprochen lächerlich erschien. Aber was zum Teufel sollte ich denn tun?

Er konnte kaum noch atmen!

Das hier war ernster als alles zuvor.

»Hilfe!«, schrie ich. »Hilfe!«

Jemand musste uns doch bemerken.

Es saßen mindestens fünfzig Leute um uns herum!

Ich hatte wohl vergessen, dass ich die Einzige war.

Die Einzige, die Anjano helfen konnte.

10.

Ist hier ein Arzt?«, kreischte ich panisch, denn Anjanos Gesichtsfarbe verwandelte sich langsam von Rot zu Blau, während er hustete und hustete.

Die anderen Gäste der *Kitty Kitchen* reagierten jedoch nicht.

Hektisch sah ich mich um.

Niemand nahm von uns Notiz.

Sie waren alle abgelenkt.

Alle.

An einem Tisch waren die Leute soeben in lautes Gelächter ausgebrochen und hatten damit meine Schreie übertönt. Zusätzlich war jemandem ein Glas heruntergefallen.

Niemand hatte mich gehört – mich oder Anjano. Er stand mitten unter ihnen und hustete lauthals! Doch gerade in dem Augenblick, als sich ein paar Köpfe zu ihm herumzudrehen begannen, brachte einer der Kellner eine Geburtstagstorte mit brennenden Kerzen. Eine

Gruppe in der Mitte, die augenscheinlich eine Geburtstagsgesellschaft war, begann zeitgleich ein Ständchen zu schmettern und dazu zu klatschen. Zahllose Gäste fielen ein, und während Anjano sich die Seele aus dem Leib hustete, grölte die gesamte *Kitty Kitchen* »Happy birthday to you«.

Das war so unwirklich!

Aber es passierte tatsächlich.

»Komm hier weg!«, rief ich, warf meinen Zwanzig-Euro-Schein auf den Tisch und zog Anjano am Arm davon.

Wir kamen jedoch nur ein paar Schritte weit. Anjano knickten die Knie ein, und er sank in sich zusammen.

Inzwischen hustete er nicht mehr. Offenbar hatte er dazu nicht mehr genügend Luft. Es klang, als sei seine Luftröhre zugeschwollen.

Scheiße, Scheiße, Scheiße!

Er würde doch nicht sterben, oder?

Nein, bitte, Gott oder wer auch immer, nein!

Da hörte ich plötzlich eine Stimme. »Brauchen Sie Hilfe?«

Ich fuhr herum.

Hinter mir stand ein Mann. Ein älterer, bärtiger Mann in einem grünen, zerrissenen Cordmantel. Ein Obdachloser. Ernst sah er mich und Anjano an.

Er sah Anjano an!

»Klingt ja übel! Hat der Asthma?«, fragte er mich.

Was war hier los? Wieso wurde dieser Mann nicht abgelenkt?

Da griff Anjano nach meiner Hand. Gleich darauf griff er nach der Hand des Mannes. Mit letzter Kraft keuchte er: »Legt eure Hände auf meine Lungen!«

Sowohl der Obdachlose als auch ich taten, was Anjano gesagt hatte. Wahrscheinlich, weil jede Anweisung besser war, als untätig herumzustehen. Ich kniete mich hinter Anjano und legte ihm die Hände auf den Rücken, der Mann platzierte seine ungeschickt auf Anjanos Brustkorb. Dann legte Anjano seine eigenen Hände neben die des Obdachlosen.

Was als Nächstes geschah, konnte ich im ersten Moment gar nicht begreifen. Es war, als nähmen meine Augen etwas wahr, das sie als Unsinn einstuften, und deswegen weigerten sie sich, die Information ans Gehirn weiterzugeben. Eine Sekunde lang klemmte es unangenehm in meinem Kopf, aber dann forderte das Gehirn die Augen-Info so vehement ein, dass diese klein beigeben und das Bild weiterleiten mussten.

Auf Anjanos Brust leuchtete etwas. Dort war ein warmes, rotes Leuchten.

Ich reckte mich weit vor, um besser auf seinen Brustkorb schauen zu können. Das konnte doch nicht sein. Oder doch?

Anjanos Handflächen leuchteten.

Da war … Licht in seinen Händen.

Anjano rang rasselnd nach Atem. Anscheinend bekam er wieder ein bisschen Luft – aber nicht genug. Nur ein winziger Hauch, wo ein Sturm gebraucht wurde.

Er presste die Augenlider zusammen, als würde er all seine Kräfte sammeln. Und dann … zog er. Er zog an meinen Händen, von innen heraus, und es war, als wären sie mit einem Mal festgeklebt, als sei Anjanos Körper ein Magnet und meine Hände das eiserne Gegenstück.

Was passierte hier?

Da begannen meine Handflächen, warm zu werden.

Immer wärmer.

Heiß.

Und dann … leuchteten sie.

In einem warmen Rot.

Ich starrte erst auf meine Hände, dann auf die des Obdachlosen, die ebenso rot leuchteten wie meine und Anjanos. Ich spürte, wie es in meinen Händen zu rauschen begann, wie etwas durch sie hindurchfloss. Etwas Schönes, Helles. Etwas Heilsames.

Anjano schnappte wieder nach Luft. Und diesmal bekam er sehr viel mehr davon als zuvor! Er konnte wieder atmen! Gierig sog er die Luft ein, und seine Gesichtsfarbe normalisierte sich langsam.

Unendlich erleichtert stöhnte ich auf.

Der Obdachlose rief »Jessesmariaundjosef!« und wich zurück. Staunend betrachtete er seine Handflächen, die noch immer schwach schimmerten. »Was war das?«, rief er aufgewühlt. »Das Licht? Das Licht in meinen Händen!« Dann fügte er fast flüsternd hinzu: »Es hat sich so schön angefühlt.«

Das stimmte. Es hatte sich wunderschön angefühlt.

»Ich danke euch«, sagte Anjano gepresst.

»Was haben Sie gemacht?«, verlangte der Obdachlose zu wissen, während er stolpernd auf die Beine kam. »Was war das?«

»Es ist Heilkraft durch Ihre Hände geflossen«, antwortete Anjano.

»Es ist … was? Ich bin kein Heiler!«

»Doch, sind Sie.« Anjano fuhr sich tastend über die Seiten und den Brustkorb, als überprüfe er, ob noch alles richtig funktionierte. »Sie wussten es bisher nur nicht.«

»Was?« Der Obdachlose war völlig baff.

Ich allerdings auch.

»Was reden Sie denn da?«, rief der Mann, der sich nun offenbar dafür entschieden hatte, ärgerlich zu werden. »Was ist das für ein Unsinn? Haben Sie mir einen Streich gespielt?« Er wich ein paar Schritte zurück. »Bin ich hier bei der Versteckten Kamera?«

Anjano hob die Achseln. »Ich glaube nicht.«

Der Mann guckte zu mir.

Ich schüttelte den Kopf.

Der Obdachlose starrte uns verwirrt an und schien sich zu fragen, was in drei Teufels Namen hier eigentlich geschehen war. »Lassen Sie mich in Ruhe!«, schrie er dann, wandte sich abrupt ab und rannte mit flatterndem grünen Cordmantel davon.

Die Leute in der *Kitty Kitchen*, die nur zehn Meter von uns entfernt lag, hatten anscheinend von all dem nichts mitbekommen. Auch das Schreien des Obdachlosen hatten sie nicht gehört, denn gerade war eine Vier-Mann-Band mit Trommel, Ziehharmonika, Kontrabass und Gitarre an die Tische herangetreten und hatte angefangen, Polka zu spielen.

Natürlich.

Der Pappnasenkosmos machte seinen Job. (Wie blöd, jetzt doch wieder bei dem ausrangierten Wort *Kosmos* gelandet zu sein.) Das Pappnasenuniversum?

Ach egal. Ich war total fertig.

»Es tut mir leid«, sagte Anjano heiser. »Ich konnte dich und diesen Mann nicht vorher um Erlaubnis bitten, eure Körper zum Durchleiten der Heilenergie benutzen zu dürfen. Das war der stärkste Anfall, den ich bisher hatte.« Er räusperte sich noch einmal und verzog dabei schmerzlich das Gesicht.

»Was ist das für eine Heilenergie?«

»Sie ist überall um uns herum.«

Ich starrte ihn verständnislos an.

»Sie ist in der Luft, in der Erde, im Wind – überall«, antwortete Anjano, überlegte kurz und schien nun mit nichts mehr hinter dem Berg halten zu wollen. »Man kann diese Energie … anzapfen. Sie fließt dann durch deinen Körper, und durch deine Hände bringst du sie dorthin, wo sie gebraucht wird.«

Mein Mund stand offen, und in meinem Gehirn war Durchzug.

»Eigentlich müsstest du dich besser fühlen als vorher.«

»Mhm«, bestätigte ich und fand endlich meine Sprache wieder. »Aber wie geht so was?«

»Man muss nicht mehr tun, als seine Hände auflegen, die Gedanken auf die Energie fokussieren und sie sozusagen einladen. Der Rest passiert ganz von allein.«

Ah ja …

Wenn mir das jemand vor zwei Tagen erzählt hätte, hätte ich ihn für einen esoterischen Spinner gehalten. »Wieso kann ich das auch?«

»Jeder Mensch kann das. Bei euch ist das nur nicht allgemein bekannt. Ihr wisst gar nicht, wer ihr seid und welche Kräfte euch zur Verfügung stehen.«

Mir klappte wieder der Mund auf.

Anjano sprach einfach weiter. »Ich habe deine und die Fähigkeit dieses Mannes aktiviert, die Energie von außen aufzunehmen und durch eure Hände wieder abzugeben. Ich weiß nicht, ob ich das hätte tun dürfen, aber ich wusste mir nicht anders zu helfen. Mein eigener Zugang zu der Heilkraft hat nicht mehr ausgereicht.«

Ich staunte.

»Ich konnte mich seit meiner Ankunft immer so weit selbst regenerieren, dass ich wieder Luft bekam«, fuhr er fort. »Obwohl ich es, wenn du dabei warst, nie so stark gemacht habe, dass die Handflächen leuchteten. Gerade eben ging es allerdings nicht anders.«

Ich schloss langsam den Mund. Leuchtende Hände und Heilenergie in der Luft! Das war einfach unglaublich. Aber hier war soeben tatsächlich ein kleines Wunder geschehen.

Und der Mann im grünen Mantel hatte alles gesehen.

»Warum durfte der Obdachlose das miterleben? Wieso hat niemand interveniert?«, fragte ich. »Ich meine … die Handflächen des Mannes haben geleuchtet. Das wird ihn nachhaltig beeindruckt haben! Was, wenn er das jemandem erzählt oder ein Buch darüber schreibt oder zum Fernsehen geht? Das könnte den Lauf der Welt ändern!«

Anjano schien darüber nachzudenken. »Ich glaube, der Mann wird die Situation im Nachhinein für irrsinniglich halten und das Ganze als Fieberphantasie abtun. Fieber hatte er nämlich.«

»Echt?«

»Ja. Sein Verstand war ganz benebelt davon.«

War der Mann vielleicht betrunken gewesen? Gerochen hatte ich allerdings nichts.

Anjano sprach weiter. »Und falls nicht, gibt es ja immer noch die Interventionen. Sie werden ihn davon abhalten, jemandem zu erzählen, was er erlebt hat.«

»Der arme Kerl. Es ist echt frustrierend, wenn man

mit niemandem über etwas derartig Einschneidendes sprechen kann.«

»Das kann ich mir vorstellen, aber ohne deine und seine Hilfe wäre ich wahrscheinlich erstickt.«

Mir lief es kalt den Rücken hinunter. »Was ist denn das Problem mit deinen Lungen?«, fragte ich und wollte endlich eine Antwort bekommen. »Sind es die erhöhten Ozonwerte?«

»Die sind auch nicht gerade hilfreich«, murmelte Anjano.

»Bist du allergisch gegen unsere Luft?«

»Ich bin allergisch gegen eure Welt.«

»Gegen alles?«

»Nicht alles, aber sehr vieles. Eure Welt ist voller Toxe.« Er formte mit den Händen einen Kreis, der die ganze Welt zu umspannen schien. »Kein Wunder, dass ihr nur so eine geringe Lebenserwartung habt und es hier so viele Krankheiten gibt.«

Moment mal, die Lebenserwartung in Deutschland lag bei achtzig Jahren! Das war im globalen Vergleich hammermäßig hoch!

»Ich bin an diese Schlechtstoffbelastung nicht gewöhnt«, sagte Anjano. »Mein Körper kommt nicht gut damit klar.«

Ich nickte beklommen. Es war also nicht nur eine Allergie oder Asthma oder so etwas, sondern er hatte ein ganz grundsätzliches Problem mit unserem Planeten. Eines, gegen das man rein gar nichts tun konnte! Außer vielleicht, die Übel der Welt abzuschaffen, aber das erschien mir gerade als Lösungsansatz ein bisschen zu weit hergeholt.

Ich stand auf und half Anjano ebenfalls hoch. »Solch ein Anfall wie eben könnte also jederzeit wieder passieren?«

Anjano nickte.

»Was, wenn beim nächsten Mal nicht zufällig jemand vorbeikommt und dir helfen kann?«

»Es bringt nichts, sich darüber Sorgen zu machen.« Er senkte den Kopf. »Wenn ich geahnt hätte, dass ich hierher kommen würde, hätte ich mich besser vorbereitet. Ich hätte mich genau über euch informiert, über eure Abgase, eure Nahrung, eure Getränke. Aber es war ja nicht geplant, dass ich herkomme.«

»Du bist einfach ins Raumschiff gestolpert, ohne es zu wollen?«

»Was für ein Raumschiff?«

Ich war schlagartig hellwach. »Bist du etwa nicht mit einem Raumschiff hergeflogen?«

Anjanos Augen verengten sich. »Juli, glaubst du etwa, ich sei ein Außerirdischer?« Er grinste. »Ein Außerirdischer, der hier mit seinem Raumschiff gelandet ist?«

»Nein! Ich meine … ja. Ein bisschen.« Ich verknotete hektisch die Finger ineinander. »Mit vierundsiebzigprozentiger Wahrscheinlichkeit. Aber mir war total klar, dass diese Hypothese auch Quatsch sein könnte!« (Und man mich nun doch einschläfern und vierteilen musste.)

Anjano lachte. Es platzte eine regelrechte Lachsalve aus ihm heraus. »Ich bin kein Außerirdischer! Ich bin ein Mensch. Und an Raumschiffe kommt man nur sehr schwer heran.«

Ha, das war ja ein Brüller!, dachte mein armer, sich überschlagender Kopf und landete voll auf der Nase.

Da hörte ich plötzlich eine vertraute Stimme. »Juli?«

Ich drehte mich um.

In einigen Metern Entfernung stand Whoopi vor der *Kitty Kitchen*.

»Das ist deine Freundin, oder?«, fragte Anjano überrascht und trat geistesgegenwärtig ein paar Schritte zurück, so dass er im Schatten eines Hauseinganges verschwand.

»Ja, das ist Whoopi …«, stammelte ich und sah ihr staunend dabei zu, wie sie zu mir herübereilte.

»Juli!«, rief sie und drückte mich fest an sich. »Wo hast du denn bloß gesteckt? Deine Eltern suchen nach dir!«

»Wirklich?«

»Deine Mutter hat mich angerufen. Sie hat gesagt, du wärst heute Nachmittag einfach aus dem Haus gelaufen. Ohne Handy, deshalb konnte dich natürlich niemand erreichen«, sprudelte es aus ihr heraus. »Ich hab deiner Mutter gesagt, dass du wahrscheinlich auf deiner Lichtung bist, aber es weiß ja kein Mensch, wo die überhaupt ist! Du musst mich unbedingt mal dahin mitnehmen!« Sie hob den Zeigefinger. »Aber dann dachte ich mir, ich guck einfach mal in der *Kitty Kitchen* nach. Vielleicht sitzt du ja hier und liest die neue Biographie von Marie Curie.« Ihr Blick fiel auf meine Füße. »Mensch, du hast ja gar keine Schuhe an!«

»Ich … habe Blasen.«

Whoopi musterte mich forschend. »Juli, was ist los?«

Was ist los? Drei kleine Wörter, auf die ich mit einem Roman hätte antworten müssen! Was hätte ich dafür gegeben, Whoopi alles erzählen zu können. Aber das stand außer Frage. Ich durfte es keinesfalls noch einmal versuchen.

»Kannst du meinen Eltern sagen, dass es mir gutgeht und ich so bald wie möglich nach Hause komme?«

Whoopis Augen verengten sich. »*So bald wie möglich?* Warum gehst du denn nicht jetzt sofort nach Hause?«

»Ich … muss noch woanders sein«, antwortete ich mit all meiner sprachlichen Eleganz.

Whoopis Blick intensivierte sich. Das war ihr berühmter Röntgenblick, mit dem sie mir schon so manches Geheimnis aus der Nase gezogen hatte. Aber diesmal nicht.

»Ich hab dich lieb, Whoopi«, sagte ich leise.

Achtung!

Zu spät.

Gesagt war gesagt.

Dieser Satz alarmierte Whoopi mehr als jeder andere

Satz es hätte tun können. »Juli!« Ungestüm packte sie mich bei den Schultern und rüttelte mich. »Was zum Geier geht hier vor sich? Warum bist du heute Nachmittag so überstürzt weggelaufen? Wo warst du die ganze Zeit? Ist dir etwas zugestoßen? JULI!« Ihr traten Tränen in die Augen.

»Mir ist nichts Schlimmes passiert!«, versicherte ich und merkte, dass sich in meinen Augen ebenfalls Tränen sammelten. »Du musst dir keinen Kopf um mich machen! Es geht mir gut. Ich kann nur nicht darüber sprechen.«

»Worüber nicht?«, gellte sie.

»Genau das kann ich nicht sagen«, entgegnete ich frustriert und sah sie bittend an, damit sie nicht weiterfragte.

Whoopi ließ meine Schultern los und starrte mich mit glitzernden Tränen in den Augenwinkeln an. »Du hast heute Morgen gesagt, dass dir etwas passiert wäre und dass es der Oberhammer wäre! Willst du den lieber für dich allein behalten?«

»Nein!«

Ihre Stimme wurde plötzlich wackelig. »Vertraust du mir nicht mehr?«

»Doch!«, rief ich, erschrocken über den Verlauf des Gesprächs. »Ich vertraue dir, wirklich!«

»Ach ja?« Mit einer harten Geste wischte sich Whoopi die Tränen weg. »Wenn das so wäre, würdest du mir doch erzählen, was los ist. Aber offenbar habe ich unsere Freundschaft falsch eingeschätzt.«

»Nein, bitte, Whoopi!« Mit Blicken flehte ich sie an, die Sache nicht *so* zu interpretieren. »Bitte!«

Whoopi kniff die Lippen zusammen. »Ich werde deinen Eltern sagen, dass du *so bald wie möglich* nach Hause kommst«, informierte sie mich kühl.

Verzweifelt griff ich nach ihrer Hand. »Whoopi …«

Sie schüttelte sie ab. »Geh dahin, wo du jetzt sein musst, Juli.« Mit diesen Worten stapfte sie davon.

Ich stand da wie gelähmt. Am liebsten wäre ich ihr hinterhergelaufen und hätte sie festgehalten.

Whoopi!

Meine Whoopi! Die einzige Freundin, die ich hatte! Der einzige Mensch, der immer für mich da gewesen war. Das war einfach nicht fair.

Es kam Leben in meine Glieder. Vor Wut.

»Bist du jetzt zufrieden, du beschissener Kosmos?!«, schrie ich und reckte die geballte Faust gen Himmel. »Bist du stolz auf deine Arbeit?« Heiße Tränen rannen mir die Wangen hinab, während ich nun beide Fäuste schüttelte, als wollte ich das Universum verprügeln. »Du kannst mich mal! Hörst du? Du kannst mich mal kreuzweise!«

»Juli!« Auf einmal war Anjano hinter mir. »Bitte schrei nicht so! Überall müssen die Leute abgelenkt werden!«

»Das ist mir scheißegal!«, fauchte ich. »Soll der blöde Kosmos doch Doppelschichten fahren! Das interessiert mich einen Dreck! Die Interventionen versauen mir noch alles!« Ich lachte bitter. »Das können die doch nicht machen! Das ist mein Leben! Die machen mir noch alles kaputt!« Die verfluchten Interventionen durften mir den Daumen verknacksen, aber sie durften mir nicht Whoopi wegnehmen. Das war einfach zu viel!

Konnte ich nur entweder Anjano oder Whoopi haben?

Lief es darauf hinaus?

Anjano zog mich fort. »Komm!«, sagte er gehetzt. »Wir müssen hier weg. Die Einschnitte werden immer heftiger.«

Ich ließ mich von ihm den Bürgersteig entlangziehen, während ich zu schluchzen begann und vor lauter Tränen kaum noch etwas sehen konnte. »Das darf nicht wahr sein!«, weinte ich. »Bitte, nicht Whoopi …«

Anjano zog mich weiter, und ich folgte ihm stolpernd, bis er mich in einen einsamen Hinterhof befördert hatte. Hier waren wir unbeobachtet.

»Juli«, begann er, aber ich ließ ihn nicht ausreden.

»Ich werde Whoopi verlieren!«, brach es verzweifelt aus mir heraus. »Durch diese ganze Sache werde ich Whoopi verlieren, richtig? Es geht ja auch gar nicht anders! Wenn ich mit ihr nicht über dich reden kann, muss das ja einen Keil zwischen uns treiben! Sie kann doch gar nicht mehr meine Vertraute sein! Und das spürt sie natürlich. Ich werde sie verlieren, oder?«

»Das kann ich dir leider nicht sagen.«

Nein, verdammt nochmal, das konnte er nicht.

In meinem Kopf drehte sich alles.

»Die Interventionen können überhaupt nicht verhindern, dass sich der Lauf der Dinge ändert!«, rief ich aufgelöst. »Sie führen ja erst recht dazu!«

»Nur, weil du in solch engen Kontakt mit mir gekommen bist«, entgegnete Anjano. »Wenn du mich niemals kennengelernt hättest – wenn du mich nie auch nur bemerkt hättest, wie es normal gewesen wäre –, wäre auch kein Keil zwischen dich und deine Freundin getrieben worden.«

Ja, da hatte er wohl recht. »Aber warum habe ich dich denn kennengelernt? Was hat sich der Kosmos dabei gedacht?«

»Ich weiß es nicht.« Anjano sah traurig aus. »Ich wollte nie zwischen dir und deiner Freundin stehen.«

Nein, das hätte ich auch nicht gedacht. Aber trotzdem! »Was hat das alles zu bedeuten?«, wollte ich nun wissen und hob die Hand zu einer ausholenden, theatralischen Geste, die das alles umfing – den ganzen kosmischen Wirbel und das Chaos in meinem Leben. »Wer bist du denn überhaupt?«

Anjano schaute mich unverwandt an. »Du hast recht. Es ist Zeit, es dir zu sagen.«

Ja, es war Zeit.

Höchste Zeit!

»Die Wahrheit du sagst!«, rief ich.

Anjano nickte. »Dann erzähle ich dir jetzt alles.«

11.

Der Hinterhof lag im Dunkeln, doch die hell erleuchteten Fenster der angrenzenden Häuser schenkten genügend Licht, um sich zurechtzufinden. Mittlerweile war es später Abend, und die ersten Sterne funkelten zwischen ein paar vereinzelten Wolken am Himmel. Das war wohl die angemessene Kulisse, um Licht ins Dunkel zu bringen.

Ich wollte endlich wissen, wer Anjano war. Wenn ich seinetwegen meine beste Freundin verlieren würde, dann hatte ich ein Recht auf Antworten. »Wo kommst du her?«, fragte ich nun die Frage aller Fragen. Dann wappnete ich mich und spannte alle Muskeln an, damit die Antwort mich nicht umwarf.

Ich war bereit.

»Ich komme aus einer anderen Zeit«, sagte er.

Ich starrte ihn bewegungslos an.

»Aus der Zukunft«, fügte er hinzu.

Aus der Zukunft.

AUS DER ZUKUNFT!

Wie ein Tsunami tosten die drei Wörter durch sämtliche meiner Gehirnwindungen, und gleich darauf folgte ein monströser Aha-Moment.

Ahhh!

Natürlich!

Aus der Zukunft!

Das war die logischste aller Erklärungen. (Auf die ein Hypothesenhirni wie ich von selbst hätte kommen müssen!) Sämtliche Rätsel und Ungereimtheiten lösten sich damit schlagartig auf.

»Du bist ein Zeitreisender?«, stieß ich atemlos hervor.

»Eher ein temporaler Springer.«

»Ugh.«

»Ein unfreiwilliger.«

Ich musste mich hinsetzen. Da es keine Sitzgelegenheit gab, ließ ich mich einfach auf die sommerwarmen Bodenplatten des Hinterhofs sinken. Anjano setzte sich neben mich und ließ mir Zeit, seine Worte zu verarbeiten.

»Wie weit aus der Zukunft?«, fragte ich aber schon nach zehn Sekunden weiter, denn mein Kopf arbeitete auf Hochtouren und spuckte gerade zwei Billionen Folgefragen aus.

»2470.«

Ughhh!

»450 Jahre? Du bist 450 Jahre zurückgereist?« Ich fasste mir ans Herz, denn es hämmerte mir dermaßen brachial gegen die Rippen, dass ich dachte, sie müssten jeden Moment durchbrechen. »Das ist … so krass.«

Anjano nahm meine Hand. Das beruhigte mich ein kleines bisschen. Aber wirklich nur ein bisschen.

»Ich bin kein Außerirdischer. Ich komme von hier, ich bin in diesem Land geboren. Nur in einer anderen Zeit.«

Na, dann war es ja halb so wild. Ich wollte lachen, gab aber stattdessen nur einen Piepslaut von mir.

Anjano drückte meine Hand fester.

»Es ist also möglich? Man kann tatsächlich durch die Zeit reisen?«

»Ja, natürlich!«, gab er wie selbstverständlich zur Antwort. Dann hielt er inne. »Das wisst ihr noch nicht?«

Ich schüttelte langsam den Kopf.

»Es kann nicht mehr lange dauern, bis ihr es herausfindet. Die ersten Zeitsprünge wurden im einundzwanzigsten Jahrhundert unternommen. Ich weiß das genaue Datum nicht mehr, aber es müsste bald soweit sein.«

»Aber wie?« Ich hatte schon viel über Zeitreisen gelesen – und im Fernsehen gesehen –, das Ganze aber immer für reine Science Fiction gehalten. »Wie springt man denn durch die Zeit?«, fragte ich, obwohl eine solche Frage Anjano ähnlich amüsant erscheinen musste, wie mir die Äußerung eines Menschen aus dem vierzehnten Jahrhundert: »Aber wie kann sich die Welt denn drehen? Sie ist doch eine Scheibe!«

»Durch Raumzeitkrümmung«, erklärte Anjano.

»Durch sie können zwischen unterschiedlichen Zeiten Übergänge entstehen.«

Die Raumzeitkrümmungsthese kannte ich natürlich. Nach Albert Einsteins Allgemeiner Relativitätstheorie wurde dabei die Raumzeit unter dem Einfluss der Schwerkraft »gekrümmt«, bis sie eine sogenannte Singularität bildete – eine trichterförmige Brücke, die zwei Zeitpunkte miteinander verbinden konnte. Aber wer hätte gedacht …

Anjano redete weiter. »Albert Einstein nannte solche Verbindungen *Brücken* –«

Sag ich doch.

»Stephen Hawking nannte sie *Wurmlöcher.*«

Wusste ich auch.

»Mamuta nannte sie *Zeitachsen.*«

Wer? Egal.

Ich war nun ganz hibbelig vor Aufregung. »Wie viele gibt es davon?«

»Es gibt weltweit 142 stabile Zeitachsen.«

»142!« Ich biss mir vor Aufregung in die Hand. »Und man kann damit wirklich und wahrhaftig in andere Zeiten reisen?«

»Man kann über diese Zeitachsen in andere Zeiten springen. Die meisten von ihnen führen allerdings nur in eine kurz zurückliegende Vergangenheit – mehrere Wochen oder Monate. Einige verbinden uns aber auch mit vergangenen Jahrhunderten oder Jahrtausenden. Und elf der stabilen Zeitachsen führen in die Zukunft. Die weitreichendste neunhundert Jahre.«

Das war der absolute Wahnsinn. Zeitreisen waren also wirklich möglich! Noch in diesem Jahrhundert, also vielleicht noch innerhalb meiner Lebenszeit! Wenn ich das tatsächlich noch erlebte, würde ich alles daransetzen, eine Zeitreise zu machen, und als Erstes in die Vergangenheit springen. Marie Curie kennenlernen! Das alte Ägypten! Jules Verne! Gandhi! Mozart! Leonardo da Vinci! Jeanne d'Arc! Galileo! John Lennon! Jesus!

Die Vorstellung war so elektrisierend, dass ich mir die Hand noch tiefer in den Mund schob, um nicht wieder zu piepsen. »Das ist … der totale Hammer«, stammelte ich.

»In meiner Zeit sind Zeitachsen etwas ganz Normales.«

Unglaublich! Machte man in der Zukunft auf diese Art Ferien? *Einmal Pauschalurlaub Mittelalter mit Vollpension, bitte?* Ich grinste an meiner Hand vorbei und wippte aufgeregt mit den Füßen. »Die Zeitreisen können noch nicht mal irgendwas durcheinanderbringen, oder?«, nuschelte ich und nahm schnell die Hand aus dem Mund. »Die Interventionen sorgen ja dafür, dass man in der anderen Epoche nicht den Ablauf der historischen Ereignisse ändern kann! Das heißt, man kann keine Kausalitätsprobleme verursachen.«

Kausalitätsprobleme wurden in Sci-Fi-Serien oft thematisiert, wenn es um Zeitreisen ging: Falls der Zeitreisende in der Vergangenheit etwas tat, das zu einer veränderten Zukunft führte, gab es Kausalitäts-Chaos im Gebälk der Zeit (also *Ursächlichkeits-Chaos* oder … *Bewirkungs-Salat*). Eine Zeitreise durfte zum Beispiel nicht dazu führen, dass die Reise gar nicht erfolgte. Das wäre ein Paradoxon, und ein Paradoxon war das ultimative Kausalitätsproblem. Aber durch die Interventionen konnte es praktischerweise ja gar nicht zu Veränderungen der Geschehnisse kommen und damit auch zu keinem Salat.

»Und deswegen kann man so lange und so oft reisen wie man will«, schloss ich den Gedanken ab und war angesichts dieser Aussichten völlig aufgekratzt.

Anjano wirkte jedoch weniger begeistert. »In eurem Jahrhundert gab es nach der Entdeckung der Interventionen tatsächlich einen regelrechten Zeitsprungs-Flor.«

»Einen Boom?« Kein Wunder!

»Jeder wollte historische Begebenheiten miterleben oder bestimmte Persönlichkeiten sehen – zumindest aus der Ferne.«

»Ja, klar! Warum auch nicht?«

»Weil das schreckliche Folgen hatte!«, erwiderte Anjano, und seine Stimme klang sehr ernst.

»Was?«, kiekste ich, während mir das Grinsen aus dem Gesicht bröckelte. »Aber wieso?«

»Durch die Zeitsprünge wurde offensichtlich, dass die Vergangenheit oftmals gänzlich anders verlaufen war, als man sie in der Geschichtsschreibung festgehalten hatte. Manche Persönlichkeiten, die als Helden verehrt wurden, entpuppten sich als Betrüger. Einige überlieferte Ereignisse fanden anders statt als gedacht – oder gar nicht. Ein paar Erfindungen wurden von ganz anderen Menschen gemacht, als geschrieben stand.«

Ich hörte auf, mit den Füßen zu wippen.

»Dies alles führte zu Problemen in eurer Gegenwart. Die kleinsten davon waren Patent-Streitigkeiten oder Auseinandersetzungen mit Erben. Nach einiger Zeit kam es zu einer großen Reform der Geschichtsschreibung, die die ganze Welt allgewaltig auf den Kopf stellte und viele Probleme verursachte. Heiligtümer wurden entzaubert, Ländergrenzen mussten neu verhandelt werden, dem Nationalstolz vieler Völker wurde der Boden entzogen. Und das alles nur, weil die Leute gern einmal Leonardo da Vinci bei der Arbeit zuschauen wollten!«

Räusper.

»Aus diesem Grund wurden Zeitsprünge schon bald als nicht sinnvoll eingestuft und daher nicht mehr unternommen.«

Ich kratzte mich am Kopf. Die Zukunftsmenschen hatten also die Möglichkeit, durch die Zeit zu reisen, taten es aber nicht! Was war denn so schlimm daran, die Historie neu zu schreiben? Wenn die Geschichtsbücher dadurch präziser wurden, sprach doch eigentlich nichts dagegen! »Ihr springt also überhaupt nicht durch die Zeit?«

»Nur in wenigen Ausnahmefällen. Normzivilisten machen aber in der Regel keine Zeitsprünge. Die Zugänge zu den Zeitachsen sind außerdem gesichert.«

»Wenn sie gesichert sind, wie bist du dann in dieses Jahrhundert gekommen?«

»Ich gehörte zu einer Reinigungscrew, die eines der Zeitachsen-Areale gesäubert hat. Ich habe dort den Boden gewischt.«

So was! War er also Putzmann von Beruf? Äh … Raumpfleger?

Anjano sprach schon weiter. »Im Areal gibt es hohe Sicherheitsvorschriften, aber der Eingang der Achse ist unsichtbar und kann in einem Radius von mehreren Metern wandern.«

»Wandern?«

»Ja, die Achseneingänge sind unstet und bewegen sich. Erst im letzten Augenblick, bevor sie ihre Position verändern, geben sie einen schrillen Pfeifton von sich.«

Ich hörte ihm staunend zu. Da war also kein UFO im Weizenfeld gewesen, sondern einfach nur eine pfeifende Zeitachse. Ich kicherte, und es klang ein bisschen verrückt. Aber das Ganze war ja auch verrückt. Völlig durchgeknallt! Ausgerechnet auf meiner Lichtung befand sich so ein Ding!

»Ich hätte also auch jederzeit in die Zeitachse hineinstolpern können?«, fragte ich. »Und dann wäre ich bei euch im fünfundzwanzigsten Jahrhundert gelandet?«

»Der Ausgang ist durchaus auch ein Eingang, aber –«

»Dann müssten ja schon zig Leute zufällig in solche Zeitachsen hineingelaufen sein!«

»Es kam im Laufe der Geschichte durchaus immer mal wieder vor, dass so etwas passierte. Aber das waren Einzelfälle.«

»Warum?«

»Die Zugänge zu den Achsen sind nicht nur unsichtbar. Sie befinden sich außerdem selten auf dem Boden, sondern in wechselnder Höhe in der Luft. Meistens drei bis vier Meter hoch. Deswegen geschieht es sehr selten, dass jemand zufällig in eine Achse hineingerät. Sie funktionieren außerdem nur, wenn sie sich aktivieren und wandern.«

»Wenn sie fiepen …«

»Genau. Nur dann besteht die Verbindung zur anderen Seite.«

»Und das kommt nicht so oft vor?«

»Jede Achse ist anders, manche sind ständig in Funktion, aber die, durch die ich gesprungen bin, war jahrzehntelang inaktiv, bevor sie sich dann ganz plötzlich geöffnet hat. Niemand hatte damit gerechnet. Deswegen waren wir beim Reinigen des Areals eher entspannt und wohl zu nachlässig mit den Vorschriften. Anscheinend stand ich im inneren Bereich, als sich die Achse aktivierte. Ich habe nur noch das hohe Pfeifen gehört und landete schon im nächsten Moment auf der Lichtung.«

Ich überlegte. »Diese Pantomime, die du heute Morgen aufgeführt hast! Da hast du die Zeitachse gesucht, richtig?«

Anjano nickte. »Ich habe seit gestern alles versucht, um in meine Zeit zurückzuspringen, und gehofft, dass die Achse noch mal auf den Boden wandert. Aber ich habe sie nur einmal gehört, im Weizenfeld, als ich mich von dir verabschiedet habe.«

Mit einem hinreißenden Handgelenkskuss!

»Und da war die Achse zu hoch für mich«, sagte Anjano, »bestimmt vier Meter hoch. Ich konnte sie direkt über mir hören und das leichte Flimmern sehen, das nach ihrer Öffnung erscheint, aber ich bin nicht an den Eingang herangekommen.« Er schüttelte den Kopf. »Gestern Nacht habe ich in einer Abstellhütte endlich eine Leiter gefunden.«

Und offenbar einfach mitgenommen. Gemopst. Ach, was soll's.

»Es könnte aber auch sein, dass die Achse nun wieder für Jahrzehnte inaktiv ist und du gar nicht mehr zurückspringen kannst?«

Anjano nickte nachdenklich.

Obwohl ich bei dieser Vorstellung eine kleine Verzückung in mir spürte, konzentrierte ich mich nun noch einmal auf die Fakten und stellte fest, dass mir eine wichtige Information fehlte. »Und wer macht nun die Interventionen?«

Anjano blickte prüfend in den Himmel, an dem ein paar dunkle Regenwolken vorüberzogen. »Niemand *macht* sie. Sie finden statt. So wie ein Gewitter stattfindet oder ein Sturm oder ein Sonnenaufgang. So wie Wasser bei einhundert Grad anfängt zu kochen und bei null Grad gefriert.«

»Die Natur macht die Interventionen?«, wunderte ich mich atemlos. »Wie kann das sein? Sie sind so haargenau ins Geschehen eingeknüpft, dass man sich kaum vorstellen kann, dass keine höhere Intelligenz dahintersteht.«

Anjano sah mich an, als fände er meine Bemerkung ziemlich daneben. »Die Natur ist die höchste vorstellbare Intelligenz«, sagte er in leicht vorwurfsvollem Ton. »Es ist eines der tragischsten Missverständnisse eurer Zeit, dass ihr das erst erkannt habt, als es fast schon zu spät war.«

Ich senkte den Blick.

»Schon Marie Sonrisa sagte: *Verneigt euch vor dem Geist der Natur, dessen Genie kein Mensch jemals erreichen wird.*«

»Aber warum verhindern die Naturgesetze denn, dass man etwas in der Zeit ändern kann?«, fragte ich. »Die Natur hat doch kein Bewusstsein, sie kann nicht … denken! Sie kann nicht abschätzen, dass es besser wäre, wenn durch Zeitspringer nicht zu viel kausale Unordnung in den Jahrhunderten entstehen würde.«

Anjano lachte. »Nein, das *denkt* sie nicht. Dahinter

steht ein ganz einfaches physisches Gesetz.« Er überlegte. »Es ist so: Selbst kleinste Veränderungen in der Vergangenheit können immense Auswirkungen auf die Zukunft haben, und damit auf die Gegenwart des Springers.«

»Genau. Kausalitätsprobleme«, sagte ich. »Zeitsalat!«

Anjano bedachte dieses Wort mit einem Lächeln. »Ein Beispiel«, sagte er. »Der Springer nimmt jemandem im Bus den Sitzplatz weg. Derjenige lernt dadurch nie die Frau kennen, in die er sich normalerweise verliebt hätte. Eine Familie, die es eigentlich gegeben hätte, wird nie gegründet. Mitglieder dieser Familie hätten im Verlauf ihres Lebens Einfluss auf andere Familienchroniken gehabt, auf das örtliche Leben, auf die Zeitgeschichte. Das ganze Weltgeschehen könnte letztlich ein anderes sein.«

Der Schmetterlingseffekt. Der Flügelschlag eines Schmetterlings in Brasilien konnte einen Tornado in Texas auslösen.

Ich zog die Stirn in Falten. »Aber darüber denkt die Natur doch nicht nach!«, wies ich noch einmal auf den Punkt hin, den ich immer noch nicht verstand.

Anjano hob die Hand, als wollte er sagen, dass er ja auch noch nicht fertig war. »Die Interventionen verhindern jedes Eingreifen in den Zeitablauf, damit die Ausgangssituation des Zeitsprungs unverändert bestehen bleibt. Sonst würde ein Paradoxon entstehen.«

»Ja. Wenn man in der Vergangenheit etwas verändert,

verändert man damit die eigene Zukunft. Und wenn die Zukunft anders ist, hätte man den Zeitsprung vielleicht nie gemacht!«

»Exakt. Ein anderes Beispiel, das sogenannte Großvaterparadoxon: Wenn ein Zeitspringer versuchen würde, in der Vergangenheit seinen Großvater umzubringen, wäre das absolut unmöglich. Denn ohne die Existenz seines Vaters, der wegen des Todes des Großvaters nicht geboren wird, könnte der Zeitreisende selbst nicht geboren werden und dadurch auch nicht in der Zeit zurückreisen, um seinen eigenen Großvater zu töten. Es würde ein unlösbares Zeitparadoxon entstehen.«

Zeitsalat deluxe.

»Ein Paradoxon kommt in der Natur aber nicht vor«, fuhr Anjano fort. »Die Naturgesetze verhindern, dass es überhaupt erst entstehen kann. So wie sie verhindern, dass der Frühling vor dem Winter kommt oder Wasser den Berg hinauffließt.«

»Ich verstehe«, sagte ich und hatte das Gefühl, dass ich es tatsächlich endlich kapiert hatte. Da saß kein Alien vor hundert Millionen Bildschirmen und beobachtete die wimmelnde Menschheit. Die Interventionen waren wohl eher so etwas wie ein automatisches Selbsterhaltungsprogramm der … Welt.

Krass war ein viel zu mickriges Wort dafür.

»Dass du und ich uns auf diese Weise unterhalten können, ist unter diesem Gesichtspunkt einfach unglaublich«, sagte Anjano und rieb sich kopfschüttelnd die Wange.

Da hatte er recht. Anjano veränderte durch das, was er mir erzählte, mein ganzes Denken! Dadurch könnte ich wiederum den Lauf der Welt ändern! Ich würde mein Leben nun doch bestimmt nicht so leben, wie ich es ohne ihn getan hätte. Immerhin wusste ich jetzt, dass es Zeitreisen gab! Ich konnte es allerdings niemandem erzählen …

Kaum hatte ich das gedacht, stauten sich die Gedanken in meinem Kopf, und es kam zu geistigen Auffahrunfällen.

Anjano blickte auf. »Das ist sehr viel Information auf einmal.«

»Ist okay!«, wehrte ich ab. Ich war ja froh, dass ich es endlich wusste. Aber bei der Frage, warum wir überhaupt miteinander reden konnten, kamen wir momentan wohl einfach nicht weiter. »Wer ist Marie Sunrise?«, fragte ich schnell, bevor Anjano die Unterhaltung beenden konnte.

»Sonrisa«, verbesserte er. »Marie Sonrisa war eine der bedeutendsten Persönlichkeiten des einundzwanzigsten Jahrhunderts.«

»Nie gehört.«

»Ich glaube, sie lebt wahrscheinlich noch gar nicht. Oder ist zumindest noch nicht in Erscheinung getreten. Sie war der führende Kopf einer großen Revolution, die Mitte des Jahrhunderts stattfand, und hat sowohl die Lebensweise der Menschen als auch Politik und Wirtschaft entscheidend beeinflusst.«

Na, das klang ja nach einer richtigen Heldin. Vielleicht lebte sie schon. Ich würde sie zu Hause mal googeln.

Hatte er nicht noch einen anderen Zukunftsnamen erwähnt? Den desjenigen, der die Zeitachsen entdeckt hatte? Mammut?

»Es fängt an zu regnen«, stellte Anjano fest.

Tatsächlich. Die Wolken hatten sich mittlerweile zu dunklen Wattemauern aufgetürmt, und es fielen erste Regentropfen. Hier gab es aber nirgendwo eine Stelle, wo wir uns gut unterstellen konnten. Außerdem sah es aus, als würde nicht nur ein kurzer Schauer runterkommen.

»Wo sollen wir hin?«, fragte ich und zog die Schultern hoch, da der Regen nun schnell stärker wurde.

»Ich habe mir am Rande der Lichtung einen Unterschlupf gebaut.« Anjano schien zu überlegen, ob wir dahin gehen sollten.

»Ist der wasserdicht?«

»Ich glaube nicht.«

»Dann müssen wir woanders hin.« Ich dachte kurz nach. »Gehen wir zu mir«, sagte ich, und mein Herzschlag beschleunigte sich merklich, denn ich war dabei, einen Jungen mit zu mir nach Hause zu nehmen! »Da ist es trocken«, fügte ich schräg lächelnd hinzu. Wollte ich Anjano mit in mein Zimmer nehmen und … ganz allein mit ihm sein?

Ja.

Wollte ich.

»Meine Eltern werden wahrscheinlich in irgendeiner Form abgelenkt werden und dich nicht sehen, also müssen wir uns darum keine Gedanken machen.«

Anjano lächelte und sah mir tief in die Augen.

Mein Herz schlug laut und hart.

»Gut«, sagte er. »Gehen wir zu dir.«

Er stand auf und reichte mir die Hand.

Ich ergriff sie und ließ mich hochziehen.

Und dann rannten wir los.

Hand in Hand.

Durch den Sommerregen.

12.

Innerhalb kürzester Zeit waren wir klatschnass, doch wir rannten einfach weiter durch den Regen, lachend, Händchen haltend, plötzlich so unbeschwert und glücklich, als gäbe es nur diesen Moment, diesen einen Moment, in dem alles andere gleichgültig war – dass wir aus unterschiedlichen Zeitepochen stammten, dass uns das Leben kosmische Rätsel aufgegeben hatte und dass wir keinen blassen Schimmer hatten, wie es weitergehen würde.

Um uns herum flohen die Menschen ins Trockene, denn der Sommerschauer hatte sich in einen richtigen Platzregen verwandelt. Anjano und ich schlängelten uns hindurch, sprangen kichernd wie Kinder über Pfützen hinweg und manchmal auch mitten hinein. Ich war noch nie so unbekümmert gewesen, hatte mich noch nie so leicht gefühlt. Am liebsten hätte ich geschrien vor Glück.

Ich war verliebt.

Ich spürte es ganz deutlich.

Mein Herz pochte jauchzend im Takt unserer Schritte

und schlug stürmische Saltos, denn es hatte das gefunden, wonach alle Herzen suchten.

Anjano lachte, tanzte an meiner Seite und strahlte wie ein kleiner Stern, der sich auf die Erde verirrt hatte und nicht wieder in den Himmel zurückwollte, weil man da oben nicht durch Pfützen springen konnte.

Bis er plötzlich stehen blieb und anfing zu husten.

Zum Glück war es nicht so schlimm wie nach der Auspuffwolke, aber Anjano stellte sich dennoch hinter eine Hausecke und ließ seine Handflächen leuchten.

Ich stand hinter ihm, meine Hand lag auf seinem Rücken.

Dieses Mal leuchtete sie nicht, dennoch spürte ich, dass sie erneut kribbelte und etwas durch sie hindurchfloss.

Anjano kam wieder zu Atem. Lächelte. Zog mich weiter.

Wir liefen und liefen, bis Anjano abermals stehen blieb. Doch dieses Mal nicht, um zu husten. Mit nassen Haaren und Regenwasser im Gesicht drehte er sich zu mir um. »Juli …«, sagte er.

Wir standen da.

Sahen uns an.

Sein Gesicht war auf einmal ganz nah.

Das war er.

Der Augenblick.

Wir wussten es beide.

Ich sah es Anjano an.

In seinen Augen glomm ein Feuer, das wie in glühenden Funken zu mir herüberwirbelte.

Ich lächelte zaghaft.

Der Regen prasselte auf uns nieder.

Mein Herz schlug wie verrückt.

Anjano neigte den Kopf.

Ganz langsam.

Ich reckte mich ihm entgegen.

Schloss die Augen.

»Juli!«, hörte ich auf einmal eine schrille Stimme. »Bist du das?«

Ich riss die Augen wieder auf und wandte mich um.

Am Straßenrand hatte ein blauer VW gehalten. Am Steuer saß ein älterer Mann. Das Seitenfenster war heruntergefahren, und aus diesem Fenster guckte Larissa. Larissa aus Bio. Eines der Schätzchen von Antonia (die uns nicht zu ihrer Party eingeladen hatte). »Sollen wir dich nach Hause bringen?«, schrie Larissa durch den Regen. »Mein Vater fährt sowieso in die Richtung.«

Mussten die ausgerechnet jetzt hier auftauchen?!

»Nein, danke!«, entgegnete ich. »Ich gehe zu Fuß!«

Larissa musterte mich unschlüssig. Dann verrenkte sie sich den Hals nach Anjano, der hinter mir stand. »Musst du selbst wissen!«, rief sie zögernd, ließ dann aber das Fenster hoch und fuhr mit ihrem Vater davon.

Ich wandte mich wieder Anjano zu. Der schaute dem Auto mit zusammengezogenen Brauen nach.

Der magische Moment war vorbei.

Danke, Larissa.

Da hielt der Bus direkt vor unserer Nase. Mein Nachhausebus, richtige Richtung. Obwohl ich es wunderschön fand, mit Anjano durch den Regen zu laufen, freute ich mich umso mehr darauf, mit ihm in meinem trockenen Zimmer zu sein.

»Lass uns einsteigen!« Ich zog ihn zum Bus.

Er folgte mir leicht widerstrebend, wahrscheinlich, weil der Bus rappelvoll war. Na ja, wenn wir uns nicht hinsetzen konnten, würden wir zumindest niemandem den Sitzplatz wegnehmen, der dann die Frau seines Lebens nicht kennenlernen würde … Ach so, nee. Das verhinderten die Interventionen ja sowieso. Also mussten wir uns um so etwas keine Sorgen machen.

Wir quetschten uns in den Bus und standen eingepfercht zwischen pitschnassen Leuten. Dennoch grinsten wir uns an. Einfach so. Weil die Kanten der Welt in diesem Augenblick ein bisschen mit Weichzeichner abgerundet zu sein schienen.

Als wir kurze Zeit später aus dem Bus stiegen, regnete es immer noch. Anjano nahm wieder meine Hand, und wir liefen zum protzigsten Haus des Viertels. Zu unserem.

Auf dem Gehsteig standen noch immer meine rosafarbenen Puschen. Triefend nass. Ich ließ sie stehen und ging mit Anjano durch das große, herrische Tor, den schicken Weg entlang und zur mahnmaligen Mahagonitür. Wenn man den Code der Alarmanlage kannte, konnte man damit auch die Tür öffnen, und das tat ich nun.

Im Inneren wurden wir von lauten Stimmen empfangen.

»Sie würde sich doch melden, wenn sie dir vertrauen würde!«, sagte mein Vater gerade.

»Aber dir vertraut sie ja offensichtlich auch nicht!«, gab meine Mutter scharf zurück. »Wenn du sie nicht so verschreckt hättest, wäre sie bestimmt gar nicht erst weggelaufen.«

Sie waren im Wohnzimmer. Kalte Wut schien wie Nebel aus dem Raum zu wabern.

Ich ging in Richtung Treppe.

»Willst du gar nicht mit ihnen reden?«, flüsterte Anjano überrascht.

»Nein, eigentlich nicht«, gab ich grimmig zurück. Ich wollte nach oben. Mit Anjano.

Da sagte mein Vater: »Ich rufe jetzt die Polizei!«

»Die nehmen erst nach vierundzwanzig Stunden eine Vermisstenmeldung auf.«

»Aber sie können doch einfach mal die Augen offen halten!«

»Die haben anderes zu tun.«

»Ich rufe jetzt trotzdem an.«

Anjano warf mir einen Blick zu, der mich daran erinnerte, dass die normale Welt nicht aufgehört hatte, zu existieren, nur weil wir beide uns heute in eine weichgezeichnete Ecke verkrümelt hatten.

Ich seufzte. »Na gut. Ich rede mit ihnen. Geh du schon mal hoch in mein Zimmer. Zweite Tür rechts.«

Anjano huschte leise wie eine Katze die Treppe hinauf.

Ich gönnte mir zuerst einen kleinen Stopp in der Gästetoilette, rubbelte mit einem Gästehandtuch mein Haar trocken (das daraufhin leider unschöne Minipli-Löckchen produzierte, die ich unbedingt rausföhnen musste, bevor Anjano mich so sah) –, und ging dann zum Wohnzimmer. Nachdem ich zweimal tief durchgeatmet hatte, betrat ich die Höhle des Löwen.

»Juli!«, rief meine Mutter und stöckelte zu mir. »Engel! Wo warst du denn nur?« Hektisch strich sie mir über die feuchten Löckchen. »Wieso hast du keine Schuhe an? Warum bist du einfach weggelaufen? Hat Papa was gesagt?«

»Ich habe nichts zu ihr gesagt!«, rief mein Vater. »Das habe ich dir schon mehrfach mitgeteilt, Sofia.«

Ich fröstelte.

»Dass du das gesagt hast, ist mir durchaus bewusst«, schnappte meine Mutter zurück.

Im Raum herrschten gefühlte null Grad, Tendenz sinkend.

»Juli, was –«, wandte sie sich an mich, wurde aber von meinem Vater unterbrochen.

»Wir müssen mit dir sprechen«, informierte er mich.

»So funktioniert das nicht!«, protestierte meine Mutter. »Lass uns doch erst mal –« Aber er ließ sie erneut nicht ausreden.

»Wir haben diese Sache schon viel zu lange aufgeschoben«, erklärte er mit Anwaltsstimme. »Eine weitere Verzögerung würde lediglich zu noch größeren Komplikationen führen.«

»Es hätte keine Komplikationen gegeben, wenn –«, entgegnete meine Mutter spitz und wurde dieses Mal von mir unterbrochen.

»Ihr wollt euch scheiden lassen«, sagte ich schlicht. Ohne großes Tamtam.

Meine Eltern waren sprachlos.

»Ich weiß es schon lange«, erklärte ich und blickte beiden abwechselnd geradewegs in die Augen – was ungewöhnlich für mich war. »Ich habe es verdrängt, weil ich Angst davor hatte.«

Erstaunt starrten sie mich an. Irgendetwas war anders als sonst. Ich hörte es selbst. Ich sprach anders. Ich klang … freimütig. Ungeschminkt. Ich spielte keine Rolle.

»Ich hatte furchtbare Angst, weil ich immer dachte, wenn ihr euch trennt, dann verliere ich dich, Papa.«

Die Augen meines Vaters weiteten sich um einen Hauch. Sie waren blau, himmelblau. Das war mir noch nie aufgefallen.

»Wir wissen ja eigentlich nichts miteinander anzufangen, Papa. Vielleicht verschwindest du nach einer Trennung komplett aus meinem Leben, weil wir uns nichts zu sagen haben.«

Der Mund meines Vaters zuckte kurz.

Meine Mutter begann zu weinen.

Ich stutzte.

Was war das?

Ich konnte fühlen, was sie fühlten! Es war, als wäre ich ihr Spiegel und reflektierte in meinem Inneren ihre Emotionen.

Mein Vater hatte einen granitharten Stein im Magen, der alles andere zermalmte und unter sich begrub, an dessen Härte sich mein Vater aber krampfhaft festhielt. Meine Mutter war innerlich ganz verheddert und voller Schuldgefühle. In ihren Köpfen sprangen Hunderte von Gedanken kreuz und quer herum.

Und ich spürte das.

Das war … unheimlich.

Und irgendwie toll.

Es war gar nicht so, dass mein Vater keine Gefühle hatte! Es lag nur dieser Granitblock darauf. Und meine Mutter war völlig verwirrt! Regelrecht gefühlszerzaust.

»Es ist okay«, sagte ich. »Es ist okay, wenn ihr euch trennt. Ihr liebt euch schon lange nicht mehr, und ihr solltet nicht zusammenbleiben müssen, nur weil ihr einen Heiratsvertrag unterschrieben habt. Und ganz bestimmt nicht meinetwegen. Ich finde unsere Familie nämlich schrecklich.«

Meine Mutter schluchzte laut auf. Mein Vater senkte den Blick und begann, mechanisch mit dem Zeigefinger die Stelle über der Oberlippe zu reiben. In seinem Kopf dröhnte es allgewaltig.

»Es ist für uns alle wahrscheinlich sogar das Beste, wenn ihr euch scheiden lasst«, fuhr ich etwas vorsichtiger fort.

Meine Mutter weinte still in ihr Taschentuch. Alles in ihr war tiefrot. Moment mal! Alles *um sie herum* war tiefrot! Ich konnte die schreiende Farbe um sie herum richtig lodern sehen!

Mir blieb die Luft weg.

Da waren Farben rings um meine Eltern!

Eisblau flackerte es über dem Kopf meines Vaters und schreiend rot um den Bauch meiner Mutter!

Ich starrte sie an.

Und sie mich.

»Aber ich hab euch trotzdem lieb«, sagte ich heiser. »Euch beide.«

Mein Vater rieb sich weiter hektisch die Stelle über der Oberlippe und starrte ins Leere, während meine Mutter mich mit verzweifelten, roten Augen anschaute. »Es tut mir so leid«, flüsterte sie.

»Schon gut, Mama.« Damit wandte ich mich ab und trottete aus dem Wohnzimmer. Währenddessen konnte ich sie noch immer hinter mir fühlen – die Verzweiflung meiner Mutter und das steinharte Bollwerk meines Vaters.

Dann trat ich durch die Tür, und die Eindrücke ließen nach. So als würde der Empfang schlechter werden.

Ich blieb kurz stehen und schüttelte den Kopf. Das war alles kaum zu glauben. Vielleicht war es doch nur ein Traum? Nein. Oben in meinem Zimmer wartete Anjano auf mich. Ganz in echt. Kaum hatte ich diesen Gedanken gedacht, hüpfte mein Herz in die Höhe und schrie lauthals »Ja!«.

Im Eiltempo hastete ich die Treppe hinauf, immer zwei Stufen auf einmal. Oben blieb ich jedoch abrupt stehen und starrte entsetzt in die Spiegeltür des Flurschranks.

Ach du lieber Himmel, meine Haare! Ich sah aus wie eine explodierte Klobürste! So konnte ich unmöglich zu Anjano gehen. Selbst wenn überambitionierte, vom Kopf abstehende Kringellöckchen in der Zukunft als ultimatives Liebreizoptimal gelten sollten, konnte ich ihm auf keinen Fall so unter die Augen treten.

Rasch lief ich durch das Zimmer meiner Mutter und in ihr angrenzendes Badezimmer. Nur vierzehn Minuten später war ich geduscht, hatte mir die Haare gewaschen und geföhnt und ein nettes leichtes Sommerkleid meiner Mutter übergeworfen, das nicht nach meiner Mutter roch, sondern einfach nur nach Wäsche. Ihre Dessous erschienen mir heute zudem irgendwie weniger affig als sonst, und deswegen mopste ich einen Seidenslip und einen BH (den ich mit meinen Teelöffel-Hügelchen natürlich in keinster Weise ausfüllte).

Dann stand ich vor meiner Tür. Ich war noch nie so aufgeregt gewesen wie in diesem Moment. Mein Herz klopfte schnell und erwartungsvoll unter meiner seidenumspannten Hühnerbrust.

Was auch immer heute Nacht geschehen würde, sollte geschehen. Ich würde mich mit Haut und Haaren darauf einlassen. Denn wahrscheinlich entsprachen die Pläne des Universums nicht meinen bisherigen Vorstellungen von Sich-Zeit-Lassen und Schneckentempo-Liebe. Vielleicht war Anjano morgen schon wieder fort. In einer anderen Zeit. Unerreichbar.

Es galt, den Augenblick zu genießen. Genau hier und jetzt das anzunehmen, was das Leben einem schenkte.

13.

Ich drückte die Klinke herunter und betrat mit hämmerndem Herzen mein Zimmer.

Anjano saß auf dem Bett. Er trug eine Sporthose meines Vaters und … mein Harry-Potter-Nachtshirt. Einen Moment lang starrte ich ihn verblüfft und mit wahrscheinlich recht dämlichem Gesichtsausdruck an.

»Das lag hier herum«, erklärte er und wies auf das Shirt. Wenn ich es trug, war es weit und luftig, Anjanos Oberkörper und Arme aber umspannte es ziemlich eng – was deutlich betonte, wie fit er war.

Ich schluckte entsetzt-begeistert.

»Es sieht irgendwie nett aus«, sagte er und schaute an sich herab. »Wer ist das?«

»Hermine«, antwortete ich mit rotem Kopf. »Hermine Granger.« Die Heldin meiner Kindheit. »Sie ist schlau.«

Anjano deutete auf die Hose. »Die habe ich aus einem der anderen Zimmer genommen.«

»Schon in Ordnung«, krächzte ich.

»Und ich habe mich abgespült«, fügte er mit Blick auf die offen stehende Tür des Badezimmers hinzu. »In dem Spülstudio.«

Ich konnte erkennen, dass ziemlich viel Wasser auf den Fliesen des Bades stand. Die sanitären Anlagen dieses Jahrhunderts stellten wohl eine Herausforderung für Anjano dar. Aber das war alles Nebensache. Denn …

… es war *ein Junge* in meinem Bett!

Ein Junge mit Bizeps.

Ich presste heftig die Lider zusammen, denn mir wurde gerade richtig schwummrig.

Meine Güte, was hatte ich mir da nur vorgenommen?

»Setz dich besser hin«, sagte Anjano, nahm meine Hand und zog mich aufs Bett.

ER ZOG MICH AUFS BETT!

Schwankend setzte ich mich, schlang die Arme um meine Beine und versuchte, mich zu beruhigen.

Atmen, Juli.

Es ergab absolut Sinn, jeden Augenblick mit Anjano aufs Äußerste auskosten zu wollen und dafür weiter zu gehen, als ich es unter normalen Umständen nach so kurzer Zeit mit einem Jungen getan hätte. Jedoch schien ich vorübergehend vergessen zu haben, dass ich total unerfahren war! Unerfahren und nach einem Blick auf Anjanos durchtrainierten Oberkörper erstarrt wie ein Reh im Scheinwerferlicht.

Ich atmete tief durch und kam mir plötzlich sehr albern vor. Die Seidenunterwäsche war albern. Außerdem wusste ich ja gar nicht, ob Anjano in dieselbe Richtung dachte wie ich. Vielleicht plante er, auf der Couch zu schlafen.

Anjano sah mich an, als spüre er meinen inneren Aufruhr sehr genau. »Wie alt bist du eigentlich?«, fragte er.

»Ich bin fast siebzehn.«

Seine Augen wurden riesengroß. »Was?«, rief er entsetzt. »Siebzehn?! Das ist nicht zu glauben! Ich dachte, du wärest mindestens vierzig!«

»Wie bitte?«, schrillte ich. »Vierzig?!«

Anjano hob abwehrend die Hände. »Ich bin selbst schuld. Ich habe nicht darüber nachgedacht, wie schnell ihr hier altert, und dass man nur so jung aussieht wie du, wenn man auch sehr jung ist.«

Ich starrte ihn mit offenem Mund an. »Und dass ich noch zur Schule gehe, hat dich nicht stutzig gemacht? Oder dass ich bei meinen Eltern lebe?«

»Wieso sollten Vierzigjährige nicht zur Schule gehen und bei ihren Eltern leben?«

Ähm …

»Wie alt bist du denn?«, versetzte ich und hatte sofort das Gefühl, dass ich besser nicht gefragt hätte.

»Achtundneunzig.«

Mein Herz stand still.

Himmelherrgott!

»Ich bin … jung.«

»Ha!«, versuchte ich zu lachen, aber mir blieb das Geräusch im Hals stecken. Achtundneunzig! Er sah aus wie siebzehn oder achtzehn!

»Bei uns werden die Menschen sehr viel älter als bei euch«, erklärte er schnell. »Wir leben gesünder, es gibt keine Schadstoffbelastung, die Luft ist –«

»Achtundneunzig!«, krähte ich.

Anjano verstummte und schaute mich ernst an. »Siebzehn«, konterte er.

Okay. Das war in seinen Augen wahrscheinlich genauso schlimm. Für ihn war ich ein Baby. (Außerdem war ich ja noch nicht einmal siebzehn, sondern nur fast.)

Stille breitete sich aus, und ich wurde etwas ruhiger. Das war zwar ein ganz schön harter Brocken, aber letzten Endes waren die Unterschiede zwischen uns ja sowieso riesig. Womöglich kam es auf diesen einen Unterschied nicht an? Wenn ich Anjano ansah, fühlte ich mich an seiner Seite einfach nur … richtig.

»Juli«, sagte er nach einer Weile. »Wir –«

»Ich bin noch Jungfrau!«, platzte ich heraus.

Anjano stutzte. Dann sagte er: »Ich … nicht.«

Na, das hatte ich bei achtundneunzig Jahren auch nicht erwartet.

Unterdrückte er ein Grinsen? Ja! Er grinste!

Ich zog einen Mundwinkel in die Höhe. Irgendwie war das tatsächlich ein bisschen witzig.

Im nächsten Augenblick brach er in schallendes Gelächter aus, und ich konnte nicht anders, als mitzulachen. Wir lachten uns gemeinsam kaputt, und jeder Lacher ließ ein kleines Stückchen Anspannung von mir abfallen.

»Ich lache so gern mit dir«, sagte Anjano, wischte sich eine Lachträne aus dem Augenwinkel und lehnte sich gegen das Kopfteil des Bettes, während er mich mit einem liebevollen Lächeln anschaute, in das ich am liebsten hineingesprungen wäre.

»Ich mit dir auch.« Ich lächelte mit aller Wärme zurück.

Er streckte den Kopf ein kleines bisschen vor und rekelte sich in meinem Lächeln. Gleichzeitig spürte ich ihn. Sein Herz. Warm und einladend und … voller Liebe.

Ich seufzte tief.

Dass so etwas möglich war, dass es so etwas wirklich gab, war einfach überirdisch.

Anjano lachte sonnig. »Ich muss dir etwas sagen.«

»Ach ja?« Grinsend stupste ich ihn an. »Schieß los.«

Er beugte sich vor. »Ich wäre gern dein Liebhaber.«

Mein Herz hörte auf zu schlagen.

Also doch.

Tatsächlich.

Unglaublich.

Mein Herz setzte wieder ein. Schnell und heftig.

Anjano beobachtete mich. »Wir müssen nicht –«

»Doch, ich will!«, unterbrach ich ihn. Es war eine

Bauchentscheidung, aus dem Moment heraus. Eine Herzensentscheidung. Und dieses Mal fühlte ich mich nicht schwummrig oder wie ein erstarrtes Reh, sondern plötzlich erstaunlich ruhig. Als gäbe es nichts, wovor ich Angst haben müsste.

Um Anjanos Mund spielte ein feines Lächeln. »Weißt du, was?« Er fixierte mich. »Ich bin völlig hingerissen von dir.«

Ich holte tief Luft.

»Ich verstehe inzwischen, warum dir das so seltsam erscheint. Du hast dich bisher nicht für anziehend gehalten und bist noch nie umworben worden. Aber ich finde dich einfach unglaublich schön. Und lustig. Und mutig. Und klug! Und wenn du dich mir so entgegenreckst wie gerade jetzt, schlägt mein Herz so schnell wie noch nie.«

Ich starrte ihn an. *Wie noch nie?*

»Ich habe in den achtundneunzig Jahren meines Lebens mehrere Frauen geliebt. Es waren nicht viele, aber jede, mit der ich zusammen war, hat einen Platz in meinem Herzen. So etwas wie mit dir habe ich allerdings nie zuvor erlebt. Vom ersten Moment an habe ich mich dir … verbunden gefühlt. Als sei da ein Band zwischen uns, das schon da war, bevor wir uns begegnet sind.«

Ich erzitterte innerlich. Anjanos Gefühle trafen mich in weichen, warmen Wellen. Sie rauschten sanft in mich hinein und füllten mich zur Gänze mit hellem Licht.

Silber.

Alles um uns herum glitzerte wie Silberstaub.

Anjanos Augen flackerten, und er schien seine Empfindungen in mir gespiegelt zu sehen. Sein Lächeln vertiefte sich. »Es ist, als sei da ein Ort in dir, der nur für mich bestimmt ist. So etwas wie eine Lichtung. Für mich, in dir. Ich habe meine eigene Lichtung in dir.«

Mir traten Tränen in die Augen. Auf solch eine Liebeserklärung war ich nicht vorbereitet. Aber wer könnte jemals auf etwas so Wunderschönes vorbereitet sein?

Eine einzelne Träne rollte meine Wange hinunter. Anjano strich sie mit einer behutsamen Bewegung fort. Ich machte die Augen zu. Seine Hand streichelte meine Wange. Meine Schläfe. Strich mir leicht übers Haar. Dann wanderte sie zu meinem Nacken, und Anjano zog mich sanft zu sich.

Mit weit geöffnetem Herzen beugte ich mich vor.

Meine Lippen pochten.

Ich öffnete sie leicht.

Da erklang ein polternder Krach. Erschrocken fuhr ich hoch. Mein Fenster war aufgegangen! Draußen hatte sich der Platzregen in einen kleinen Sommersturm verwandelt, und der Wind ließ die Vorhänge wild ins Zimmer hineinflattern. Schnell sprang ich auf und schloss das Fenster.

Als ich mich zu Anjano umdrehte, saß er mit merkwürdiger Miene da, als breite sich eine dunkle Ahnung in ihm aus.

»Was ist los?«, fragte ich mit dünner Stimme. »Ich hatte das Fenster anscheinend nicht richtig zugemacht …«

Anjanos Blick irrte zwischen mir und den Vorhängen hin und her. »Das ist schon das zweite Mal.«

Nein. Nein, nein, nein! »Das war Zufall!«, quietschte ich und setzte mich hastig wieder zu ihm aufs Bett. Meine Knie waren ganz weich von unserem Beinahe-Kuss, und mein Blut rauschte. Ich wollte jetzt genau da weitermachen, wo Anjano und ich gerade aufgehört hatten. »Küss mich!«, rief ich mit einer Mischung aus störrischer Ignoranz und tiefer Sehnsucht. »Bitte!«

Anjano rieb sich den Kopf. »Wie hoch ist die Wahrscheinlichkeit, dass es beide Male Zufall war? Du bist doch gut darin, so etwas auszurechnen, oder?«

»Nein.«

»Juli!«

Mein Hirn ratterte. »Wir müssten einen dritten Versuch starten, um brauchbare Ergebnisse zu erhalten«, erklärte ich und lachte, denn das stimmte tatsächlich.

Anjano war nicht nach Lachen zumute. »Gut. Ich werde dich jetzt küssen«, sagte er ernst.

Ich nickte. »Ja.« Romantisch war das nun zwar nicht mehr, aber ich wollte unbedingt und auf der Stelle die Bestätigung haben, dass sowohl Larissas plötzliches Auftauchen im Regen als auch das aufspringende Fenster nur Zufälle gewesen waren. »Küss mich.«

Anjano lehnte sich vor. Ich hielt den Atem an. Als seine Lippen nur noch wenige Zentimeter von meinen entfernt waren, klingelte mein Handy.

Anjanos Gesicht wurde aschfahl.

Nein! O Gott, nein! Mein Herz krampfte sich zusammen, als sei es von einer scharfen Klinge durchbohrt worden.

»Es ist wahr«, flüsterte er entsetzt.

Ich starrte ihn an wie versteinert.

Drei Mal war … kein Zufall.

Mein Handy klingelte und klingelte.

»Vielleicht ist es Whoopi«, presste ich hervor und blickte mich um. Meine Mutter hatte meine Tasche auf den Schreibtisch gestellt, und darin war mein Handy. Ich ging steif hinüber und nahm es heraus. Auf dem Display stand *Unbekannt*.

Das Klingeln hörte auf. Ich stierte auf das kleine Gerät. Wen hatte der Kosmos benutzt, um mir dieses Messer ins Herz zu rammen?

Da bekam ich eine SMS. *Samstagabend Party bei mir! Bring deinen Freund mit. Antonia.*

Ich lachte schroff. Offenbar war ich endlich cool genug für hippe Partys. Ich lachte, bis mein Gelächter ins Hysterische kippte und ich anfing zu weinen.

Anjano schlang von hinten die Arme um mich.

»Ich verstehe das nicht!« Aufgelöst drehte ich mich zu ihm um. »Du darfst meine Hand halten, mich umarmen, mich streicheln, aber küssen dürfen wir uns nicht?«

»Wir dürfen offenbar keinen Schritt weiter gehen als das.«

»*Stufe 1* haben wir das in der vierten Klasse genannt«, murmelte ich bebend. Die Vorstellung, mit jemandem Stufe 1 zu erleben, war damals furchtbar aufregend gewesen, und mehr hätte man auch nicht gewollt. Aber heute, mit beinahe siebzehn, war der Gedanke, nicht darüber hinauszukommen, einfach niederschmetternd.

Es zerriss mich.

Anjano und ich durften nicht zusammen sein.

Ich vergrub mein Gesicht in seiner Schulterbeuge.

Was hatte das alles nur zu bedeuten?

Mein Kopf fuhr hoch. »Bin ich vielleicht irgendwie mit dir verwandt?«, fragte ich. »Bin ich eine Vorfahrin von dir? Dürfen wir deswegen nicht weiter gehen?«

»Wenn du meine Vorfahrin wärest, dürften wir keinesfalls zusammen sein.«

»Wir dürften es nicht, weil ich mich durch die Sache mit dir vielleicht nicht auf den Mann einlassen würde, der normalerweise der Vater meiner Kinder werden würde?« Ich starrte hochkonzentriert ins Leere. »Dadurch würde dein Ururgroßvater oder deine Ururgroßmutter nicht geboren werden und letztlich auch du nicht. Wenn du aber nicht geboren wirst, kannst du auch nicht in meine Zeit springen, um mit mir zusammen zu sein. Ein Paradoxon.«

»Das Großvaterparadoxon.«

»… dessen Eintreten die Naturgesetze verhindern«, fügte ich bitter hinzu.

Anjano schüttelte den Kopf. »Aber wenn ich ein Nachfahre von dir wäre, dürfte ich doch überhaupt nicht mit dir in Kontakt treten! Noch viel weniger als mit anderen Leuten. Du bist aber die Einzige, mit der ich reden kann!«

»Du hast recht. Dann bin ich … wahrscheinlich … keine Vorfahrin von dir.« Da war er wieder, der Stau in meinem Kopf. Es war zum Verrücktwerden. Aber welchen Grund es auch immer haben mochte – wenn wir noch einmal versuchen würden, uns zu küssen und uns von Fenstern oder Handyanrufen nicht abhalten lassen würden, dann fiele uns vermutlich die Deckenlampe auf den Kopf. »Wenn wir die Interventionen ignorieren, sind Verletzungen nicht ausgeschlossen, richtig?«, fragte ich in Erinnerung an meinen lädierten Daumen.

Anjano nickte mit schmerzlich verzogenem Gesicht. »Wir dürfen es nicht noch einmal versuchen. Das wäre zu gefährlich.«

Neue Tränen liefen mir über die Wangen.

Wie war es möglich, dass unsere Gefühle gegen die Naturgesetze waren? Wie konnten sie falsch sein, wenn sie sich dermaßen richtig anfühlten?

Verdammt nochmal! Das war nicht fair.

Anjano hob die Hände, als wollte er mir zeigen, dass sie vollkommen leer waren. Sein Gesicht war noch immer aschgrau. Er war zwar achtundneunzig, aber ebenso ratlos und frustriert wie ich.

Da wischte ich mir die Tränen weg, nahm seine Hand und führte ihn zum Bett. Es war der Mut der Verzweiflung. »Ich will, dass du mich die ganze Nacht festhältst.«

Er lächelte traurig.

»Lass uns den Spielraum auskosten, den wir haben.« Ich krabbelte unter die Decke und hielt sie für Anjano auf.

Er legte sich neben mich und sah mich schwermütig an. »Ich hätte dich die ganze Nacht geliebt, wenn ich gedurft hätte.«

Beinahe hätte ich wieder angefangen zu weinen.

»Komm her«, sagte er und zog mich in seine Arme. Dann legte er seine Stirn an meine.

Ich wimmerte leise. Er war ganz nah. Ich spürte seinen Atem auf meiner Haut, sein Herz, das gegen meine Brust schlug.

Ich hätte in diesem Augenblick mein Leben dafür gegeben, meinem Herzen folgen zu können.

Aber nein.

Es sollte nicht sein.

Unsere Liebe hatte keine Zukunft.

14.

Als der Morgen kam, war ich zugleich das glücklichste und das unglücklichste Mädchen der Welt. Anjano und ich hatten einander die ganze Nacht in den Armen gehalten, hatten uns gegenseitig eingeatmet, uns stundenlang einfach nur angesehen, bis wir irgendwann Stirn an Stirn eingeschlafen waren. Der Zauber dieser Nacht umfing mich wie eine silberne Hülle, als ich erwachte. Doch schnell holte mich die Realität wieder ein. Ich hatte Kopfschmerzen. Aber was noch viel schlimmer war:

Der Kosmos war gegen unsere Liebe.

Bei diesem Gedanken versteifte sich mein Körper, als wollte er einen Schlag abwehren.

Anjano wachte auf. Er lag hinter mir, sein Arm war um meine Hüfte geschlungen. »Juli, alles in Ordnung?«

Ich drehte mich zu ihm um. »Ich will dich nicht verlieren«, sagte ich erstickt und drückte ihn fest an mich, als müssten wir im nächsten Moment Lebewohl sagen. Und das mussten wir ja vielleicht auch. Wenn wir nicht füreinander bestimmt waren – und das waren wir ganz offensichtlich nicht –, konnten wir jeden Augenblick wieder getrennt werden.

Anjano rückte ein Stück von mir ab und sah mich an. »Wir hatten diese eine Nacht …«

»Sie war magisch, oder?« Meine Stimme war nicht mehr als ein Flüstern.

»Das war sie.« Er lächelte, dann wurde seine Miene wieder ernst. »Lass uns nicht daran denken, wann wir uns trennen müssen, ja? Lass uns einfach jeden Moment, den wir haben, genießen.«

Ich nickte ergeben. Es brachte wirklich nichts, darüber nachzugrübeln, wann alles vorbei sein könnte. »Was hast du da?«, fragte ich und strich mit dem Finger vorsichtig über eine rote Stelle auf Anjanos Wange. Er zuckte, und ich nahm die Hand herunter. »Das sieht aus wie eine Verbrennung.«

»Das ist es wahrscheinlich auch. In diesem Jahrhundert ist die Ozonschicht der Erdatmosphäre stark beschädigt, nicht wahr?«

Ich schlug die Augen nieder. Verdammtes Jahrhundert!

»Es war zu erwarten, dass die UV-B-Strahlung irgendwann meine Haut angreifen würde«, sagte er und befühlte seine Wange. »Mein Körper ist für eine andere Welt gemacht.«

Anjano hatte die ganze Nacht über nicht gehustet, aber sein Atem hatte manchmal leicht gerasselt.

»Soll ich mal die Hand auf deine Wange legen?«

Die Idee schien ihm zu gefallen. »Ja, mach das.«

Behutsam platzierte ich meine Handfläche auf der verbrannten Stelle. »Und jetzt?«

»Nichts. Mach einfach die Augen zu und warte.«

Das tat ich, und kurz darauf wurde meine Hand warm. Irgendetwas floss durch sie hindurch, und ich spürte, dass es das war, was Anjano brauchte. Als ich sie wieder heruntemahm und die Augen öffnete, war die verbrannte Stelle verschwunden. »Wow«, flüsterte ich. »Alles weg. Hat meine Hand geleuchtet?«

»Nein, so schlimm war die Verletzung nicht.«

»Dass ich das kann, ist unglaublich.« Ich betrachtete meine Hand, als sei sie neu. Dann bemerkte ich, dass ich keine Kopfschmerzen mehr hatte. Hinter meinen Schläfen war alles ruhig und entspannt. Es schien, als reparierte man sich immer auch ein bisschen selbst, wenn man die Hand bei jemandem auflegte. »Du hast gestern übrigens nicht nur meine brachliegende Fähigkeit zum Heilkraftdurchlassen aktiviert. Ich habe noch eine andere Veränderung an mir festgestellt.«

»Welche?«

»Ich kann die Gefühle anderer fühlen.«

»Tatsächlich?«

»Ja, und ich sehe auch manchmal Farben um Menschen herum. Du auch?«

»Klar.«

»Ist das im fünfundzwanzigsten Jahrhundert normal?«

»In meiner Zeit sind alle Menschen evolutioniert. Was du beschreibst, ist für uns ganz alltäglich.«

»Jeder kann sich in seine Mitmenschen einfühlen und spürt, wie es ihnen geht?«

»Ja, wir sind alle Empathen.«

Das war eine wirklich extreme Vorstellung. Aber irgendwie auch faszinierend. »Wenn alle Menschen Empathen sind, dann ist ja alles anders!« Nun spürte ich wieder die Aufregung in mir aufkeimen, die mich jedes Mal ergriff, wenn mir Anjano etwas über die Zukunft verriet. »Keiner kann mehr lügen, keiner kann betrügen – denn alle anderen fühlen es sofort! Wenn die Menschen hier nur auch empathisch wären ...«

»Alle Menschen sind empathisch«, erwiderte Anjano. »Alle. Auch die Menschen in diesem Jahrhundert.«

Verdutzt runzelte ich die Stirn.

»Die Anlagen für Empathie existieren schon immer in den Genen der Menschen, genauso wie die Fähigkeit durch Handauflegen zu heilen oder Aura-Farben zu sehen. Es hat nur lange gedauert, bis die Menschheit das entdeckt hat, oder vielmehr ... es zugelassen hat.«

»Wie meinst du das?«

»Es braucht ein gewisses Klima, um einen solch großen Wandel – eine solche Evolution – geschehen zu lassen.«

»Und dieses Klima ist hier bei uns nicht gegeben?«

»Es gibt in deiner Zeit gewiss schon Menschen, die

diese Anlagen in sich spüren. Aber sie haben kaum Möglichkeiten, offen mit ihren Fähigkeiten zu leben«, sagte er. »Leute, die anderen sagen, dass sie mit der Hand heilen oder die Gefühle anderer mitempfinden können, werden wohl eher für verrückt gehalten, oder?«

»Das kann sein«, gab ich zu. »Wenn jemand Farben sieht, vermutet man eher einen Chrystal-Meth-Trip …« Hm. Was Anjano sagte, ergab Sinn. Bei uns herrschte kein Klima für einen Wandel dieser Art. Außerdem wäre Empathie bestimmt nicht allen Menschen willkommen. Viel zu viele Leute profitierten von Vortäuschungen und Geheimhaltungen und hatten gewiss etwas dagegen, dass jedermann sie sofort durchschauen konnte.

»Ich bin nicht gerade stolz auf unsere Zeit«, murmelte ich.

»Es ist ein gehörig dunkles Zeitalter«, stimmte Anjano zu. »Sogar eines der dunkelsten der Menschheitsgeschichte.«

»Was?« Das war doch wohl etwas übertrieben! »Dunkler als das Mittelalter?«

»Ja, absolut! Ihr seid weiter davon entfernt, im Einklang mit der Natur zu leben, als es die Menschheit jemals zuvor oder danach war.«

Ich verstummte erstaunt. Er bewertete die Epochen nach dem Grad der Naturverbundenheit! Auf die Idee wäre ich niemals gekommen. Immerhin war ich ein Fan der Wissenschaft. Andererseits war ich ebenso ein Fan der Regenwälder. Beides war wichtig. Mein Jahrhundert jedoch, das den Fortschritt über alles stellte, bewertete ökologische Aspekte und technische Entwicklung nicht als gleichberechtigt. Ganz und gar nicht. Kein Bürger meiner Zeit käme auf die Idee, den Erhalt irgendeines Stückes Wald als *Fortschritt* zu bezeichnen.

»Wenn Naturnähe für euch so wichtig ist, sind eure Regenwälder bestimmt alle intakt, oder?«, fragte ich.

Er nickte, und ich schnaufte erleichtert, einerseits dankbar, dass unsere Zeit die Wälder nicht komplett zerstört hatte und sie offenbar wieder hatten aufgeforstet werden können, andererseits beschämt, weil wir es hier einfach nicht hinbekamen, das zur Priorität zu machen. »Anscheinend haben wir in unserer Zeit bestimmte Dinge so sehr in den Vordergrund gestellt, dass wir gar nicht merken, auf wie vielen Gebieten wir Rückschritte gemacht haben«, sagte ich.

Anjano schenkte mir ein kleines Lächeln. »Und trotzdem habe ich hier auch viel Schönes gesehen! Zum Beispiel einen Bauern, der mit viel Liebe seine Felder bestellt. Eine alte Frau, die ihren humpelnden Hund hochhob, um ihn zu tragen. Ein Mädchen, das sich auf eine Lichtung im Wald flüchtet, um mit der Natur verbunden zu sein!« Er zwinkerte. »So etwas hatte ich im einundzwanzigsten Jahrhundert nicht erwartet.«

Ich verfiel in brütendes Schweigen und knabberte auf meiner Unterlippe herum. »Ihr habt es geschafft!«, sagte ich dann, halb begeistert, halb neidisch. »Ihr habt gesunde Wälder, gesundes Essen, gesunde Luft und offenbar auch eine unversehrte Ozonschicht. Wenn man zusätzlich noch die Hand auflegen und Energien durch sich hindurchfließen lassen kann, ist es kein Wunder, wenn man mit achtundneunzig so aussieht wie du.«

Anjano strich sich eine hellblonde Strähne aus dem Gesicht. »Bei uns werden die Menschen dreihundert bis vierhundert Jahre alt. Es gibt sogar ein paar wenige Alte, die über vierhundert sind, meine Mamuta zum Beispiel.«

Moment, den Namen hatte ich doch schon mal gehört … wo nur? Ich kam nicht darauf. »Wer ist Mamuta?«, hakte ich nach.

»Meine Mamuta Anjani!«, sagte er und schien sich zu wundern, dass ich das fragte. »Meine Urgroßmutter.«

»Oh.« Dann fiel es mir plötzlich wieder ein. »Die Zeitachsen!«, rief ich. »Du hast gesagt, Mamuta hätte die Bezeichnung *Zeitachsen* geprägt.«

»Richtig. Meine Mamuta ist eine der führenden Quantenwissenschaftlerinnen der Welt.«

»Wirklich?«

»Ja, sie ist die berühmteste Quantenwissenschaftlerin überhaupt«, erklärte er mit Stolz in der Stimme. »Eine Legende.«

»Deine Uroma ist *die* Spezialistin für Zeitachsen, und du weißt trotzdem nicht mehr über Interventionen?«

»Mamuta und ich reden über sehr viele Dinge, aber

selten über Wissenschaftliches. Das hat mich leider nie besonders interessiert.« Er seufzte. »Seit ich hier bin, habe ich mehr als einmal gedacht: *Wenn ich doch nur Mamuta fragen könnte …*«

»Das wäre in der Tat sehr praktisch.«

»Ich vermisse sie hier mehr denn je«, setzte er hinzu. »Sie ist ein gehörig wichtiger Mensch für mich.«

Es war irgendwie süß, wie er das sagte. »Ich kenne noch nicht einmal meine Großeltern.«

»Wirklich nicht? Das ist schade.«

Fand ich eigentlich auch.

»Du wurdest nach ihr benannt, nach deiner Mamuta … Anjani?«

»Nicht ursprünglich, ich habe nur in der jetzigen Lebensphase aus Verbundenheit ihren Namen angenommen.«

Ich sah ihn fragend an.

»Anjano ist ja nicht mein Geburtsname …«

»Nein?«

»Ach so, bei euch wechselt man die Namen noch nicht? Ich dachte, das wäre schon etabliert.«

Man änderte seinen Vornamen? Eigenartige Vorstellung.

»Man nimmt immer wieder neue Namen an, die zur jeweiligen Lebenssituation passen«, erklärte er. »Anjano ist bereits mein dritter Name.«

»Und wie ist dein Nachname?«

»Ich habe keinen festen Nachnamen.« Er dachte nach. »Ich weiß, dass mein Urgroßvater Anderson hieß, aber in den folgenden Jahrhunderten sind Nachnamen immer weniger benutzt worden, bis sie schließlich ganz verschwanden.«

»Aber ein Vorname reicht doch nicht!«

»Man nennt mich *Anjano, der Geschichten erzählt*. Das ist mein derzeitiger, vollständiger Name.«

»Du erzählst Geschichten?«

»Ja, ich reise umher und verschenke Gedankenabenteuer.«

»Das ist dein Beruf? Du bist Schriftsteller?«

»Ich schreibe nichts auf. Das tun andere. Mir liegt es mehr, etwas zu erzählen.«

Das konnte ich mir gut vorstellen. Mit seinen blitzenden Augen und der samtig tiefen, melodiösen Stimme war er der perfekte Erzähler! »Und was für Geschichten erzählst du?«

»Immer die, die gerade gebraucht werden«, antwortete er zwinkernd. »Vorher war ich Bewegungslehrer. Danach Eisbildhauer. Dann habe ich die Geschichten für mich entdeckt.«

»Man wechselt bei euch einfach so seinen Beruf?«

»Natürlich. Die meisten wollen sich nach einer gewissen Zeit in einem Feld auch auf anderen Gebieten ausprobieren«, erwiderte er und bemerkte meinen fragenden Blick. »Wieso sollte man bei einer Tätigkeit bleiben, die einen nicht mehr reizt oder die einem keine Freude mehr bereitet?«

Ja, sicher, das wäre ja total hirnrissig. Ich lachte unsicher. Dann starrte ich geistesabwesend ins Leere. Wer hätte gedacht, dass die Gesellschaft der Zukunft eine positive war? Bei all den dystopischen Schreckensszenarien, die man so im Fernsehen sah, schien hier und jetzt kaum jemand damit zu rechnen, dass die Geschichte der Menschheit gut ausgehen würde.

»Wie haben die Menschen es geschafft, eine solche Welt zu erschaffen?«, fragte ich nach einer kleinen Grübelpause. »In diesem Jahrhundert steuern wir in eine vollkommen gegensätzliche Richtung! Wie haben wir es hinbekommen, das Ruder noch einmal herumzureißen?« Als mir klarwurde, wie wichtig diese Frage war, wurde ich ganz zappelig.

»Es war eine Kombination aus mehreren Dingen«, antwortete Anjano. »Aber das auslösende Moment für den Wandel war wohl der Kollaps des Finanzsystems im Jahr 2040.«

Meine Kopfhaut begann zu kribbeln. Er verriet mir Jahreszahlen!

»Gibt es hier in den Zehnerjahren schon Probleme mit den Finanzmärkten?«, fragte er.

»Ja, ziemlich schlimme Probleme.«

»Die werden sich in den nächsten Jahrzehnten verschärfen, bis es schließlich zu einem völligen Zusammenbruch des Kapitalgefüges kommt«, sprach er weiter. »Es wird eine gigantische Katastrophe sein, und gleichzeitig ein Segen.«

»Ein Segen? Weshalb?«

Würde er mir das tatsächlich verraten?

Ja, er tat es!

»Im Jahr 2040 stand die Menschheit am Scheideweg«, antwortete er. »Einige wollten das Finanzsystem wieder so aufbauen, wie es zuvor gewesen war – vor allem Leute in Machtpositionen, die von den alten Strukturen profitiert hatten. Doch es gab eine Gegenbewegung. Eine, die aus dem Volk kam. Sie gewann sehr schnell an Bedeutung, und im Laufe weniger Monate schlossen sich ihr Milliarden von Menschen auf der ganzen Welt an.«

»Milliarden?« Ich pfiff leise durch die Zähne. »Was war das für eine Bewegung? Was für ein Ziel hatte sie?«

»Die Abschaffung des Geldes.«

»Was? Des Geldes an sich?«, fragte ich und zog die Stirn in Falten, denn das war eine ziemlich abwegige Vorstellung.

Anjano beobachtete meine Reaktion interessiert. »Ja. Das Ziel der Bewegung war, das Geld an sich abzuschaffen, damit niemals wieder derartiges Leid und Elend über das Volk hereinbrechen konnte, wie es durch die Absurditäten und Unmenschlichkeiten der Finanzwelt geschehen war.«

Ich kratzte mich ungläubig am Hinterkopf. »Und die Bewegung war erfolgreich?«

»Ja, seit über vierhundert Jahren gibt es kein Geld mehr.«

Es war kaum zu fassen. Das war ja wirklich wie bei Star Trek! Star Trek war allerdings nur eine TV-Serie, in der man getrost einfach mal behaupten konnte, dass die Menschen in der Enterprise-Welt glücklich ohne Geld lebten. Aber wie sollte das in Wirklichkeit funktionieren? »Womit bezahlt ihr denn?«, fragte ich mit großen Augen.

»Mit nichts. Wir bezahlen nicht.«

»Hrgh …«, stieß ich hervor, und in meinem Kopf explodierte ein Gedankenfeuerwerk. Wie oft hatte ich schon über die Kluft zwischen Arm und Reich nachgedacht? Das war *mein* Thema! Doch die generelle Abschaffung des Geldes wäre mir als Lösung nie in den Sinn gekommen. »Du willst mir allen Ernstes erzählen, dass man den Leuten einfach nur das Geld wegnehmen muss, und damit sind alle Übel der Welt beseitigt!?«, rief ich. »Das ist doch verrückt!«

»So einfach war es nicht. Aber es begann damit. Die *No-money*-Bewegung, angeführt von Marie Sonrisa, bewirkte, dass im Jahr 2044 sämtliches Kapital vernichtet wurde. Ersatzlos. Damit waren aber nicht gleich alle Übel der Welt beseitigt, im Gegenteil. Sie versank erst einmal im Chaos.«

»Na, das kann ich mir vorstellen!«

»Es herrschte Anarchie. Niemand ging mehr zur Arbeit, niemand kümmerte sich mehr um das Bereitstellen von Gütern, um Handel oder um Dienstleistungen. Die Leute schienen ohne Geld keine Motivation mehr zu haben, tätig zu werden.«

Ich nickte heftig.

Anjano beobachtete mich genau und schien meine Reaktion überaus spannend zu finden. »Die Zeit damals muss in der Tat schlimm gewesen sein. Es kam zu Versorgungsschwierigkeiten, zu Plünderungen, schließlich zum globalen Stromausfall.«

Ich nickte noch heftiger, denn das erschien mir sehr realistisch.

»Die Menschen befanden sich in einem großen Zwiespalt. Man wollte einerseits nicht zum alten Bezahl-System zurück, da der Weg des Geldes zuvor den Großteil der Welt in Armut gestürzt hatte, während eine verschwindend kleine Minderheit in extremem Reichtum lebte.«

Ich hielt die Luft an.

»Diese Situation wollten lediglich die wenigen Reichen wiederherstellen, die nach dem Richtungswechsel ihre Privilegien vermissten. Die große Mehrheit wollte das aber nicht. Andererseits waren die Zustände nach dem Wechsel ebenfalls nicht tragbar. Gigantische Hungersnöte zeichneten sich ab.«

Ich sah ihn fragend an.

»Und so begannen die Menschen, wieder zu arbeiten. Einer nach dem anderen. Der Bauer bestellte wieder seine Felder, denn er selbst, seine Familie und seine Nachbarn brauchten Nahrung. Der Bäcker fing wieder an, Brot zu backen. Der Arzt kehrte in seine Praxis zurück. Der Lehrer unterrichtete wieder. Auch ohne Bezahlung.«

Ich rieb mir hektisch den Kopf. »Aber woher bekam der Bauer das Saatgut für seine Felder? Woher bekam der Bäcker das Mehl? Was, wenn der Ofen des Bäckers kaputtging? Er konnte ja nicht mehr für eine Reparatur bezahlen!«

»Auch der Techniker arbeitete umsonst und setzte den Ofen ohne direkte Gegenleistung instand, denn er bekam ebenfalls alles, was er brauchte, ohne dafür zu bezahlen.«

»Hmpf.« Ich war hin und her gerissen zwischen Faszination und dem Gefühl, dass Anjano gleich losprusten und mir sagen würde, er hätte mich nur auf den Arm genommen.

»Jeder verschenkte das, was er tat oder herstellte, an die anderen, und bekam selbst geschenkt, was er benötigte«, fuhr er fort. »So war nach einiger Zeit fast all das wieder da, was vor dem Wechsel zur Verfügung gestanden hatte. Allerdings wurde nichts mehr hergestellt, das nicht wirklich gebraucht wurde. Da es nicht mehr um Profit ging, gab es keine sinnlosen, mit Giftstoffen belasteten Produkte mehr, die schon nach kurzer Zeit auf der

Mülldeponie landeten, sondern nur noch hochwertige, nützliche Dinge.«

Meine Gedanken überschlugen sich, während ich zu fassen versuchte, was für eine Welt Anjano mir da beschrieb.

»Viele Menschen orientierten sich damals, in den vierziger und fünfziger Jahren eures Jahrhunderts, vollständig neu und übten eine ganz andere Tätigkeit aus als zuvor. Für zahllose Leute war das die Chance, endlich ihre Träume zu realisieren. Denn da man nicht mehr gezwungen war, etwas Bestimmtes zu tun, um Geld zu verdienen, konnte man stattdessen das tun, was man am allerliebsten tun wollte.«

Ich pfiff leise durch die Zähne.

»Man konnte ohne Zwang leben. Man hatte die Freiheit, sein Potential auszuschöpfen und sich selbst zu verwirklichen. Nicht nur ein paar einzelne Menschen, sondern alle.«

Ich war sprachlos.

»Es gab nur noch das Prinzip des Beisteuern-Wollens. Jeder wollte der Gemeinschaft dienen. Aber wie man das machte, blieb jedem selbst überlassen.« Anjano hustete kurz. Dann sprach er weiter. »Wenn man etwas freiwillig, aus persönlichem Antrieb und aus Freude tut, ist man sehr viel engagierter als bei etwas, das man des Geldes wegen tun muss.«

»Aber wie kann eine Gesellschaft auf lange Sicht funktionieren, wenn alles auf Freiwilligkeit beruht?«, wandte ich ein. »Es gibt doch Dinge, die niemand tun möchte! Wer träumt denn davon, den Müll abzuholen oder öffentliche Klos zu schrubben?«

»Diese Dinge werden von der Gemeinschaft übernommen, also unter allen aufgeteilt. Jeder ist irgendwann mal mit dem Müllentsorgen oder dem Reinigen gemeinheitlicher Gebäude und Straßen dran, so dass keiner immer alles allein machen muss, sondern jeder mithilft, den Wohnwinkel sauber zu halten.«

Aha! »Deswegen warst du Teil einer Putzmannschaft, die das Achsen-Areal gesäubert hat, kurz bevor du durch die Zeit gesprungen bist?« Ich hatte gedacht, er wäre Raumpfleger …

»Ja, ich war auf einer meiner Reisen gerade vor Ort, als noch jemand für das Reinigungsteam gesucht wurde, und habe mich für die Aufgabe gemeldet. Reinigen macht mir Spaß.«

Ich zog einen Mundwinkel in die Höhe. Wenn man es nicht jeden Tag tun musste, womöglich zwölf Stunden im Akkord und für einen Hungerlohn, dann konnte es vielleicht wirklich Spaß machen. »Aber was ist, wenn jemand gar nichts tun will?«, fragte ich. »Geld hat die Menschen doch immer dazu angespornt, Höchstleistungen zu vollbringen«, überlegte ich laut. »Geben Menschen in einer Welt ohne Geld überhaupt noch ihr Bestes? Setzen sie sich nicht lieber aufs Sofa und tun gar nichts?«

Anjano schüttelte den Kopf. »Der Mensch ist von Natur aus neugierig, ehrgeizig und erfindungsreich. Bei uns strengt man sich aber nicht fürs Geld an, sondern für den Nutzen. Oder einfach aus sich selbst heraus, weil es einen begeistert, etwas zu erschaffen. Wenn aber jemand gar nichts tun will, dann tut er eben gar nichts. Meist ist das nur eine Zeitlang so, und nach einer Phase des Ausruhens will man wieder etwas auf die Beine stellen. Jeder möchte doch etwas Wertvolles tun und sich ausprobieren.«

»Aber nicht achtzig Stunden die Woche …«

»Nein, so viel arbeitet niemand. Das wäre nicht gesund.«

Ich lachte hart. »Mein Vater hat bereits mehrere Magengeschwüre gehabt. Laut Arzt waren sie *stressbedingt.*«

»Ja, in eurer Zeit haben sich die Menschen oft geradezu krankgearbeitet, davon habe ich gehört.«

Anjano musste das komplett unsinnig erscheinen. Für uns war es hingegen so alltäglich, dass es meistens gar nicht mehr in Frage gestellt wurde. Sowohl meine Eltern als auch Whoopis Mutter arbeiteten regelmäßig bis in den späten Abend hinein. Meine Eltern verdienten allerdings das Zehnfache von dem, was Frau Kalouny bekam.

Ich presste die Zähne zusammen. Da war es wieder, mein Thema – die ungerechte Verteilung des Reichtums. Aber durch Anjano hatte sich plötzlich eine Tür geöffnet. Es gab eine Lösung. Meine Kopfhaut kribbelte wieder.

Die Schere zwischen Arm und Reich würde sich in dreißig Jahren schließen!

Anjano sprach weiter. »Es dauerte ein paar Jahre, aber nachdem sich die neue Weltordnung etabliert hatte, lebten die Menschen vor allem seelisch sehr viel gesünder als vorher.«

Es klang noch immer irgendwie zu schön, um wahr zu sein. Aber es war ganz offensichtlich wahr. In der Zukunft konnte sich jeder Mensch seine eigene kleine Lichtung erschaffen. Und trotzdem brach die Zivilisation nicht zusammen.

»Auf dem Boden dieser neuen Welt konnten Machtstreben, Gier und Ähnliches nicht mehr solch verheerende Auswirkungen haben wie zuvor«, fügte Anjano hinzu.

»Aber so etwas gab es immer noch?«

»Natürlich. Ebenso wie Neugier und Erfindungsreichtum zum Menschen gehören, sind auch Konkurrenzdenken, Geltungsdrang, Eitelkeit oder Habsucht Teile von uns. Der Mensch ist kein Heiliger.«

Ich nickte wieder heftig.

»Tyrannisch veranlagte Menschen konnten allerdings nicht mehr in Führungspositionen gelangen«, erklärte er. »Es ist sehr schwierig, Menschen zu unterdrücken, die glücklich sind und keine Angst haben.«

Ich lauschte gefesselt. Die Welt, die Anjano beschrieb, wurde für mich immer greifbarer, lebendiger, und in mir regte sich die Sehnsucht, in einer solchen Welt zu leben.

»Ein paar Jahrzehnte nach dem Wechsel hatte sich die Welt vollkommen verändert«, fuhr Anjano mit seiner schönen Erzählstimme fort. »Das Miteinander stand genauso im Vordergrund wie das eigene, persönliche Glück. Existenzängste gehörten der Vergangenheit an. Die Menschen waren zufrieden und erfüllt. Damit war das Klima geschaffen, in dem der Evolutionssprung passieren konnte.«

»Die brachliegenden Anlagen für Empathie!«

»Genau, sowohl für Empathie als auch für die anderen Fähigkeiten, die jahrtausendelang ungenutzt in unseren Genen geschlummert hatten. Die Menschheit war endlich bereit und in der Lage, damit umzugehen«, sagte er. »Soweit ich weiß, waren bereits vor dem Jahr 2040 vermehrt Menschen mit empathischer Begabung in Erscheinung getreten, und es wurden mit jedem Jahrzehnt mehr. Es war, als hätte dieses Thema im Verborgenen immer mehr Kraft gewonnen, bis es endlich offen zutage treten konnte. Nach dem Wechsel kam es dann zu einer regelrechten Welle, die wie ein Ruck durch die gesamte Menschheit ging.«

»Alle konnten plötzlich Empathie? Einfach so, über Nacht?«, fragte ich mit leicht zweifelndem Unterton.

»Das klingt vielleicht eigenwürdig, aber an diesem Punkt der menschlichen Entwicklung gehörte nicht mehr dazu, als in sich den Platz dafür zu schaffen.«

»Aber es funktioniert auch durch Handauflegen! Dadurch, dass du gestern deine Hand auf mein Herz gelegt hast, ist das Ganze bei mir in Gang gesetzt worden.«

»Stimmt, so geht es auch.« Plötzlich hustete Anjano mehrmals. Ich legte ihm beide Hände auf die Brust, und der Anfall ebbte rasch ab.

»Ich bin froh, dass du das kannst«, sagte er und blickte mich mit gesenktem Kopf an. »Das fühlt sich wirklich gut an.« Sexy. Er schaute mich mit einem enorm sexy Blick an.

Meine Lippen begannen auf der Stelle zu pochen.

Da presste Anjano die Lider zusammen und rückte hastig ein Stück von mir ab. »Tut mir leid.«

»Schon gut …«

Gerade hatten wir noch über den tiefgreifenden Wandel der Menschheit gesprochen, und durch einen einzigen Blick von Anjano konnte ich von einer Sekunde auf die andere an nichts anderes denken als daran, wie unglaublich gern ich von ihm geküsst werden würde.

Ihm ging es offenbar ebenso. Sein Gesicht war beinahe schmerzhaft verzerrt, als täte ihm die Sehnsucht körperlich weh. Und dann spürte ich seinen Wunsch …

Stopp!

»In eurer Welt scheint auch nicht alles perfekt zu sein!«, schoss es aus mir heraus – nur, um irgendetwas zu sagen. »Eure Liebreizoptimale unterteilen immer noch in *schön* und *nicht schön*.«

Anjano schien erleichtert, sich auf etwas anderes konzentrieren zu können. »Perfekt ist das nicht. Aber irgendwie menschlich, oder?«

»Schon. Ich bin mir allerdings sicher, dass ich dich in jedem Jahrhundert attraktiv finden würde«, sagte ich und fand den Gedanken interessant genug, um mich darauf zu fokussieren. »Deine Augen sind … vollendet schön. Wie gemalt. Sie sind das Schönste an dir.«

»Ich dachte, meine Haare wären das!«, wandte er ein und lächelte.

Ich lächelte zurück, ließ mich jedoch nicht beirren. »Deine Augen sind nicht nur schön. Sie sind für mich … Zuhause.«

Anjano sah mich nun liebevoll an, nicht sexy, sondern voller Wärme, und lud mich damit in dieses Zuhause ein. Gleichzeitig lag jedoch auch Traurigkeit in seinen Zügen.

Da war sie wieder. Die böse Realität.

Wie konnte es sein, dass ich mich bei Anjano derart geborgen fühlte? Wie konnte es sein, dass mein Herz vor Liebe buchstäblich übersprudelte, wenn wir gar nicht füreinander bestimmt waren – wenn die Natur höchstpersönlich gegen uns war?

Nur die Zeit würde uns diese Fragen beantworten können.

Ich musste dringend herausbekommen, ob sie unsere Verbündete war oder unsere Gegnerin.

15.

Eine halbe Stunde später betrat mein Vater das Zimmer. Er hatte sich weder angekündigt noch angeklopft. Ich war gerade im Bad, als ich ihn hereinkommen hörte. »Papa!«, rief ich erschrocken und stürmte durch die Badezimmertür.

Mein Vater blieb unschlüssig im Raum stehen. »Juli.«

Hastig warf ich einen Seitenblick auf Anjano. Er stand neben meinem Kleiderschrank (in dem er nach einem großen T-Shirt ohne Hermine gesucht hatte) und war stocksteif in der Bewegung eingefroren. Wenn mein Vater den Kopf nur ein klitzekleines Stück zur Seite drehte, würde er ihn sehen.

Aber nein, das würde nicht passieren. Eher würde ein Sommersturm über uns hereinbrechen.

»Juli, ich dachte …« Mein Vater hob die Hand, ließ sie dann jedoch wieder sinken. »Ich wollte mit dir … die ganze Situation …« Sein Blick fiel auf das Poster, das über meinem Schreibtisch hing. »Wer ist das?«

Ich war überrascht, dass er sie nicht erkannte. Manchmal waren Namen wohl berühmter als Gesichter. »Das ist Marie Curie.«

»Die erste Frau, die einen Nobelpreis bekam?«, fragte er interessiert. »Bewunderst du sie?«

Ich zog eine kleine Grimasse, denn ich spürte, dass er froh war, nicht über das reden zu müssen, weswegen er gekommen war. »Ja, sie ist mein Idol«, bestätigte ich.

»Warum?«

»Sie war eine brillante Wissenschaftlerin«, antwortete ich widerstrebend. Er hatte sich noch nie dafür interessiert, was mich begeisterte. »Marie Curie hat Dinge erreicht, die niemand für möglich gehalten hätte. Ihre Forschungen waren revolutionär. Aber noch viel faszinierender als das finde ich, dass sie vollkommen auf Patente verzichtet und ihre Entdeckungen der Menschheit zur Verfügung gestellt hat – obwohl sie in Armut lebte.« Ich warf einen zweiten schnellen Blick auf Anjano, der noch immer wie zur Salzsäule erstarrt neben dem Schrank stand. Zwar konnten wir sicher sein, dass mein Vater ihn nicht sehen würde, aber am besten war es natürlich, wenn dafür kein Orkan durchs Zimmer toben musste.

»Und das bewunderst du?«, fragte mein Vater mit zusammengezogenen Brauen. »Dass diese Frau für nichts gearbeitet hat?«

Mich fröstelte es.

Für nichts.

Ihr Erfolg hatte in seinen Augen keinerlei Wert, weil es kein materieller Erfolg gewesen war.

»Hat sie nicht vor allem auf dem Feld der Radioaktivität geforscht?«, fragte er. »Und ist sie nicht an Leukämie gestorben? Als Folge ihrer Forschungen?«, schob er mit spöttischem Lächeln nach.

»Damals wusste man eben noch nicht, dass der Umgang mit radioaktiven Substanzen gesundheitsschädlich sein kann«, erklärte ich zähneknirschend und schoss meinem Vater einen finsteren Blick zu. »Papa, warum bist du hier? Du kommst doch sonst nie in mein Zimmer.«

Er sah weg. Da spürte ich ihn.

Mein Vater war traurig. Er war unsicher. Das spöttische Lächeln nur Fassade. Er war zu mir gekommen, um mir zu zeigen, dass ich ihm nicht gleichgültig war.

Bevor ich etwas sagen konnte, um meine harschen Worte zu revidieren, wandte er sich schon ab. »Ich muss zur Arbeit«, nuschelte er und verließ eilig den Raum.

Mit betretener Miene schaute ich ihm nach.

Sobald er draußen war, erwachte Anjano aus seiner Erstarrung. »Das war also dein Vater?«

»Das war mein Vater«, antwortete ich und hatte das Gefühl, damit wäre alles gesagt. Dass mein Vater ein Vorzeige-Exemplar unserer Zeit war und all das zu verkörpern schien, was an dieser Epoche nicht in Ordnung war, hatte Anjano sicherlich selbst schon festgestellt.

»Ich könnte ein Frühstück vertragen«, sagte er und zog das Hermine-Shirt aus. Ich guckte schnell woanders hin, denn falls Anjano richtige Bauchmuskeln hatte, wollte ich sie auf keinen Fall sehen. Das würde mir nur unnütz im Kopf herumspuken. Ich sah erst wieder hin, als er sich ein dunkelblaues Schlafshirt von mir übergestreift hatte (das bei ihm ebenfalls ziemlich eng saß).

»Frühstück ist eine super Idee«, erwiderte ich nun und warf einen Blick auf meinen Wecker. Es war schon fast elf Uhr. Heute war Freitag, und ich hatte bereits zwei Stunden Deutsch und eine Stunde Geschichte verpasst. Dabei hatte ich noch nie den Unterricht geschwänzt! Es fühlte sich merkwürdig an, nicht zur Schule zu gehen, aber zum einen waren die Klausuren bereits alle geschrieben (schon in einer Woche begannen die Sommerferien), und zum anderen hatte ich den besten aller Gründe, um zu Hause zu bleiben.

Da bimmelte der SMS-Ton meines Handys.

Wo bist du? Kommst du jetzt etwa auch nicht mehr zur Schule? Ich will dich sehen! W.

Ich seufzte erleichtert. Offenbar war Whoopi nicht so böse auf mich, wie ich befürchtet hatte.

»Was ist los?«, fragte Anjano.

»Meine Freundin …«

Ich konnte fühlen, wie Anjano in mich hineinspürte. »Du willst zu ihr.«

»Ich …«

»Das ist in Ordnung. Eure Freundschaft ist dir sehr wichtig.«

»Ja, das ist sie. Aber du …«

Er machte eine wegwerfende Handbewegung. »Ich bleibe hier und lese die Biographie von Marie Curie, während du dich mit Whoopi triffst«, sagte er leichthin und hob das Buch vom Schreibtisch auf.

»Ich wäre höchstens ein oder zwei Stunden fort«, erklärte ich ihm, aber auch mir.

»Ist wirklich in Ordnung.« Er zwinkerte mir zu.

Erleichtert formte ich mit den Lippen einen Kussmund und küsste die Luft.

Anjano grinste und küsste die Luft ganz leicht zurück. Das war leider ziemlich sexy. Ich wandte mich schnell ab.

Also gut. Ich würde zur Schule fahren, mit Whoopi reden und danach sofort heimkommen.

»Ich bringe dir noch etwas zu essen rauf, bevor ich gehe«, sagte ich, lief in die Küche, füllte ein Tablett mit allem, was ich für einigermaßen gesund hielt, und brachte es Anjano. »Ich bin so schnell wie möglich wieder da!«, rief ich dann, schnappte mir eine Möhre vom Tablett und preschte los.

Mit dem Bus fuhr ich bis zur Leopoldstraße. Dort musste ich umsteigen. Die Haltestelle lag direkt gegenüber der *Kitty Kitchen* (was mich morgens oft dazu verleitete, mir eine Cola zu kaufen, bevor der Bus zur Schule kam).

Ganz in Gedanken an Whoopi und daran versunken,

was ich ihr sagen würde, bemerkte ich auf einmal, dass sich auf der gegenüberliegenden Straßenseite eine Menschenmenge angesammelt hatte. Ein paar Häuser neben der *Kitty Kitchen* standen zahllose Leute vor einem Hauseingang. Ich kniff die Augen zusammen. Was war denn da los? Die Leute wirkten aufgeregt. Manche hatten sich die Hand vor den Mund geschlagen. Ein paar waren ganz grün im Gesicht.

Plötzlich hatte ich ein mulmiges Gefühl im Magen. Ich musste wissen, was da los war. Rasch überquerte ich die Straße und lief zu der Menschentraube. Mit energischen Bewegungen drängte ich mich durch die hinteren Reihen der Gaffer.

»Der Notarzt ist unterwegs!«, rief jemand.

»Ob das noch was bringt …«, sagte jemand anders.

Ich schob mich immer weiter nach vorn und erhaschte schließlich einen Blick auf den Hauseingang. Dort lag jemand am Boden.

Ein Mann.

Er trug einen zerrissenen grünen Cordmantel.

In mir zog sich alles zusammen.

Der Obdachlose!

Es war der Obdachlose, der uns gestern Abend geholfen hatte! Der Mann, der schreiend davongelaufen war, nachdem seine Hände geleuchtet hatten.

Mit schmerzhaft pochendem Herzen drängte ich mich ganz nach vorn und starrte den Obdachlosen entsetzt an.

Er war tot. Das konnte ich sehen. Sein Gesicht war regelrecht durchsichtig, als hätte ihn alle Farbe für immer verlassen.

»Ich kenne den Mann!«, rief eine Stimme neben mir. Es war der griesgrämigste aller Kellner aus der *Kitty Kitchen*. »Ich habe ihn öfter von unseren Tischen verscheucht«, erklärte er den Umstehenden mit gewichtiger Miene. »Hab ihn gestern noch gesehen. Er war ziemlich krank, wenn Sie mich fragen. Ich tippe auf Lungenentzündung. Wahrscheinlich hat ihn das erledigt.«

Da erinnerte ich mich, dass Anjano gestern gesagt hatte, der Mann habe Fieber.

»Er ist jedenfalls mausetot, so viel ist mal sicher«, stellte eine Frau fest.

»Sollen wir die Polizei rufen?«, fragte jemand und zückte sein Handy.

Mit tauben Gliedern wandte ich mich um und drängelte mich zurück zur Straße. Dort sank ich auf die Bordsteinkante, während ein Gedankengewitter durch meinen Schädel stürmte.

Der Mann war gestorben.

Hatte er deswegen mit Anjano interagieren können? Hatte der Mann sehen dürfen, was er gesehen hatte, weil ihm nicht genügend Zeit bleiben würde, um mit seinem Wissen über Anjano irgendeinen Schaden anzurichten? Hatte er die gestrige Szene miterleben dürfen, weil er der Zeit nicht mehr gefährlich werden konnte?

Wenn das so war …

Schaudernd hielt ich mich mit beiden Händen am Bordstein fest, denn das Ergebnis meiner Überlegungen zog mir gerade den Boden unter den Füßen weg.

Wenn das so war, dann konnte ich womöglich als Einzige mit Anjano reden, weil ich ebenfalls dem Tod geweiht war.

Entsetzt überprüfte ich meine Hypothese. Und noch mal. Und noch mal, kam aber immer wieder zu derselben Schlussfolgerung.

Nur jene Menschen, die kurz vor ihrem Tod standen, konnten mit einem Zeitreisenden in Kontakt treten. Nur sie konnten etwas über die Zukunft erfahren, ohne dass dies zu einem Paradoxon führte.

Mein ganzer Körper bebte.

Ich würde sterben.

Deswegen ließ mich der Kosmos an Anjano heran. Weil es keinen Unterschied machte. Weil es gleichgültig war!

Wahrscheinlich würde ich heute oder morgen von einem Auto überfahren werden oder einen Hirnschlag oder ein Aneurysma oder so etwas bekommen. Irgendetwas würde mich von einem Augenblick auf den anderen dahinraffen, so dass ich keine Zeit mehr haben würde, die historischen Abläufe durch mein Wissen über die Zukunft in irgendeiner Form aus den chronologischen Fugen zu bringen.

Hieß es in Agentenfilmen denn nicht immer *Das darf ich Ihnen nur verraten, wenn ich Sie danach erschieße*?

Ha, ha, ha!, dachte ich und hatte das Gefühl, jeden Moment den Verstand zu verlieren.

Schwankend stand ich auf.

Ich musste nach Hause.

Ich musste sofort zu Anjano.

Uns blieb nicht viel Zeit.

Vielleicht würde ich es noch nicht einmal zurück zu ihm schaffen. Den Obdachlosen hatte es innerhalb von vierzehn Stunden erwischt. Bei mir waren schon vierzig Stunden vergangen, seit ich Anjano zum ersten Mal begegnet war.

Mit hängenden Schultern stolperte ich zur Bushaltestelle, so tief gebeugt, als hätte mich ein Felsen zermalmt.

So hatte ich mir das nicht vorgestellt.

Ich hatte doch noch mein ganzes Leben vor mir!

Ich wollte noch so vieles tun!

Als der Bus kam, schlich ich tief geduckt hinein.

Bitte, lasst mich nicht sterben.

Ich kam unbeschadet in meinem Wohnwinkel an und kletterte mit staksigen Bewegungen aus dem Bus. Vor jeder Straßenüberquerung vergewisserte ich mich dreimal, dass kein Auto kam, und wurde nicht überfahren, bevor ich unser Haus erreichte. Ich schloss die Tür auf und trottete die Treppe hinauf. Was würde Anjano sagen?

Während ich die Tür aufmachte, begann ich schon. »Etwas Furchtbares ist –«, sagte ich und verstummte.

Auf dem Stuhl an meinem Schreibtisch saß jemand. Es war jedoch nicht Anjano, sondern Whoopi.

»Whoopi, was …«

Sie schaute mich durchdringend an. »Ich dachte, wenn du nicht zu mir kommst, muss ich wohl zu dir kommen«, erklärte sie und durchbohrte mich geradezu mit ihrem Blick. »Ich kenne ja euren Code. War kein Ding, die Tür aufzukriegen.«

War Anjano im Raum? Ich konnte mich unmöglich nach ihm umsehen, während Whoopi mich derart fixierte.

»Irgendetwas sehr Eigenartiges geht vor sich«, sagte sie bedächtig, als wöge sie jedes ihrer Worte ab. »Carla hat mir erzählt, dass sie dich gestern an der Bushaltestelle mit so einem Typen gesehen hat. Mit einem, der angeblich so gut aussieht, dass man ihn nur abschlabbern will.« Ihre Augen hielten mich eisern gefangen. »Ich hab gedacht, sie muss sich da was zusammenphantasiert haben, schließlich habe ich mit dir zusammen auf den Bus gewartet, und da war kein Typ. Aber dann habe ich Larissa heute Morgen darüber reden gehört, dass du und dein Freund Händchen haltend im Regen herumgerannt wärt. Und dass dein Freund echt heiß wäre.«

Ich starrte sie stumm an. Mein Kopf produzierte gerade ein riesengroßes Fragezeichen. Wieso um alles in der Welt durften Carla und Larissa Anjano sehen, Whoopi aber nicht? Und noch viel wichtiger: Wieso konnten sie ihr von ihm erzählen, während mir die Gliedmaßen zerdeppert wurden, sobald ich es versuchte?

»Wer ist dieser Typ?«, fragte Whoopi nun, stand auf und kam langsam zu mir herüber. Ihr Röntgenblick schien sich bis in die tiefsten Tiefen meines Großhirns vorarbeiten zu wollen.

Ich schwieg.

»Dazu kannst du nichts sagen, richtig?«

Ich nickte wortlos.

»Hat er dir verboten, mit irgendjemandem über ihn zu sprechen?«, fragte sie. »Ist er ein Krimineller?«

Ich schüttelte den Kopf.

»Versucht er, dich zu beeinflussen? Macht er dir Angst?«

Ich schüttelte wieder den Kopf und war erstaunt, dass ich das konnte. Eine plötzliche Nackenstarre hätte mich weniger verwundert.

»Dann sag mir doch, verflucht nochmal, wer er ist!«, verlangte Whoopi mit einer Mischung aus Ärger und Verzweiflung.

»Das kann ich nicht!«

»Warum nicht?«

»Weil die Naturgesetze es verhindern!«, platzte ich heraus und schnappte erschrocken nach Luft.

O nein! Jetzt würde Whoopi bestimmt die Deckenlampe auf den Kopf fallen.

Aber … Augenblick mal! Eigentlich hätte *mir* die Lampe auf den Kopf fallen müssen, *bevor* ich diesen Satz aussprach.

Irritiert starrte ich die Lampe an. Dann Whoopi. Ihre Augen waren zu schmalen Schlitzen geworden. »Die Naturgesetze«, murmelte sie. »Die Naturgesetze also …«

Wie konnte das sein? Ich hatte ihr den Clou an der Sache verraten! Wie hatte das geschehen können?

»Danke für diese Information«, sagte sie abwesend, und ich konnte sehen, wie es in ihrem Kopf arbeitete.

Aufs höchste angespannt verknotete ich die Finger.

Whoopi war ein sehr cleverer Kopf, geschult durch Hunderte von Sci-Fi-Stunden. Plötzlich war ich mir sicher: Sie würde das Puzzle zusammensetzen. Wenn jemand die Zusammenhänge anhand dieser wenigen Informationen erraten konnte, dann Whoopi. Sie war Meisterin im Kombinieren, und ich hatte schon oft gedacht, dass sie eigentlich viel klüger war als ich. Weiser in jedem Fall.

»Ich werde dieser Sache auf den Grund gehen«, erklärte sie. »Ich werde mir über die Naturgesetze Gedanken machen und darüber, wie es sein kann, dass meine beste Freundin bestimmte Dinge nicht aussprechen kann, die sie mir gerne sagen möchte.«

Ich wagte kaum zu atmen. »Du bist schon ganz nah dran, Whoopilein«, flüsterte ich.

Sie nickte, und ich hätte heulen können vor Freude. Wenn Whoopi herausbekam, was hinter all dem steckte, würden wir endlich darüber reden können! Ich sehnte mich so sehr danach, ihr von Anjano zu erzählen!

Dann bekam ich Zweifel. Was, wenn ihre Nachforschungen sie in Gefahr brachten? Der Kosmos würde Whoopi doch gewiss daran hindern, bestimmte Grenzen zu überschreiten.

Oder vielleicht auch nicht?

Seltsam war es schon, dass die Naturgesetze mir überhaupt erlaubt hatten, Whoopi auf diese Spur zu bringen. Beinahe so, als wäre ihnen das recht. Beinahe so, als hätten sie schon die ganze Zeit über darauf hingearbeitet, dass Whoopi nach und nach ein paar Informationsstückchen zugespielt bekam, die sie dazu bringen würden, das Problem zu erkennen und auf die Suche nach den Ursachen zu gehen.

Beinahe so, als sei das geplant gewesen.

16.

Nachdem Whoopi gegangen war, tief in Gedanken versunken und mit einer Miene, als sei sie wild entschlossen, sämtliche Geheimnisse der Welt zu entschlüsseln, sah ich mich im Zimmer um. Anjano war nicht hier. Auf dem Nachttisch lag jedoch ein Zettel von ihm. In eigenartig zackiger Schrift stand dort: *Bin auf der Lichtung. Komm dorthin, wenn du zurück bist.*

Die Lichtung war eine gute Idee. Während ich das Haus verließ, zwei Straßen überquerte und dann auf den Waldpfad abbog, dachte ich beklommen daran, dass ich vielleicht gar nicht mehr miterleben würde, wie Whoopi die Puzzlestücke zusammensetzte. Vielleicht war ich dann schon tot.

Mit steifen Schritten stapfte ich vor mich hin, bis ich die Lichtung erreichte. Ich hielt nach dem Unterschlupf Ausschau, den Anjano erwähnt hatte, und fand ihn am Rande der Lichtung zwischen den Silberpappeln. Anjano hatte ganze Arbeit geleistet. Aus Ästen und Brettern hatte er eine richtige kleine Höhle gebaut, so groß wie ein Zwei-Mann-Zelt. Die Nägel, die er benutzt hatte, waren bestimmt ebenso gestohlen wie die Dachpappe und die große Plane, die das Ganze abdichtete. Aber egal. Es war ein perfektes kleines Nest.

»Hey«, hörte ich Anjanos Stimme, und meine verkrampften Glieder entspannten sich wie auf Knopfdruck. Gleich darauf schob er eine alte Decke zur Seite, die dem Unterschlupf als Tür diente, und streckte den Kopf heraus. »Du bist schneller hier, als ich gedacht –«, begann er und verstummte, als er mein Gesicht sah. »Was ist los?«

Da brach alles aus mir heraus. Wie ich den toten Obdachlosen gesehen hatte, wie ich begriffen hatte, dass nur Menschen, die dem Tode geweiht waren, mit Zeitreisenden interagieren konnten, was bedeutete, dass ich bald sterben würde.

Während ich redete, zog Anjano mich neben sich ins Gras und hörte mir schweigend zu. Dann löste er meine Finger von ein paar unschuldigen Grasbüscheln, in die sie sich festgekrallt hatten. »Wenn ich in den letzten Tagen eines gelernt habe«, erklärte er, »dann, dass man das Verhalten der Naturgesetze aus unserer beschränkten menschlichen Perspektive heraus nicht vorhersagen kann.«

Fragend schaute ich ihn an.

»Für dich scheint jede Schlussfolgerung, die dein Gehirn zieht, gleich in Stein gemeißelt zu sein, nur weil alle

Fakten in eine Richtung deuten. Aber womöglich irrst du dich dennoch.«

Ich starrte ihn an. Obwohl ich ein klitzekleines bisschen gekränkt war, ergab das absolut Sinn. Ich hatte schon ein paar Mal danebengelegen. Würde ich vielleicht doch nicht sterben?

Ich ließ meinen Kopf in die Hände sinken. An den verdammten Naturgesetzen würde ich mir noch die Zähne ausbeißen. »Ich will jedenfalls nicht sterben«, sagte ich resigniert.

»Warum nicht?«

»Warum nicht?« Meinte er die Frage ernst? »Weil ich leben will!«

»Du lebst doch.«

»Ja, aber …«

»Was bringt es, darüber nachzudenken, wann man sterben wird? Wir sterben alle irgendwann. Es kommt doch nur darauf an, dass wir bis dahin etwas aus unserem Leben machen. Dass wir jeden Tag nutzen, jeden Augenblick.«

Ich verzog ein klein wenig den Mund.

»Wenn man jeden Augenblick genießt und bewusst erlebt, dann ist es gleichgültig, ob man wenige oder viele Jahre hat, denn man hat aus jeder Sekunde das Beste gemacht. Und darauf kommt es an.«

»Ja, schon«, räumte ich ein, »aber gerade wenn man es schafft und aus jedem Augenblick das Beste macht, wäre es doch super, wenn das Leben so lange wie möglich dauern würde – weil es sich dann erst recht lohnt!«

Anjano grinste. »Ich habe noch nie jemanden getroffen, der so kompliziert und verflattert denkt wie du.«

Ich machte einen Schmollmund, lächelte aber auch ein wenig. »Verflattert, aha.«

»Dein Kopf ist so emsig wie zehn Spatzen beim Krümelpicken.«

Nun konnte ich mir ein Grinsen nicht verkneifen. »Ich habe wohl ein Spatzenhirn.«

Anjano lachte. »Du bist wirklich das lustigste Mädchen, das ich je kennengelernt habe.«

Ich grinste von einem Ohr zum anderen und fragte mich, wie er es geschafft hatte, dass ich nun grinsend neben ihm im Gras saß, obwohl ich gerade eben noch Todesangst gehabt hatte.

»Zeig mir mal den Unterschlupf«, sagte ich und spähte ins Innere des kleinen Verschlags.

»Aber gern. Komm.«

Ich folgte ihm hinein. Anjano hatte es sich hier richtig gemütlich gemacht. Auf dem Boden lag eine große Matratze, darauf ein Schlafsack und eine Decke. An der Seite standen eine Kiste mit Gemüse und Obst, mehrere Flaschen Wasser und einer unserer wiesengrünen Frühstücksbecher, den er wohl ebenso aus unserem Haus hatte mitgehen lassen wie das brandneue Küchenmesser meiner Mutter.

»Du hattest doch gesagt, du glaubst nicht, dass dein Unterschlupf wasserdicht ist«, bemerkte ich. Trotz des Platzregens am Abend zuvor schien alles absolut trocken zu sein.

»Ich habe wohl besser gebaut, als ich selbst gedacht hätte«, gab er stolz zurück.

»War das auch mal einer deiner Berufe? Waldhüttenbaumeister?«

»Nein, aber bei uns lernt man als Kind, wie man –«

Da hörten wir ein lautes, metallisches Fiepen. Es zerriss die friedliche Waldstille wie ein schriller Alarm.

»Die Zeitachse!«, ächzte ich.

»Sie hat sich aktiviert!« Anjano sprang auf und rannte geduckt aus dem Unterschlupf hinaus.

Ich krabbelte auf allen vieren hinterher, unfähig, einen klaren Gedanken zu fassen. Gerade jetzt, in diesem Moment bestand eine direkte Verbindung ins fünfundzwanzigste Jahrhundert!

Würde Anjano versuchen zurückzuspringen?

Wollte er fort?

Musste er fort?

Vor dem Unterschlupf kam ich auf die Beine. Anjano stand da und suchte mit den Augen den Himmel ab. Das Fiepen war über uns. Die Achse musste irgendwo ein paar Meter über der Lichtung sein. Anjano lauschte. Dann lief er ein paar Schritte in Richtung des Teiches. Ich folgte ihm, und das Fiepen wurde lauter.

Anjano wies auf eine Stelle am Teichufer. »Sie ist dort!«

Ich schirmte mit der Hand die Augen ab. Flimmerte da etwas? Es sah aus, als schwebte ein flirrender Ring in der Luft!

Während Anjano weiterlief, bestaunte ich mit offenem Mund das fiepende, kosmische Wunder über uns.

Und dann stürzte jemand aus dem Wunder heraus.

Es geschah so schnell, dass ich zuerst gar nicht verstand, was ich sah. Ich zuckte fürchterlich zusammen und starrte mit weit aufgerissenen Augen auf die Stelle unter der Zeitachse. Dort lag jemand im Gras.

Ein Mann war aus dem fiependen Ring gefallen.

Ein weiterer Mensch war durch die Zeit gesprungen!

Anjano rannte zu dem Mann, und nach ein paar Schrecksekunden folgte ich ihm.

Ich sah blonde Haare. Hellblonde Haare.

»Pa!«, rief Anjano, fiel neben dem Mann auf die Knie und drehte ihn auf den Rücken.

Die Ähnlichkeit war frappierend. Der Mann war Anjano wie aus dem Gesicht geschnitten, nur dass er aussah wie Mitte dreißig (und in Wirklichkeit wahrscheinlich zweihundert Jahre alt war). Er trug einen dick gepolsterten weißen Anzug – die perfekte Ausrüstung für einen Fall aus drei Metern Höhe. »Sohn?«, würgte er hervor und hustete.

»Ja, Pa!« Anjano umarmte seinen Vater, der nun immer heftiger hustete. Anjano ließ ihn los und legte ihm die Hände auf den Brustkorb.

Langsam kam sein Vater wieder zu Atem. »Ich bin so froh, dass ich dich gefunden habe«, brachte er mühsam hervor.

»Du hast nach mir gesucht.« Anjano schien nicht überrascht zu sein. »Man hat dir erlaubt, die Zeitachse zu benutzen?«

»Alle haben sich große Sorgen um dich gemacht!«, sagte sein Vater und machte eine Geste, als stünde eine lange Reihe von Menschen vor ihnen. »Warum bist du nicht zurückgesprungen? Die Achse war zwei Mal aktiv, nachdem du hineingefallen warst!«

»Ich war nicht die ganze Zeit über auf dieser Lichtung«, antwortete Anjano zögernd. »Und ich hatte keine Leiter.« Während er sprach, fiel mir auf, dass sein Akzent plötzlich wieder viel stärker war. Offenbar hatte er sich in den letzten beiden Tagen zunehmend meiner Sprechweise angepasst.

»Die Achse kann sich jederzeit wieder schließen«, sagte sein Vater gehetzt. »Komm! Wir springen zusammen zurück.«

Mir schnürte sich die Kehle zu.

Nein! Alles in mir schrie *Nein*!

Aber das war unsinnig.

Anjano musste zurück.

Wir durften kein Paar sein.

Wir hatten keine Zukunft.

Das hier war Anjanos Chance heimzukehren.

Obwohl diese Gedanken absolut schlüssig waren, ballte ich die Fäuste und hätte der Zeit am liebsten ins Gesicht geschlagen.

Verzweifelt schaute ich zu Anjano. Was ging in ihm vor? Vor lauter Aufregung konnte ich seine Gefühle nicht lesen. Er schien sich zu sammeln. Was dachte er bloß?

»Falls du noch immer keine Leiter hast, können wir diesen magnetischen Draht-Strang benutzen«, sagte sein Vater und zog den Anfang eines seltsam aussehenden Seils aus der Tasche. »Aber eine simple Leiter wäre natürlich besser. Hast du inzwischen eine?«, fragte er und schaute sich suchend um. Dabei fiel sein Blick auf mich. Seine Augen wurden kugelrund, und er schnappte nach Luft. Anscheinend hatte er mich bisher übersehen.

»Hallo, ich bin Juli – aus dem einundzwanzigsten Jahrhundert.«

Entgeistert sah Anjanos Vater seinen Sohn an. »Die Interventionen …?«

»… greifen bei Juli nicht«, erklärte Anjano. »Ich habe in den letzten beiden Tagen viel mit ihr gesprochen. Sie weiß alles.«

Seinem Vater klappte vor Verwunderung der Unterkiefer herunter. Gleichzeitig konnte ich wahrnehmen, dass er meine Gefühle zu entschlüsseln versuchte. Sein Blick intensivierte sich, und er las in mir wie in einem offenen Buch. »Du … liebst meinen Sohn«, murmelte er.

»Ich liebe sie auch«, erklärte Anjano sofort.

Mein Herz schrie. *Ja! O ja!*

Und gleichzeitig *Nein. Es geht nicht. Wir dürfen nicht.*

Plötzlich spürte ich Anjano, und ich konnte wieder in ihm lesen. Alles in ihm war hellwach, und in seiner Mitte steckte ein Satz. Ich konnte ihn regelrecht sehen. Er war klein, kurz, aber sehr machtvoll. Anjano würde ihn jeden Moment aussprechen.

Da richtete sich Anjano zu voller Größe auf. »Ich werde nicht mit dir zurückkehren, Pa.«

Sein Vater hob entsetzt die Hände, als wolle er Anjanos Satz abwehren wie einen Angriff.

In mir jauchzte es jedoch. Anjano wollte bleiben! Er hatte sich für mich entschieden! Ich war gerührt, beflügelt, glückselig!

Doch halt, stopp. Ich musste ihm das ausreden! Hatte er vergessen, dass uns der Kosmos keine Liebesbeziehung erlaubte? Wollte er sich etwa mit dem Universum anlegen?

»Ich danke dir, Pa, dass du hergekommen bist«, sagte Anjano. »Ich weiß, du bist aus Liebe hier, und ich liebe dich ebenso wie du mich. Aber ich bleibe bei Juli.«

Sein Vater starrte ihn sprachlos an. In seinem Kopf hüpften gerade mindestens zwanzig Spatzen durcheinander. Sein Schädel vibrierte geradezu. »Sohn!«, rief er erschüttert. »Was ist nur in dich gefahren? Du gehörst nicht hierher! Du bist ein Störfaktor! Alle zeitansässigen Menschen werden ständig abgelenkt werden müssen, wenn du in ihre Nähe kommst!«

Alle bis auf mich, dachte ich. Aber Anjanos Vater hatte natürlich recht. Falls wirklich die Möglichkeit bestand, dass Anjano hierbleiben konnte, dass er in meiner Zeit leben durfte, dann wäre er hier völlig isoliert. Er würde niemals Freunde haben, würde als Halbsichtbarer herumgeistern und niemandem außer mir jemals Geschichten erzählen können.

Und was, wenn ich tatsächlich sterben sollte?

Dann wäre er hier ganz allein.

Anjanos Vater sprach aufgewühlt weiter. »Und die Toxe!? Hast du die Toxe vergessen? Diese Welt ist Gift für dich!«

Meine Fingernägel gruben sich in meine Handflächen.

»Ich bleibe hier«, wiederholte Anjano.

Die Stimme seines Vaters wurde lauter. »Was, wenn du es dir irgendwann anders überlegst und doch zurückkommen willst? Wir wissen nicht, ob sich die Zeitachse noch einmal öffnen wird! Vielleicht besteht für lange Zeit keine Verbindung mehr. Oder für immer! Du wärest hier gefangen!«

Mein Herz krampfte sich zusammen. Das durfte nicht geschehen. »Wir gehen zusammen ins fünfundzwanzigste Jahrhundert!«, rief ich unvermittelt.

Anjanos Kopf fuhr herum.

Der seines Vaters ebenfalls.

»Ich habe insgeheim schon öfter darüber nachgedacht«, erklärte ich schnell. Das Fiepen der Zeitachse dröhnte mir in den Ohren. Die Uhr tickte. »Wir könnten zusammen in deine Zeit springen, Anjano.« Obwohl ich eine Heidenangst davor hatte, mein Zuhause für immer zu verlassen, wusste ich doch, dass ich mit Anjano überall hingehen würde. Die Zukunft klang außerdem eindeutig wie die bessere Welt. Eine Welt, die mir bestimmt weniger körperlichen Schaden zufügen würde als meine Welt ihm!

Anjano schien anderer Meinung zu sein. »Juli, das wäre sehr riskant!«

»Warum?«

»Wir können nicht davon ausgehen, dass wir in meiner Zeit überhaupt miteinander sprechen können! Die Interventionen verhindern, dass ein Zeitspringer in einer anderen Epoche mit jemandem in engeren Kontakt treten kann. Das gilt auch für Zukunftsreisende. Und was immer es ist, das uns beiden erlaubt, miteinander umzugehen – es funktioniert vielleicht in der Zukunft nicht, und ich könnte dich dort womöglich noch nicht einmal sehen, würde überall nach dir suchen und wüsste nicht, ob du vielleicht direkt hinter mir stehst.«

»Aber deinen Vater sehe ich doch auch! Vielleicht bin ich immun gegen Interventionen!«

»Hier in deiner Zeit mag das so sein. Aber in der Zukunft vielleicht nicht! Dort wärst *du* der Störfaktor.«

»Wir könnten es doch zumindest einmal ausprobieren!«, rief ich mit hoher Stimme. »Und falls es nicht klappen sollte, springen wir hierhin zurück und –«

»So einfach ist das nicht!«, unterbrach Anjano mich. »Wir wissen nicht, wann und ob überhaupt jemals wieder eine Verbindung hierher bestehen wird!«

Ich raufte mir verzweifelt die Haare. »Aber …«

»Ich möchte mit dir unter vier Augen reden«, sagte Anjano plötzlich zu seinem Vater.

Sein Vater ging mit ihm ein paar Schritte außer Hörweite. Dort begann Anjano zu sprechen. Zuerst langsam, doch mit zunehmender Entschlossenheit. Sein Vater hörte ihm zu, aufmerksam und zugleich widerwillig, und ich konnte fühlen, wie er immer trauriger wurde.

Währenddessen fiepte die Zeitachse ununterbrochen und mahnte zur Eile. Wie viele Minuten waren inzwischen vergangen? Wie lange blieb dieses Ding offen?

Da kamen sie zu mir zurück. Anjanos Vater mit gesenktem Kopf, wie einer, der die Schlacht verloren hat. Anjano aufrecht wie ein Segelmast, wie Kolumbus, kurz vor dem Aufbruch nach Indien/Amerika.

»Ich bleibe hier«, sagte Anjano zu mir.

Verblüfft schaute ich ihn an. Er wollte immer noch bleiben. Obwohl wir keine Chance hatten. Das war verrückt!

»Aber wir können uns niemals …«, stammelte ich.

»Unsere Nacht war magisch, das hast du selbst gesagt!« Anjano sah mich so intensiv an, dass jedes seiner Worte in mir widerhallte. »Sie war magisch, auch ohne Kuss oder … anderes.«

Sein Vater wandte sich ab. Dieses Gespräch schien er nicht mit anhören zu wollen.

»Ich kann dich festhalten, ich kann mit dir reden, mit dir lachen!«, erklärte Anjano. »Das genügt mir.«

»Ich …«, murmelte ich und überlegte fieberhaft, ob das wirklich möglich war. Konnten wir trotz allem zusammen sein? Rein platonisch? »Aber der Kosmos ist doch gegen uns!«, wandte ich aufgelöst ein.

»Nein, er ist *für* uns. Sonst hätten wir die letzte Nacht nie miteinander verbringen können. Sonst wären wir uns niemals so nahegekommen.« Er nahm mich bei den Schultern. Uns blieb keine Zeit mehr. »Juli, würde dir das, was wir haben, ebenfalls genügen?«

»Ja. Ja!«

»Dann ist es entschieden.«

Ich hätte schreien können. Ein kleiner Schrei entfuhr mir auch tatsächlich, und damit löste sich die gewaltige Anspannung, unter der ich stand, und rutschte wie eine Lawine herab. Aufstöhnend fiel ich Anjano um den Hals. »Auch, wenn ich als alte Jungfer sterbe, bist du das Beste, was mir je passiert ist«, flüsterte ich ihm ins Ohr.

Anjano drückte mich fest an sich.

Seinem Vater, der nun wieder zu uns herübersah, standen Tränen in den Augen. Um seine Brust herum waberte dunkle Traurigkeit. Ich konnte spüren, dass er Anjanos Entscheidung akzeptierte, doch sie schmerzte ihn sehr. Er verlor seinen Sohn. Meine Freude war unangebracht.

»Es tut mir leid«, sagte ich und machte ein paar Schritte auf ihn zu. »Vielleicht können Sie Anjano irgendwann noch einmal besuchen kommen?«

Sein Vater schüttelte den Kopf, und ich merkte, dass er kurz davor war, die Fassung zu verlieren.

Anjano ging zu ihm und legte seine Stirn gegen die seines Vaters. So standen die beiden ein paar Augenblicke lang da.

Das Fiepen der Zeitachse klirrte schrill über die Lichtung. Sein Vater musste so schnell wie möglich zurückspringen.

Anjano löste sich, lief ein paar Schritte durch das hohe Gras und holte eine Klappleiter hinter einem Baum hervor. Eilig kam er zurück und stellte die Leiter direkt unter den flirrenden, fiependen Ring.

Sein Vater blickte ihn mit Tränen in den Augen an, und ich konnte die tiefe Liebe spüren, die die beiden verband.

Anjano lächelte traurig, und sein Vater nickte.

Dann stieg er die Leiter hinauf bis ganz nach oben und sprang in den flimmernden Ring, der ihn sofort verschluckte.

Und so verschwand Anjanos Vater in dem kosmischen Wunder so wie er zuvor herausgefallen war.

Das Fiepen verstummte.

Der Ring löste sich auf.

Anjano und ich standen da und starrten ins Leere.

Als ich seine Hand nahm, spürte ich erneut Anjanos Gefühle. Er liebte mich. Er war ganz voll von Liebe.

Doch da war auch unendlich viel Trauer. Anjano würde seine Familie höchstwahrscheinlich niemals wiedersehen.

Zart drückte ich seine Hand und wäre am liebsten auf die Knie gegangen. Vor Anjano. Vor seiner Entscheidung.

Vor der Liebe.

Gleichgültig, was noch geschehen würde, hier und jetzt hatte die Liebe über die Natur gesiegt.

17.

Hand in Hand standen wir auf der Lichtung und starrten in den Himmel hinauf, dorthin, wo sich wenige Augenblicke zuvor noch ein Tor ins fünfundzwanzigste Jahrhundert befunden hatte.

Anjanos Kummer nahm ihn ganz ein und war doch still, wie ein See, in dessen Tiefen ein Erdbeben wütet und dessen Oberfläche dennoch reglos daliegt.

»Was machen wir jetzt?«, fragte ich vorsichtig.

Anjano ließ sich Zeit mit der Antwort, gab dem Kummer damit den Platz, den er brauchte, und schuf gleichzeitig Raum für andere Empfindungen. »Wir bleiben hier auf der Lichtung«, antwortete er dann und schaute sich um. »Lass uns den Sommer hier verbringen.«

Das klang gut. Das klang wunderbar!

Ich fragte mich nun nicht mehr, ob der Kosmos etwas dagegen hatte oder ob ich bald sterben würde. Es war sinnlos, sich mit diesen Fragen zu beschäftigen, denn das Grübeln brachte keine Antworten. Außerdem hielt es uns davon ab, den Moment zu genießen, und Momente waren alles, was wir hatten.

Ein kleines Lächeln stahl sich in mein Gesicht. Für jemanden, der mit unvorhergesehenen Wendungen nie zurechtgekommen war und dem ungelöste Rätsel immer Kopfschmerzen bereitet hatten, war ich erstaunlich gefasst.

»Ich könnte meinen Eltern sagen, dass ich eine Zeitlang bei Whoopi bleiben will, um die Sache mit der Scheidung zu verarbeiten«, überlegte ich laut. »Meine Eltern haben mir gegenüber solch ein schlechtes Gewissen, dass sie mir alles erlauben würden.« Mein Lächeln wurde breiter. Für jemanden, der anderen nie auf den Schlips hatte treten wollen, der immer den Weg des geringsten Widerstandes gegangen war, war ich ganz schön ... cool. »Lass uns kurz zu mir nach Hause gehen. Meine Mutter kommt in der Mittagspause immer heim. Ich könnte mit ihr reden.«

»In Ordnung«, sagte Anjano, und während wir uns in Bewegung setzten, wich die Traurigkeit in seinem Inneren nach und nach einer Mischung aus ruhiger Akzeptanz und Freude.

Wir liefen Hand in Hand und begegneten keiner Menschenseele, bis wir das Haus meiner Eltern erreichten. Der weiße SUV meiner Mutter stand in der Einfahrt.

»Ich warte hier, während du mit deiner Mutter sprichst.« Anjano ließ sich im Schatten eines Baumes im Vorgarten nieder.

»Gut, bis gleich.« Ich schloss die Mahagonitür auf und betrat die kühle Halle. Wie oft war ich schon durch diese Tür gegangen? Unzählige, Tausende Male, und bei jedem Eintreten hatte ich gedacht, dass es hier kalt war. Aber das hatte nichts mit der Temperatur zu tun. Die Eingangshalle war kühl, weil die Hausatmosphäre keinerlei Wärme beinhaltete – weil Gefühle hier keinen Zutritt hatten und sich die Menschen, die hier lebten, hinter emotionslosen Masken versteckten.

Ich blickte mich um. Die Wände und der Boden waren von einem matten eisblauen Schimmer überzogen. Ich konnte die fehlende Wärme nun regelrecht sehen. Doch die Kälte in diesem Haus hatte ich schon wahrgenommen, bevor ich Anjano traf. Ich hatte sie früher nicht sehen können, aber gespürt hatte ich sie schon immer. Ging das vielleicht vielen Menschen so? Nahmen viele Menschen Dinge wahr, die über die normalen fünf Sinne hinausgingen, erzählten es aber niemandem, um nicht als wunderlich zu gelten?

»Juli?«, hörte ich die Stimme meiner Mutter. »Engel, bist du schon aus der Schule zurück?« Sie kam die Treppe herunter, elegant wie immer, in einem eng anliegenden Kostüm und mit klackenden hohen Absätzen. Ihr blondgefärbtes Haar wippte bei jedem Schritt dynamisch-jugendlich vor sich hin.

»Hallo, Mama. Ich bin heute früher aus der Schule weg.«

»Was?«, fragte sie und fühlte sich augenblicklich schuldig. »Na ja, deine Noten sind ja gut genug«, beruhigte sie sich selbst. »Da macht es nichts, wenn du einmal fehlst.«

»Mhm. Mir gehen gerade andere Sachen durch den Kopf als der Schulstoff.«

»Ja, natürlich.« Ich spürte Traurigkeit und ihre Sorge um mich. Sie lachte jedoch und sagte: »Ich hätte dich doch abholen können.«

Unumwunden schaute ich sie an. »Kann ich eine Zeitlang woanders wohnen?«

Das Schuldgefühl in ihr wuchs von einer Sekunde auf die andere ins Unermessliche. »Du möchtest woanders wohnen?«

»Nur für eine Zeit.«

»Bei Whoopi?« Sie schluckte. »Klar. Wenn du das willst …« Zu ihrem Schuldempfinden kam nun noch ein tiefes Gefühl des Versagthabens hinzu. »Ich kann das verstehen.«

Verlegen trat ich von einem Fuß auf den anderen. »Wie geht es dir, Mama?«, fragte ich, weil ich es kaum noch aushielt, dass ich es fühlte, sie es aber nicht sagte.

Sie war erstaunt. So etwas hatte ich sie wohl noch nie gefragt. »Gut«, antwortete sie automatisch. »Ich …« Ihre Gedanken verhedderten sich mit ihren Gefühlen. »… es ist nicht leicht«, stotterte sie, und mit einem Mal war alles in ihr ganz zerzaust und durcheinander.

Da legte ich ihr meine Hand auf die Brust. Es war ein Impuls, über den ich nicht lange nachdachte.

»Was machst du?«, rief sie spitz lachend, obwohl sie meine Geste nicht lustig fand. Sie war vielmehr irritiert.

Ich blieb einfach so stehen.

Die Miene meiner Mutter veränderte sich, von irritiert zu ängstlich zu versunken.

Durch meine Hand floss die schöne, helle Energie, die ich nun schon kannte und die das Innerste meiner Mutter daran erinnern würde, was sein Idealzustand war.

Nach ein paar Augenblicken lehnte meine Mutter sich mir entgegen, als wolle sie das, was durch meine Hand floss, regelrecht aufsaugen. Dann sah sie mich an, sah mir direkt in die Augen, wie sie es noch nie getan hatte. »Was immer du da machst … es ist gut«, sagte sie langsam, wach. »Dein Vater und ich hätten uns schon viel früher trennen sollen«, erklärte sie plötzlich mit einer Klarheit, die mir eine Gänsehaut verpasste. »Entweder das, oder wir hätten schon vor Jahren lernen müssen, miteinander zu reden, wirklich miteinander zu reden, und nicht nur noch Organisatorisches abzuhandeln und dabei komplett den Kontakt zueinander zu verlieren.« Sie war nicht mehr verheddert. Sie konnte sich selbst deutlich sehen, und als sie sich nun wie in einem Spiegel betrachtete, tat sie das ohne den Ballast der Schuld oder des Schuld-Zuschiebens. »Es ist zu spät, um die Liebe wiederzubeleben. Aber dein Vater und ich können dafür sorgen, dass wir nach der Scheidung beide für dich da sind.«

Ich nahm die Hand herunter und lächelte scheu. »Das wäre toll.«

Sie umarmte mich so, wie sie es noch nie getan hatte. Nicht mit einem schicken Bussi auf die Wange und einem frisurschonenden Schulterklopfen, sondern mit beiden Armen und langem Festhalten.

Ich drückte sie an mich, meine Mama, und hatte zum ersten Mal das Gefühl, dass ich einfach nur ihr Kind sein durfte, ohne hübscher sein zu müssen, als ich war, ohne das verstecken zu müssen, was nicht in ihr Bild passte.

»Bleib eine Weile bei Whoopi«, sagte sie und strich mir übers Haar. »Das tut dir bestimmt gut.«

Wie gern hätte ich ihr in diesem Moment die Wahrheit gesagt, ihr von Anjano erzählt und davon, dass er es war, bei dem ich sein wollte. Doch das hätte wahrscheinlich zur Folge gehabt, dass der neue Dampfkocher explodiert wäre oder etwas in der Art. Deswegen genoss ich nur still die Nähe zwischen uns und war einfach dankbar.

»Ich packe noch ein paar Sachen«, erklärte ich, und sie nickte.

»Ja, mach das.« Sie gab mir einen dicken Kuss mitten auf den Mund und ließ mich gehen.

In meinem Zimmer begann ich, zwei riesige Taschen zu packen, und stopfte alles hinein, was mir sinnvoll erschien. Als Erstes holte ich eine Tube Sonnencreme mit

Lichtschutzfaktor fünfzig aus meinem Badschrank, denn ich hatte bemerkt, dass Anjano neue Verbrennungen auf dem Nasenrücken und den Wangen hatte. Als ich im nächsten Schrank nach Kopfschmerztabletten und einer Mückenstichsalbe griff, entschied ich mich, einfach den kompletten Inhalt des Medizinschränkchens mitzunehmen, und schob alles mit einer einzigen Armbewegung in die Tasche.

Schließlich schickte ich Whoopi noch eine SMS, in der ich sie bat, mich zu decken, falls jemand nach mir fragen sollte, und sandte ein Stoßgebet Richtung Zeus oder wen auch immer, dass sie dichthalten möge. Dann verließ ich schwer bepackt das Haus.

Anjano saß noch immer unter dem Baum, stand jedoch auf, als ich zu ihm trat. »Was bringst du denn da mit?«

»Alles Sachen, die man zum Campen braucht.«

»Aber wir haben doch alles …«

»Sonnencreme hattest du bisher nicht!«, entgegnete ich und zog die Tube aus der Tasche.

Anjano schüttelte den Kopf. »Das kann ich nicht benutzen.«

»Wieso nicht?«

»Weil …« Er betrachtete die Tube. »Mein Körper hat eine andere Energiestruktur als deiner. Eure Körper sind grobstofflicher.«

Ich sah ihn belämmert an.

»Ihr seid dadurch widerstandsfähiger«, erklärte er. »Für eine kurze Zeit. Aber ihr sterbt auch schneller.«

»Was soll das heißen?«

»Eure Medizin würde mich umbringen.«

»Sonnencreme würde dich umbringen?«

»Ich will es lieber nicht darauf ankommen lassen.«

Ich kratzte mich am Hinterkopf und dachte, dass ich das ganze Zeug dann ja eigentlich gleich wieder ins Haus zurückbringen konnte. Aber vielleicht würde ich etwas davon für meinen eigenen, grobstofflichen Körper brauchen, also nahm ich lieber mal alles mit.

Nachdenklich stopfte ich die Sonnencremetube in die Tasche zurück. Dabei fiel mir eine Packung Kondome in die Hände. Ich erstarrte. Die war eindeutig aus Versehen in der Tasche gelandet. Meine Mutter hatte mir diese Packung vor einem halben Jahr geschenkt – *Falls es irgendwann bei dir so weit sein sollte*. Ich seufzte und vergrub die Kondome tief unter den anderen Sachen. Die würden wir nicht brauchen.

Wir machten uns auf den Weg zur Lichtung, marschierten wenig später Hand in Hand über die große Wiese zum Unterschlupf und wuchteten die schweren Taschen hinein.

Anjano ließ sich erschöpft auf der Matratze nieder und streckte sich aus. Ich legte mich neben ihn.

Einen Moment lang lagen wir einfach so da und ließen alles sacken – dass Anjano meinetwegen hiergeblieben war und dass wir keine Ahnung hatten, ob der Kosmos uns das durchgehen lassen würde. Aber zumindest hatte das Universum Anjano nicht durch irgendeine Intervention gezwungen zurückzukehren, und das war doch schon einmal ein gutes Zeichen.

»Komm her«, sagte Anjano. »Lass mich dich im Arm halten.«

Ich kuschelte mich eng an ihn. Anjanos Herz schlug stark und gleichmäßig, und je länger ich diesem Rhythmus zuhörte, desto mehr glich sich mein Herz dem seinen an und schlug schließlich im gleichen Takt.

Anjano ließ eine meiner Locken durch seine Finger gleiten. »Du bist glücklich.«

»Ja. Ich bin hier und jetzt glücklich, und das ist alles, was zählt«, erwiderte ich, zog seinen Kopf näher und lehnte meine Stirn gegen seine. Ich wollte ihn so nah wie möglich spüren, wollte ihm durch die Verbindung unserer Haut all meine Gefühle übermitteln. Dabei kam ich ihm immer näher … bis sich unsere Lippen berührten.

Es geschah zufällig, beiläufig, ungeplant.

Aber es geschah.

Ruckartig zuckte ich zurück und starrte Anjano mit großen Augen an. »Was war das?«, stieß ich hervor.

Zwischen Anjanos Brauen bildete sich eine tiefe Furche. Die Berührung unserer Lippen hatte ihn erschreckt. Irgendetwas war nicht in Ordnung. Irgendetwas machte ihm … Angst.

»Was ist los?«, fragte ich aufgescheucht. Wir hatten uns beinahe geküsst! Oder irgendwie wirklich geküsst. Ganz kurz. Für eine Sekunde. Wieso war das nicht verhindert worden? Warum hatte mein Handy nicht geklingelt? Und weshalb versetzte unser kurzer Kuss Anjano in Panik? Ja, Panik. Sie wallte nun wie eine große Nebelwand in ihm auf. Doch dann schloss er die Augen und schien sich selbst zu beruhigen. Ich fühlte alles genau mit. Die Panik verzog sich nach und nach wie Nebel in der Sonne und machte einem anderen Gefühl Platz: kribbelnder Vorfreude. Als er die Augen wieder öffnete, lag etwas in seinem Blick, das meinen Körper innerhalb von Millisekunden vollständig unter Strom setzte.

Was ging hier vor sich?

»Wovor hattest du Angst?«, fragte ich ihn atemlos. »Warum konnten sich unsere Lippen berühren? Weshalb –«

Anjano legte einen Finger auf meine Lippen. »Scht«, machte er. »Weißt du noch? Nur hier und jetzt.«

Ja, natürlich. Aber trotzdem! »Du weißt, warum wir uns kurz haben küssen können!«

»Ich weiß es, aber das *Warum* spielt jetzt keine Rolle. Viel wichtiger ist, *dass* wir uns küssen können.«

Mir stockte der Atem. Die Art, wie Anjano das sagte, schickte mir einen heißkalten Schauer über den Rücken.

»Ich glaube, wir dürfen tatsächlich«, raunte er, und seine Vorfreude schwappte zu mir herüber.

Meinte er das ernst? Wir … durften?

Mein Herz schlug schnell und laut.

Anjano streichelte mein Haar.

Ich wagte kaum zu atmen.

Seine Hand wanderte tiefer und strich über meinen Hals, ganz vorsichtig, langsam.

Jede meiner Zellen erbebte. »Wirklich?«, hauchte ich. »Es wird nichts geschehen?«

»Nein«, entgegnete er. »Es ist vorbei.«

Wie er das sagte!

Ich begann zu zittern.

Seine Finger fuhren über meine Brauen, meine Wangenknochen, meine Lippen. Er war so zärtlich, dass ich mich keinen Zentimeter mehr zu bewegen wagte, um nicht die winzigste Nuance seiner Berührungen zu verpassen. Dann legte er seine Hand in meinen Nacken und zog mich zu sich.

Wir schlossen unsere Augen.

Unsere Lippen berührten sich.

Ganz sanft, achtsam, als wären wir zerbrechlich.

Wir verharrten ein paar Augenblicke in der zarten Berührung, dann zog ich mich zurück. »Es geht!«, flüsterte ich. Es ging wirklich. »Wie kann das sein? Was hat sich geändert? Wir –«

»Schalt den Kopf wieder aus«, sagte Anjano und strich mir über die Schläfen. »Jetzt ist nicht der Zeitpunkt nachzudenken.« In seinem Blick lag so viel Sehnsucht, dass ich wie von einem unsichtbaren Sog hineingezogen wurde, hinein in einen Zustand, der nur noch aus Fühlen bestand.

Das Denken schaltete sich aus.

Wir sahen uns an, verschmolzen in unserem Blick.

Und dann küssten wir uns noch einmal. Zuerst ganz zart, wie ein Hauch nur, dann tiefer.

Alle meine Sinne schienen mit einem Mal aufs Höchste geschärft, wahrnehmend, fühlend, schwelgend.

Als Anjano sich von mir löste und mich anblickte, wusste ich, was er fragen wollte.

»Darf ich dein Liebhaber sein?«, flüsterte er.

»Ja«, antwortete ich. Aus ganzem Herzen. Voller prickelnder Vorfreude, Neugier, Liebe. Und dem Wunsch, diesem verlangenden Gefühl in mir noch viel weiter auf den Grund zu gehen.

Anjano lächelte, liebkoste mich mit seinen Augen und zog mich ganz nah an sich.

Ich war aufgeregt, ich war unerfahren, aber das machte alles überhaupt nichts. Ich fühlte mich mit Anjano so sicher, so geborgen und beschützt, dass all die Dinge, vor denen ich zuvor Angst gehabt hatte, keine Rolle mehr spielten.

Anjano liebte mich mit ganzer Seele. Er schenkte sich mir, und ich schenkte mich ihm.

Silber. Rot. Tiefes Rot. Ich schwebte wie in einem silberroten Wolkenrausch, fühlte mich schwerelos leicht und bestand nur noch aus Haut, die berührt werden wollte.

Anjano war behutsam, ließ mich spüren, ließ mir Zeit.

Niemals hätte ich es mir so wunderschön vorgestellt.

Niemals hätte ich gedacht, dass zwei Liebende tatsächlich eins werden konnten.

Doch wir wurden eins.

Und die Zeit blieb stehen.

Für einen Augenblick.

Für die Ewigkeit.

18.

Als der Abend kam, liebten wir uns ein zweites Mal, leidenschaftlicher als zuvor, und lachten doch beide laut darüber, dass wir uns beim Gebrauch der Kondome ein wenig dumm anstellten. Schließlich schliefen wir eng umschlungen ein.

Am nächsten Morgen badeten wir im Teich, und ich verspürte keinerlei Scham, mich Anjano im hellen Sonnenlicht nackt zu zeigen. Meine knochige Figur, mein kaum vorhandener Busen, die Sommersprossen auf den Schultern – all das durfte er sehen, und als er es betrachtete, fühlte ich mich schön. Ich betrachtete ihn ebenfalls ganz ohne Scheu, ermuntert durch sein heiteres Ungezwungensein, und verstand zum ersten Mal den Zauber von Nacktheit.

Nach unserem Bad pflückten wir Gemüse auf den Feldern des Bauern, aßen es noch im Gehen, kehrten zur Lichtung zurück und liebten uns erneut. Dann lagen wir einfach nur da, stundenlang, bis wir wieder hungrig wurden und uns auf meinem kleinen Campingkocher ein Abendessen zubereiteten. Bei flackerndem Feuer vertraute Anjano mir weitere Geheimnisse seiner Welt an, erzählte von der Vergangenheit, die meine Zukunft war, und ließ mit seiner melodiösen Stimme, seinen blitzenden Augen und einzigartigen Gesten all das lebendig werden, was die Menschheit in vierhundertfünfzig Jahren erschaffen und vollbracht hatte. Ich lauschte ihm aufmerksam, manchmal kritisch, manchmal ungläubig, doch voller Respekt, und die Wunder der kommenden Jahrhunderte verwoben sich vor meinem inneren Auge mehr und mehr zu einem vollständigen Bild. Zwar fragte ich mich hin und wieder immer noch, warum ich all das hören durfte, steigerte mich aber nicht in das ungelöste Rätsel hinein. Ich musste mittlerweile keinen Minigolfschläger mehr benutzen, um irgendetwas aus meinem Kopf zu verbannen, denn ich hatte keine Angst mehr vor Gedanken. Ich ließ sie einfach ziehen, wenn sie mir nicht weiterhalfen, und blieb nicht an ihnen kleben.

Als bereits die Sterne über uns funkelten, legten wir uns auf eine Decke ins hohe Gras, blickten Kopf an Kopf in den gigantischen Sommerhimmel, und ich badete geradezu in dem allumfassenden Gefühl der Ungebundenheit und Lebendigkeit.

Die Zeit verging herrlich langsam und intensiv. Jeder Augenblick war kostbar. Anjano und ich taten nicht viel, lebten einfach in den Tag hinein und erfuhren dabei nichts weniger als vollkommenes Glück.

Anjano saß oft am Teich und arbeitete mit dem Küchenmesser an einer Holzschnitzerei, einem kleinen Herzen mit filigranem Oberflächenmuster. Das Holz war während der Arbeit an einer Stelle aufgesprungen, und nun war ein Loch im Herzen, aber die Schnitzerei war dennoch wunderschön, und Anjanos Erfahrung als Eisbildhauer ließ sie zu einem richtigen Kunstwerk werden.

Morgens standen wir meist schon bei Sonnenaufgang auf der Wiese, und Anjano lehrte mich eine aufrechte Körperhaltung. Er brachte mir bei, die Schultern zurückzunehmen, meine Bewegungen frei fließen zu lassen, und zeigte mir, wie ich mit beiden Beinen so fest auf dem Boden stehen konnte, als hätte ich Wurzeln. Meine Haltung änderte sich, jeden Tag ein Stückchen mehr, und je aufrechter ich stand, desto stärker wurde ich innerlich.

Nichts stellte sich Anjano und mir in den Weg. Es gab keine Interventionen, kein Eingreifen des Kosmos, keine Handyanrufe, keinen Sommersturm. Wir waren frei.

Die Zeit mit Anjano war die wundersamste meines Lebens. Noch nie war ich so tief in die Natur eingetaucht, noch nie war ich so oft barfuß herumgelaufen, hatte noch nie den Wind, die Sonne, das Gras unter meinen Füßen derart stark gespürt. Noch nie hatte ich *mich* so sehr gespürt.

Doch das Glück war nicht für die Ewigkeit gemacht.

Es war endlich.

Nach ein paar Tagen begann ich es zu ahnen, und am achten Tag wurde es offensichtlich.

Die sommerliche Idylle, die Seligkeit, mit der wir die Tage durchlebt hatten, verschwand. Sie verschwand über Nacht, denn eines Morgens, am Morgen des achten Tages, brach die Realität mit aller Macht über uns herein.

Anjano hatte Fieber.

In den vergangenen Tagen hatte er kaum noch gehustet, aber sein Atem hatte zunehmend gerasselt, als seien seine Lungen wund und verletzt. Einmal, als wir im Morgengrauen fließende Bewegungsabläufe geübt hatten, bekam er nicht genügend Luft und musste sich hinsetzen. Durchtrainiert und stark wie er war, hatte Anjano am folgenden Tag nicht die Kraft gehabt, mit mir zum Feld zu gehen.

Seine Haut wies immer stärkere Verbrennungserscheinungen auf. Gleichgültig, wie sehr er sich bemühte, den Tag über im Schatten zu bleiben – am Abend war er rot und verbrannt. Ich legte ihm immer wieder die Hände auf, aber der Heileffekt ließ zusehends nach.

Am Morgen des achten Tages auf der Lichtung begann das Ende.

Als ich aufwachte und Anjanos Herz an meinem Rücken spürte, seufzte ich tief vor Zufriedenheit, so wie ich es in den vergangenen Tagen an jedem Morgen getan hatte. Ich drehte mich zu Anjano um und küsste ihn, doch er wachte nicht auf. Sachte strich ich ihm über die Stirn. Er fühlte sich heiß an, aber das war wahrscheinlich der stickigen Luft zuzuschreiben, die an diesem Morgen über der Lichtung hing. Leise huschte ich aus dem Unterschlupf, wusch mich und sammelte ein paar wilde Erdbeeren fürs Frühstück. Als ich zurückkam, erschrak ich. Anjano schien zu glühen, und auf seiner Stirn standen Schweißperlen. Bestürzt kniete ich mich neben ihn. »Anjano!«

Er wachte auf. »Was …«, murmelte er und fuhr sich an den Kopf. »Oh.« Gequält verzog er das Gesicht.

»Hast du Schmerzen?«

»Alles tut weh«, stieß er hervor. Seine Augen waren unruhig. Sein Atem rasselte mehr denn je.

Schnell holte ich das Fieberthermometer aus meiner Tasche und steckte es ihm in den Mund. Zehn Sekunden später piepste es. »41,2 Grad«, las ich erschrocken ab und legte ihm sofort die Hände auf die Schläfen. Meine Handflächen wurden warm, dann heiß, schließlich leuchteten sie. Als ich sie wieder herunternahm, sah Anjano allerdings genauso fiebrig und krank aus wie zuvor. »Hat es nichts gebracht?«

»Nein«, sagte er und kämpfte gegen ein lauerndes Gefühl der Angst an. Ich spürte es um sein Herz herumzüngeln. Dann schaute er mich mit einem Blick an, der mich bis ins Mark traf. In seinen Augen lag eine schreckliche Wahrheit. »Juli …«

»Was? Was ist los?«

»Es ist so weit.«

»Was meinst du? Was ist so weit?«, fragte ich erstickt und wollte es doch nicht hören, wollte mir am liebsten die Ohren zuhalten und der wartenden Wahrheit in seinen Augen nicht erlauben, sich zwischen uns zu drängen.

Anjano sprach leise, heiser. »Die Schädigung meines Körpers ist inzwischen so weit fortgeschritten, dass Handauflegen keine Wirkung mehr hat.«

Leere. In meinem Kopf herrschte Leere.

»Ich werde sterben«, sagte er.

Entsetzt schüttelte ich den Kopf, starrte ihn an. Sekundenlang, minutenlang. Dann schlug ich voll Grauen die Hand vor den Mund. »Nein. O Gott, bitte nein …«

Anjano schwieg.

Es war totenstill auf der Lichtung, totenstill in mir.

Und in der Stille verstand ich.

»Du …« Mir brach die Stimme weg. »Du hast es gewusst«, flüsterte ich. »Du hast gewusst, dass du sterben wirst. Als du dich entschieden hast hierzubleiben, wusstest du, dass es deinen Tod bedeuten würde!« Tränen sammelten sich in meinen Augen und fielen herab. »Deshalb war dein Vater so entsetzt. Er wusste es auch. Er wusste, dass er dich niemals wiedersehen würde.«

Anjano nickte. »Uns war klar, dass mein Körper den Belastungen dieser Zeit nicht lange standhalten würde. Ich hatte allerdings gedacht, dass wir ein paar Wochen oder vielleicht sogar Monate zusammen hätten.« Ihm traten nun selbst Tränen in die Augen, doch gleichzeitig lächelte er. »So sollte es aber wohl nicht sein.«

Ich konnte nichts sagen.

Er war hiergeblieben, obwohl er gewusst hatte, dass dies sein Todesurteil sein würde. Eine kurze Zeit mit mir war ihm wichtiger gewesen als weitere dreihundert Jahre in seiner perfekten Welt!

»Ich bereue nichts. Ich will, dass du das weißt, Juli: Ich würde mich jedes Mal wieder so entscheiden.«

Verzweifelt nahm ich seine Hand, klammerte mich daran fest und musste schmerzvoll erkennen, dass ich diesen Lauf der Dinge hätte voraussehen können – dass ich mich nur hätte trauen müssen, eine weitere Hypothese aufzustellen. Denn durch den Obdachlosen hatte ich begriffen, dass allein der Tod das Großvaterparadoxon außer Kraft setzen konnte. Dass die Naturgesetze nur beim bevorstehenden Tod eines Menschen aufhörten zu intervenieren.

»Deswegen konnten wir uns lieben«, flüsterte ich. »Von dem Moment an, in dem du die Entscheidung getroffen hast hierzubleiben, war es für uns möglich, ein Liebespaar zu werden. Weil du mit deiner Entscheidung deinen Tod besiegelt hast!«

»Ja. Offenbar konnte erst durch meinen Tod sichergestellt werden, dass ich keinen Platz einnehmen würde, der mir nicht zusteht.«

»Meinst du damit, mein Mann zu werden?«

»Genau. Das darf ich allem Anschein nach auf keinen Fall. Es würde offensichtlich dem Lauf der Geschichte widersprechen.«

»Deswegen war es uns vor deiner Entscheidung nicht erlaubt, uns zu küssen? Damit du nicht mein Mann wirst?«

»Es scheint so zu sein. Durch die Interventionen haben die Naturgesetze diesem Szenario vorgebeugt, so dass ich nicht denjenigen blockiere, der dich eines Tages lieben soll.«

Ich wischte mir zittrig über die Augen. »Ich will doch gar nicht heiraten!«

Anjano lächelte. »Natürlich willst du das.«

»Wenn ich jemals heirate, dann dich!«

Er streichelte meinen Handrücken. »Wir sind nicht füreinander bestimmt.«

»Aber der Kosmos hat doch dafür gesorgt, dass wir uns begegnen!«, schluchzte ich. »Das scheint dem Lauf der Geschichte also nicht zu widersprechen! Warum hat er uns denn, verdammt nochmal, zusammengeführt, wenn nicht, damit wir uns ineinander verlieben?«

»Das frage ich mich auch, aber ich habe keine Antwort.«

Ich schluckte gegen die in mir aufsteigende Panik an. »Sobald sicher war, dass du sterben würdest …«

»… machte es für die Natur und den Erhalt der historischen Abläufe keinen Unterschied mehr, ob wir uns lieben oder nicht. Denn ich kann dem Mann, der eines Tages an deiner Seite sein soll, nicht mehr im Wege stehen.«

Ich schrie auf. »Diesen blöden Kerl will ich niemals kennenlernen! Ich will dich!«

Anjano hustete kurz und sprach mit belegter Stimme weiter. »Ich habe das auch erst in dem Moment verstanden, in dem wir uns zum ersten Mal geküsst haben. In diesem Augenblick wurde mir klar, dass mein Tod nur noch eine Frage von wenigen Tagen sein kann.«

»Nein!«, rief ich in blinder Angst und fuhr hoch. »Du darfst nicht sterben!« Hastig griff ich nach meinem Handy und wählte den Notruf – was natürlich absoluter Unsinn war und vom Kosmos augenblicklich mit *Kein Netz* kommentiert wurde. »Vielleicht kann meine Mutter dir helfen!« Ich fuchtelte sinnlos mit dem Handy herum. »Sie weiß alles über Atemwege, was man wissen kann!«

Anjano sah mich nur an. Er musste gar nichts sagen. Ich wusste es ja selbst. Aber ich war verzweifelt.

»Gibt es irgendeine Möglichkeit, die Zeitachse zu aktivieren, damit du zurückkehren kannst?«, fragte ich mit dünner Stimme. »Können wir sie irgendwie künstlich öffnen?«

»Ich weiß nicht. Ich glaube nicht.«

»In vierhundertfünfzig Jahren habt ihr es nicht geschafft, das herauszukriegen? Was seid ihr denn für Wissenschaftler?!«

Er lächelte schwach. »Wenn Mamuta Anjani es nicht geschafft hat, die Achsen zu steuern, dann ist es wahrscheinlich unmöglich. Sie ist immerhin die größte Koryphäe auf dem Gebiet der Quantenwissenschaft.«

Ich ließ die Hände sinken. »Aber was sollen wir denn tun?«

»Nichts. Wir bleiben einfach hier und genießen jeden Moment. So wie vorher auch.«

»Aber du wirst sterben!«

»Wir sterben alle irgendwann. Es kommt nur darauf an, dass wir bis dahin etwas aus unserem Leben machen und dass wir jeden Tag nutzen«, wiederholte er seine eigenen Worte. »Und das habe ich getan. Ich bin sehr zufrieden mit meinem Leben. Vor allem mit dem Schluss.« Er blitzte mich mit seinen schönen Augen an.

Ich konnte jedoch nicht zurücklächeln. Weinend saß ich da und hatte das Gefühl, als würde sich ein riesiger Betonklotz auf meinen Brustkorb schieben. Ich konnte nichts tun. Ich konnte Anjano nicht retten. Er würde sterben.

»Komm her«, sagte er und zog leicht an meiner Hand. »Lass mich dich festhalten.«

Ich rührte mich nicht, wollte mich am liebsten nie wieder bewegen, als könnte ich damit irgendetwas hinauszögern. Aber es hatte keinen Zweck.

Unser Schicksal war besiegelt.

Mit tränennassem Gesicht legte ich mich zu ihm und

presste das Ohr an sein Herz. Ich hörte ihm zu, dem einen Herzen, dem ich lauschen wollte.

»Als ich ein kleiner Junge war, nahm meine Mutter mich oft mit zu ihrem Lieblingsplatz, einer Hütte am Waldrand …«, begann Anjano und erzählte mir nun von seiner Kindheit, seinen Eltern, Großeltern, seinen sieben Geschwistern, von einem Wolf, der in seiner Jugend sein bester Freund gewesen war. Mit strahlenden Augen ließ er sein gesamtes Leben Revue passieren, die schönen Momente, die lehrreichen Momente, diejenigen dazwischen. Ich drückte mich eng an ihn oder sah ihn an, hörte ihm zu, weinte immer wieder, so wie er auch. Doch mein Weinen war ein verzweifeltes, seines war voller Ruhe.

Am Abend, als die Sonne sich zu neigen begann, konnte Anjano nicht mehr sprechen. Ihm fehlte die Luft. Sein Atem ging abgehackt und rau, seine Augen glänzten fiebrig.

Ich setzte mich auf und schaute ihn an. Es war bald so weit.

Mit einer Bewegung, die größer war als ich, nahm ich sein Gesicht in meine Hände und blickte ihm tief in die Augen. »Danke«, sagte ich. »Du hast aus mir einen anderen Menschen gemacht.«

Anjano zwinkerte, und in seinen Augen lag so viel Wärme, dass ich mir unmöglich vorstellen konnte, sie würden bald tot sein.

Ich küsste ihn mit aller Hingabe, mit aller Macht, die mir meine Liebe in diesem Augenblick verlieh.

Dann setzte ich mich hinter ihn, zog ihn an mich, umarmte ihn wie die Urmutter aller Liebenden, um ihn beim Sterben zu stützen.

Es dauerte nicht lange.

Anjanos Atem wurde zunehmend unregelmäßig, setzte immer wieder und immer länger aus, bis er schließlich gänzlich verstummte.

Und dann starb Anjano.

Er ging leise, zart, wie eine stille Wärme, die der aufziehenden Kälte weichen muss.

Sein Herz, der wunderschönste Klang der Welt, war für immer verklungen.

Ich schluchzte auf und wiegte Anjano verzweifelt in meinen Armen. Sein Körper war noch warm. Wie konnte es sein, dass er tot war? Doch ich spürte ihn nicht mehr. Anjanos Gefühle, sein silbernes Innerstes, seine Farben, seine Leichtigkeit ... all das war fort. Mit jedem vorbeiziehenden Augenblick verblasste das, was ich an ihm liebte, mehr und mehr, wie ein Nebelbild, das sich in Luft auflöst.

Eine kleine Ewigkeit lang wiegte ich ihn.

Doch ich musste ihn loslassen.

Er war gegangen.

Ich zwang mich, ihn vorsichtig zur Seite zu legen. Mit aller Sorgfalt bettete ich ihn auf ein Kissen, streichelte seine Wange. »Ich kann mir nicht vorstellen, jemals wieder jemanden so sehr zu lieben wie dich«, flüsterte ich und küsste ihn ein letztes Mal.

Dann erhob ich mich und trat mit zentnerschweren Gliedern hinaus auf die Lichtung.

Das Licht der Sonne, die Geräusche der Wiese, der Duft der Blumen – alles war dasselbe, und doch fühlte sich nichts mehr an wie zuvor. Die Welt war nicht mehr dieselbe, und ich war es auch nicht.

Ich würde es nie wieder sein.

19.

Hallo, Juli«, sagte plötzlich eine Stimme. Erschrocken fuhr ich herum.

Am Teich stand eine alte Frau. Ihr Haar war lang und silbergrau, ihr Gesicht runzelig, ihr Rücken gebeugt, als hätten Hunderte von Jahren ihren Tribut gefordert. Sie trug eine übergroße Sonnenbrille und eine gepolsterte weiße Tunika, die ihr bis zu den Knöcheln reichte.

Unverhohlen starrte ich die Frau an. »Sie sind aus der Zukunft«, stellte ich fest. Es war keine Frage. Das Zeitsprung-Outfit sprach Bände.

Die Frau kam mit erstaunlich leichtfüßigen Schritten näher, blieb vor mir stehen und betrachtete mich. »Juli.« In ihrer Stimme schwang etwas Undefinierbares mit. Es klang fast wie Rührung. Die Frau verspürte zudem den starken Wunsch, mich in den Arm zu nehmen. Es war beinahe, als ob sie einen geliebten Menschen treffen würde, den sie lange nicht gesehen hatte. Aber ich war so verwirrt und traurig, dass ich mich auch irren konnte.

Ich zog die Nase hoch und wischte mir mit dem Ärmel über das Gesicht. »Hallo«, sagte ich und blieb mit dem Blick an den tiefen Mund- und Wangenfalten der Frau hängen. Ich hatte noch nie derart verknitterte Haut gesehen.

»Ich bin der älteste Mensch der Welt«, erklärte sie leichthin. »Da darf man so aussehen.«

Sprachlos starrte ich sie an.

»Ist er schon tot?«, fragte die Frau nun, und ihre Worte versetzten meinem Herzen einen brutalen Stich.

»Ja«, flüsterte ich. »Er ist gerade eben gestorben.«

»Oh.« Sie senkte den Kopf. »Gerade eben erst …«

Für einen Moment schloss ich die heißgeweinten Augen. »Wer sind Sie?«

Sie hustete und legte sich die Hände auf den Brustkorb. »Ich bin Anjani, seine Urgroßmutter.«

»Seine Mamuta …«, murmelte ich und merkte, wie wohl ich mich in der Gegenwart dieser Frau fühlte. Sie war mir seltsam vertraut, als würde ich sie schon mein Leben lang kennen. Es war beinahe, als hätte ich irgendetwas an ihr *er*kannt, aber ich konnte nicht sagen, was. »Wie sind Sie hierhergekommen? Ich habe die Zeitachse gar nicht fiepen gehört.«

»Ich weiß nicht, ob Anjano es dir erzählt hat, aber ich bin Quantenphysikerin.« Es schien fast, als zwinkerte sie, aber ganz sicher war ich mir nicht. »Es ist schon ein paar Jahrhunderte her, da habe ich herausgefunden, wie man die Achsen stimulieren kann, so dass sie sich öffnen, wann immer man will.«

»Was? Und das haben Sie niemandem gesagt?«

Ihre tiefen Mundfalten bogen sich verschmitzt nach oben. »Wenn ich das publik gemacht hätte, hätten noch mehr Leute noch viel öfter in der Zeit herumhüpfen wollen, und es war schon schwer genug, sie davon zu überzeugen, dass Zeitsprünge generell keine gute Idee sind. Was dabei herauskommt, ist nämlich nichts als ein riesiges Kuddelmuddel!« Sie sprach fast akzentfrei, und ihr Tonfall war sorglos, geradezu heiter.

»*Sie* haben dafür gesorgt, dass die Zeitreisen eingestellt wurden?«

»Ich habe das Zeitsprungprogramm damals abbrechen lassen, weil ich es war, die die Zeitachsen überhaupt erst entdeckt hatte. Deswegen war es meine Pflicht, darauf zu achten, dass kein Schindluder damit getrieben wurde.« Schmunzelnd fügte sie hinzu: »Gerade eben bin ich übrigens zum ersten Mal selbst durch die Zeit gesprungen. Es kitzelt mehr, als ich dachte.«

Ich starrte sie an. In meinem Kopf arbeitete es. »Wenn Sie jederzeit hätten herkommen können, warum sind Sie erst jetzt hier?«, fragte ich, und meine Stimme schraubte sich ein wenig höher. »Sein Vater hat Ihnen doch bestimmt gesagt, was Anjano vorhatte. Sie hätten ihn retten können!«

»Brix, sein Vater, hat mir alles erzählt«, bestätigte Anjani. »Er hat mir gesagt, was Anjanos Wünsche waren. Und genau daran habe ich mich gehalten.«

Ich schlug die Augen nieder.

»Anjano wollte hier bei dir bleiben, und das habe ich respektiert«, erklärte sie. »Ich ahnte allerdings, dass er nicht mehrere Wochen haben würde, wie er es wohl hoffte. Aber ich kenne Anjano sehr gut. Er hat sich immer nach der großen Liebe gesehnt, nach einer Liebe, für die man sterben würde, und offenbar hat er diese Liebe bei dir gefunden.« Sie lächelte sanft. »Jeder Tag mit dir wird ihm die Welt bedeutet haben. Davon wollte ich ihm keinen einzigen fortnehmen.«

Ich umschlang mit den Armen meinen Oberkörper.

Anjani seufzte. »Außerdem wären seine körperlichen Schäden auch für unsere Heilkundigen zu weit fortgeschritten gewesen. Selbst in der Zukunft hätte man ihn nach seiner Entscheidung nicht mehr retten können.« Sie legte den Kopf schief. »Ich nehme an, dass die Interventionen, die euch anfangs davon abgehalten haben, euch näherzukommen, nach seiner Entscheidung nicht mehr aufgetreten sind?«

»Nein.«

»Natürlich nicht.« Anjani grinste. »Dann habt ihr eure Zeit also noch gut genutzt?«

»Äh ... ja«, erwiderte ich und errötete.

»Schön!« Anjani lachte, und ich erstarrte. Etwas an diesem Lachen war mir vertraut. Ich kannte dieses Lachen!

»Sind wir uns schon einmal begegnet?«, fragte ich.

Anjani machte eine Geste, als könne es das eine oder das andere sein. »Vielleicht.« Offenbar wollte sie mir dazu nichts sagen. Stattdessen lachte sie wieder. Ihr Lachen war ansteckend perlig und leicht, aber ich lachte trotzdem nicht mit. Keine zehn Meter von uns entfernt lag Anjanos toter Körper.

Ich rieb mir die Augen. »Weswegen sind Sie hier?«

»Ich will Anjano mitnehmen. Er soll in unserer Zeit bestattet werden«, antwortete Anjani und hustete erneut. »Außerdem wollte ich dich sehen.«

»Mich?«

»Ja. Ich möchte dir das hier geben.« Sie zog einen Briefumschlag aus der Tasche ihrer Tunika und reichte ihn mir. Er war fadenscheinig und roch ziemlich muffig. »Er ist dreihundert Jahre alt«, erklärte sie. »Im fünfundzwanzigsten Jahrhundert gibt es keine Briefumschläge mehr. Zum Glück habe ich einen im Museum auftreiben können.« Nun war ich mir ganz sicher, dass sie zwinkerte.

Ich stierte sie perplex an, dann den Brief, den ich mit spitzen Fingern in der Hand hielt, um ihn nicht zu beschädigen.

»Du darfst diesen Brief aber nicht sofort lesen.«

»Wann soll ich ihn denn lesen?«

»Erst dann, wenn du weißt, was du willst, wer du bist und warum das alles geschieht«, erklärte sie und ich merkte, wie wichtig ihr jedes einzelne Wort war. Ich hatte zwar keine Ahnung, was das zu bedeuten hatte, speicherte ihre Anweisung jedoch wortwörtlich in meinem Kopf ab.

»Versprichst du mir das?«

»Ja. Ich verspreche es.«

Anjani schien zufrieden und lächelte.

Ich fand ihre Heiterkeit angesichts der Situation wirklich unangebracht, aber wer war ich, mich mit der größten Quantenphysikerin aller Zeiten anzulegen? Da fiel mir ein, dass sie mir besser als jeder andere erklären konnte, was es mit den Interventionen auf sich hatte. »Sobald es um Zeitreisen geht, zeigen sich die Naturgesetze von einer Seite, die man kaum für möglich hält«, fing ich unpräzise an und überlegte, wie ich meine Frage formulieren sollte.

Anjani war sofort ganz Ohr. »Im Umfeld von Zeitsprüngen beweist uns die Natur, welche Macht sie hat! Durch die Interventionen schützt sie sich selbst vor Paradoxa und demonstriert dabei ihre unendlichen Möglichkeiten«, dozierte sie, und ich hörte ihr die große Verehrung für ihr Fach an.

»Warum haben die Naturgesetze nicht verhindert, dass Anjano und ich uns kennenlernen konnten?«, hakte ich sogleich nach und blickte Anjani bittend an. Sie musste es mir einfach erklären! »Wieso durfte ich ihm so nahe kommen? Wieso haben die Interventionen nur an bestimmten Punkten eingesetzt?«

»Wenn ihr euch küssen wolltet?«

»Ja, und wenn ich über ihn sprechen wollte. Ich konnte niemandem von ihm erzählen!«

Anjani schnalzte mit der Zunge. »Sicher …«, murmelte sie.

Sie wusste etwas!

Sie wusste, was das alles zu bedeuten hatte!

»Juli«, sagte Anjani ernsthaft. »Es war kein Zufall, dass ihr euch begegnet seid.«

Na, das hatte ich mir auch schon gedacht! »Aber was ist der Grund? Warum mussten wir uns treffen?«

Sie schüttelte so heftig den Kopf, dass ihre silbergrauen Haare flogen. »Das kann ich dir nicht sagen. Noch nicht.«

Ich stöhnte frustriert.

»Es steht in dem Brief. Darin erkläre ich dir alles.«

Mein Kopf fuhr hoch. »Hier drin ist die Antwort?«, fragte ich und wedelte mit dem muffigen Briefumschlag durch die Luft.

»Ja. Aber denk an dein Versprechen! Du darfst ihn erst lesen, wenn du dir über deinen Weg im Klaren bist.«

Ich verzog den Mund.

»Juli, du weißt schon sehr viel über die Zeit, die Welt und die Zukunft. Gib dir selbst die Chance, ein paar Dinge allein herauszufinden.«

Ich nickte zähneknirschend. Das ergab irgendwie Sinn. Leider.

Anjani blickte sich um. »Wo ist er?«

Ich holte geräuschvoll Luft. »Dort«, antwortete ich und wies auf unseren Unterschlupf.

Sie nickte. »Ich werde ihn nun mitnehmen. Am besten gehst du nach Hause. Du willst das hier bestimmt nicht sehen.« Sie legte mir die Hand auf die Schulter. »Auf Wiedersehen, Juli«, sagte sie weich. Dann ging sie mit geschmeidigen Schritten zum Unterschlupf, ließ sich auf die Knie nieder und krabbelte hinein.

Ich hatte keinen Zweifel, dass sie Anjano entweder selbst tragen oder mit irgendeinem magnetischen Draht-Strang zur Achse befördern würde, und das wollte ich tatsächlich nicht sehen.

Ich hatte mich bereits von ihm verabschiedet.

Es gab für mich hier nichts mehr zu tun.

Es war vorbei.

20.

Wie in Trance ging ich nach Hause, mit kleinen Schritten, die mir gewaltig erschienen, denn mit jedem einzelnen entfernte ich mich weiter von ihm.

Mein Herz war voll. Leer. Taub. Schmerzhaft lebendig.

Und ich war nur die Hülle, die das arme Herz herumtrug.

Als ich schließlich vor unserem Haus stand, beschloss ich, mich für eine Weile auf das Dach zu setzen. Ich hatte noch nie auf dem Dach gesessen, wäre nie auch nur auf die Idee gekommen, aber nun erschien es mir sehr viel einladender als alles, was im Haus auf mich wartete.

Und so kletterte ich am Efeugitter hinauf, flinker, als ich es je für möglich gehalten hätte, kroch auf allen vieren über die Schindeln und ließ mich mitten auf der Dachkrone nieder. Der Ausblick war atemberaubend. Der gesamte Wohnwinkel lag mir zu Füßen.

Es war völlig verrückt, dass ich hier saß. Es war gefährlich und dumm, außerdem würde mich bestimmt jemand hier oben entdecken – oder auch nicht. Die Sonne ging gerade unter, und bald würde die Nacht hereinbrechen. Im Dunkeln hielt man mich bestimmt für eine Katze.

Der Sonnenuntergang sprühte feuerrote, zartrosafarbene und brennend violette Magie in verschwenderischer Fülle über den gesamten Himmel, wie ein Maler, der gar nicht einsieht, warum er mit seinen Farben sparsam umgehen soll.

Ich blieb sitzen, als die ersten Sterne am Himmel erschienen, und ich blieb sitzen, als der Mond seine volle Leuchtkraft erreichte, als überall die Lichter erloschen und es still wurde in den Straßen. Die ganze Nacht blieb ich dort.

Ich saß.

Fühlte.

Ich dachte keinen einzigen Gedanken.

Im Morgengrauen erhob ich mich mit starren Knochen und kletterte hinab, Anjanis Brief in der Brusttasche meines Kleides, dicht an meinem Herzen.

Ich betrat unser Haus und schlich mich in mein Zimmer. Ich wollte mit niemandem sprechen, wollte nichts erklären. Ich war so traurig, dass ich dachte, das tiefe, dunkle Loch, das Anjano in meinem Herzen hinterlassen hatte, würde mich jeden Moment verschlucken. Ich setzte mich aufs Bett und starrte ins Leere. Irgendwann kam meine Mutter herein und fragte mich etwas, aber ich antwortete nur, dass ich in Ruhe gelassen werden und niemanden sehen wollte.

Und so saß ich stundenlang, tagelang. Hin und wieder stand ich auf, ging aufs Klo, wusch mein Gesicht, aß etwas, saß schweigend mit meinen Eltern am Tisch und hatte das Gefühl, alles zöge wie Nebel an mir vorbei. Ich spürte, dass sie sich Sorgen um mich machten, aber sie fragten nicht mehr.

Nach einer Woche wachte ich morgens auf und fühlte mich unruhig, als dränge mich etwas. Mich drängte das Gefühl aufzuhören. Ich musste aufhören, mich zu verkriechen, musste aufhören zu leiden, oder das Loch in meinem Herzen würde mich wirklich für immer verschlucken. Es tat so unglaublich weh.

Mir entfuhr ein Wimmerlaut, und Tränen traten mir in die Augen. Aber dann schüttelte ich den Kopf. Zuerst zaghaft, doch immer entschlossener. »Nein«, sagte ich laut zu mir selbst. »Nein.« Anjano hätte nicht gewollt, dass ich mich nie wieder freuen konnte. Er hätte gewollt, dass ich mein Leben genieße, etwas daraus mache, aus jedem Augenblick.

Es musste weitergehen.

Für ihn.

Mit fest aufeinander gepressten Zähnen begann ich nachzudenken. Was sollte ich tun? Vor mir lagen sechs lange Wochen Sommerferien.

Ich stand auf, zog mich an und ging nach unten.

Dort stolperte ich über einen Karton, der im Weg stand. Einen Umzugskarton.

»Juli, bist du das?«, rief die Stimme meines Vaters. Er kam aus der Küche und blieb vor mir stehen. »Guten Morgen«, grüßte er steif und schien zu überlegen, ob er mich fragen sollte, wie es mir ging. Offenbar verwarf er diese Idee jedoch. »Ich ziehe aus«, erklärte er sachlich und wies auf ein Dutzend weitere Umzugskartons in der Halle. Die protzigen Skulpturen waren alle schon fort, ebenso die hässlichen Gemälde. »Deine Mutter und ich waren der Meinung, dass es nicht sinnvoll ist, die Sache noch länger aufzuschieben.«

Ich schauderte. Alles an ihm war steinhart. Seine Miene, seine Stimme, seine Gefühle.

»Ich komme bestimmt öfter zu Besuch«, versicherte er.

»Bestimmt?«, wiederholte ich skeptisch, denn ich spürte deutlich, dass mein Vater dieses Haus am liebsten nicht so schnell wieder betreten wollte.

»Wir können regelmäßig alle zusammen essen, vielleicht jeden Freitagabend«, erklärte er, obwohl das für ihn eine fürchterliche Vorstellung war. Er wollte nicht zum Essen kommen. Er wollte nicht mehr mit meiner Mutter am Tisch sitzen. »Ich werde diesem Termin Priorität einräumen, und du kannst dich darauf verlassen, dass ich jeden Freitag –«

Ich legte ihm die Hand aufs Herz.

Abrupt verstummte er.

Meine Hand wurde warm.

Er zuckte zurück, doch ich ließ ihn nicht gehen, ließ die Verbindung nicht abbrechen und hielt ihn mit meinem Blick fest, während die Energie durch mich hindurch in meine Hand schoss. Dort stockte sie jedoch. Mein Vater baute instinktiv eine Blockade auf. Er wollte die Energie nicht, kannte sie nicht.

»Bitte«, flüsterte ich. »Bitte.«

Da knackte etwas in seinem Herzen, zersprang, und mit einem Mal brandete die Energie in ihn hinein, flutete wie eine riesige Welle in sein vertrocknetes Inneres.

Entsetzt sog er die Luft ein, lang und laut, und starrte mich mit weit aufgerissenen Augen an. »Ahhh ...«, machte er und geriet ins Wanken.

Ich blieb stehen, obwohl ich beinahe einen Schritt mit ihm zur Seite geschwankt wäre, aber Anjano hatte mir nicht umsonst beigebracht, wie man das Gleichgewicht hielt. Ich erdete mich, und meine Füße schlugen Wurzeln.

»Juli«, wisperte mein Vater, und in seine himmelblauen Augen trat etwas, das ich dort sehr lange nicht mehr gesehen hatte. »Weißt du noch, wie wir früher manchmal zusammen ins Naturkundemuseum gegangen sind?«, fragte er, und der Gedanke schien ihm eine geliebte und wohl behütete Erinnerung zu sein. »Lass uns das wieder tun. Nur du und ich.«

»Ja«, antwortete ich mit einem dicken Kloß im Hals. »Nur wir zwei.«

Wir schauten uns an, offen und ohne Masken, und sahen das, was wir sehen mussten. Mein Vater und ich waren einfach die, die wir waren, und wenn wir das anerkannten, dann würden wir uns in Zukunft womöglich sogar freuen, einander zu sehen.

»Ich hab dich lieb«, sagte ich.

»Ich dich auch«, erwiderte er.

Langsam nahm ich die Hand herunter, wandte mich ab und ging mit hocherhobenem Kopf in die Küche.

Ich ließ mich am Küchentisch nieder und spürte die Größe dessen, was passiert war, durch meinen ganzen Körper wogen. Mein Vater fühlte wieder. Ich war aufrecht genug gewesen, ihn zum Fühlen zu bringen. Ich atmete tief durch.

Dann griff ich zum Telefon, das auf dem Tisch lag, und tippte eine Nummer ein.

»Hallo?«, meldete Whoopi sich. Ich hörte diese mir so liebe Stimme, und ich blinzelte meine Tränen weg.

»Hallo«, sagte ich.

Stille. Dann: »Lebst du noch?«

»Ja. Ich lebe noch«, brachte ich hervor.

Ich lebe.

»Und du?«, fragte ich schnell, damit ich nicht wieder anfing zu weinen.

»Ich habe mir in den letzten zwei Wochen das Hirn

zermartert, Juli. Ich hab kaum geschlafen, kaum was gegessen. Ich habe mir tierische Sorgen um dich gemacht und nach einer Antwort gesucht.« Pause. »Ich habe viel gelesen, hab im Internet recherchiert und war jeden Tag in der Bibliothek. Ich bin sogar in der Uni gewesen und habe da mit einem Physik-Professor geredet.« Pause. »Über Naturgesetze.«

Ich wusste nicht, wie viel ich dazu äußern durfte, deswegen sagte ich nur verhalten »Aha«. Innerlich war ich jedoch zum Zerreißen gespannt.

»Ich habe eine Theorie, Juli«, sagte Whoopi.

Ich wagte kaum zu atmen. »Mhm?«

»Die Naturgesetze haben verhindert, dass du mir erzählen konntest, was du erlebt hast. So etwas ist ziemlich krass und eigentlich undenkbar, es sei denn …«

Meine Hand krallte sich ums Telefon.

»… es sei denn, es geht um Zeitreisen.«

Ich schnappte nach Luft.

Himmelherrgott!

Whoopi hatte es herausbekommen! Sie war anhand der wenigen Informationen auf die Lösung gekommen! Das war genial. Unglaublich. Brillant!

»Wenn jemand aus einer anderen Zeit hierherkäme«, fuhr sie fort, und ich konnte das Denkergesicht, das sie garantiert dabei machte, richtig vor mir sehen, »würde er durch die Interaktion mit anderen Menschen ständig Paradoxa erzeugen. Meine Theorie ist, dass die Naturgesetze diesen Paradoxa durch ganz konkrete Eingriffe vorbeugen, zum Beispiel durch kaputte Stifte oder so was.«

Das war unfassbar. Sie war von selbst darauf gekommen!

»Du hast einen Zeitreisenden kennengelernt, richtig?«

Meine Finger schlossen sich noch fester um den Hörer. Durfte ich antworten? Das würden wir gleich wissen. »Ich habe –«, begann ich. Da flog mit lautem Knall ein Vogel gegen die Fensterscheibe. Das Tier landete auf der Fensterbank, rappelte sich auf, schüttelte sich und flog weiter.

Eine Nachricht des Universums.

Eine Warnung.

Ich nickte ergeben. »Das kann ich dir leider nicht sagen, Whoopi.«

»Daran hat sich nichts geändert, hm?«, gab sie bedauernd zurück. »Wie schade. Ich hätte nämlich tausend Fragen! Wieso haben Carla und Larissa den Zeitreisenden gesehen, ich aber nie?«, sprudelte es nun aus ihr hervor. »War er tatsächlich an der Bushaltestelle? Wo genau? Und war er auch da, als ich dich vor der *Kitty Kitchen* getroffen habe? Wieso bist du die ganze Zeit mit ihm unterwegs? Die Naturgesetze müssten doch dafür sorgen, dass auch du in keinen engeren Kontakt zu ihm treten kannst.« Pause. »Bist du in ihn verliebt?«

In mir zog sich alles zusammen.

»Juli?«

»Es ist vorbei«, flüsterte ich so leise, dass ich es selbst kaum hörte.

»Er ist weg?«

»Ja.«

Pause. »Aber ich bin noch hier. Ich bin hier, okay?«

»Danke, Whoopilein«, krächzte ich und kämpfte mit aller Macht gegen die aufsteigenden Tränen an.

»Weißt du, was?«, fragte sie ablenkend. »Zeitreisen sind wirklich ein spannendes Thema.«

Ich lachte hart.

»Nein, im Ernst! Durch die ganzen Nachforschungen habe ich gemerkt, dass dieser Raum-Zeit-Kram irgendwie voll mein Ding ist. Ich meine, ich war in Mathe und Physik nie eine Leuchte, eigentlich in gar keinem Fach, aber das mit den Zeitreisen ist echt faszinierend. Ich frage mich, ob hier in der Gegend irgendwo Wurmlöcher sind, und wenn ja –«

»Zeitachsen«, verbesserte ich unweigerlich und biss mir im nächsten Moment auf die Lippe.

»Zeitachsen? Aha«, sagte Whoopi langsam.

Ich wartete, aber nichts geschah.

»Jedenfalls kann ich mich in diese Thematik irgendwie ganz gut reindenken«, fuhr sie fort. »Deswegen hab ich mich entschlossen, nach dem Abi Quantenphysik zu studieren.«

»Was?«, ächzte ich. »WAS?«

»Zuerst nur Physik, und später spezialisiere ich mich

auf Quantenphysik oder Quantenmechanik. Und dann werde ich Quantenforscherin! Ich entdecke diese Zeitachsen und werde die weltbeste Wissenschaftlerin aller Zeiten!«, rief sie und lachte. »Ich revolutioniere die Naturwissenschaft und bringe ein bisschen frischen Wind in den ganzen verschlafenen Akademikerhaufen …«, plauderte sie nun aufgeregt vor sich hin, aber ich hörte ihr nur noch mit halbem Ohr zu.

Denn mir fiel es gerade wie Schuppen von den Augen.

Ich griff mir an den Kopf.

Die Zahnlücke! Anjani hatte eine Zahnlücke gehabt! Das war es, was mir an ihrem Lachen so bekannt vorgekommen war. Anjani hatte beim Lachen ihre Zahnlücke entblößt – und ich kannte diese Zahnlücke! Denn es war Whoopis.

Konnte das sein?

War das möglich?

Mit einem Mal ergab alles einen Sinn.

Anjani war Whoopi.

Whoopi und Anjani waren ein und dieselbe Person.

Auf der Lichtung hatte ich der uralten Whoopi gegenübergestanden! Deswegen hatte sie so gerührt gewirkt. Weil sie in diesem Moment ihrer besten Freundin von vor vierhundertfünfzig Jahren wiederbegegnet war! Hatte sie aus diesem Grund die riesige Brille getragen? Damit ich sie nicht erkannte? Das hatte funktioniert. Zwar hatte ich eine eigenartige Vertrautheit gespürt, aber nie im Leben wäre ich darauf gekommen, dass die alte Frau meine Whoopi sein könnte! Selbst dann noch nicht, als sie gelacht hatte.

O Gott.

Whoopi – Whoopi! – würde die größte Wissenschaftlerin aller Zeiten werden. Deshalb hatte der Kosmos ihr immer wieder Informationsstückchen über Anjano zugespielt – um ihr Interesse für Zeitreisen zu wecken! Um sie mit diesem Thema zu konfrontieren, um sie dafür zu begeistern!

Meine Gedanken überschlugen sich.

War Anjano deswegen hierhergekommen? Um Whoopi auf den richtigen Weg zu bringen?

Aber wie war das möglich?

Wie konnte ein Zeitreisender aus der Zukunft wichtige Ereignisse in der Vergangenheit verursachen?

War das nicht … ein Paradoxon?

Ganz ruhig, Juli.

Konnte es sein, dass es bestimmte Paradoxa gab, die *nötig* waren, um den chronologischen Zeitablauf sicherzustellen?

Mein Kopf dröhnte.

Whoopi sprach indessen weiter von ihren großen Plänen, davon, in Cambridge einen Doktortitel zu machen, davon, Stephen Hawking zum Tee einzuladen. (Und falls das mit den Zeitreisen irgendwann klappen sollte, könnten sie mit Albert Einstein zu dritt am Tisch sitzen.)

Ich sagte immer wieder »Ah so«, während sämtliche Synapsen in meinem Schädel zur Höchstform aufliefen.

Whoopi war die Urgroßmutter von Anjano. Sie war seine Mamuta – oder würde es eines Tages werden. Das war der Grund, warum Whoopi ihn noch nicht einmal hatte sehen dürfen, obwohl es bei anderen zu oberflächlichem Kontakt mit Anjano hatte kommen können. Whoopi war mit ihm verwandt, Carla und Larissa nicht. Das war der Unterschied. Der Kosmos hatte sicherstellen müssen, dass Anjanos Ankunft in diesem Jahrhundert nicht dazu führte, dass er gar nicht geboren wurde, und deshalb eine direkte Begegnung mit Whoopi verhindert.

Es war kaum zu fassen, mit welcher Präzision die Naturgesetze gearbeitet hatten, wie sorgfältig sie verhindert hatten, dass Anjano und Whoopi miteinander redeten oder dass Whoopi auch nur einen Satz zu viel über ihn hörte, und wie die Natur gleichzeitig dafür gesorgt hatte, dass Whoopi dennoch erst durch seine Anwesenheit für die Raum-Zeit-Forschung entbrannte.

Die Natur ist die größtmögliche Intelligenz, hatte Anjano gesagt, und mir war gerade danach, mich tief vor ihr zu verbeugen. Wie hatte noch einmal dieses Zitat von Marie Sunrise, nein, Sonrisa, gelautet?

Verneigt euch vor dem Geist der Natur, dessen Genie kein Mensch jemals erreichen wird.

Ich hatte gerade das Gefühl, ganz genau zu verstehen, was damit gemeint war.

Während Whoopi nun davon sprach, dass sie sich *Quantenphysik* auf die Stirn tätowieren lassen wollte, breitete sich ein Lächeln auf meinem Gesicht aus.

Ich hatte einen wichtigen Teil des Rätsels gelöst.

Wie lange es auch immer dauern mochte, den Rest herauszubekommen – ich würde Anjanis Brief nicht lesen, bevor ich es nicht allein geschafft hatte.

21.

Ich saß am Küchentisch und grübelte. Das Grübeln lenkte mich davon ab, wie sehr Anjano mir fehlte und wie gern ich mit ihm darüber gesprochen hätte, was ich herausgefunden hatte. Ich konzentrierte mich mühsam.

Sechs Wochen Sommerferien lagen vor mir, und dann: mein ganzes Leben. Was wollte ich tun? Wer wollte ich sein?

Ich war nicht mehr die alte Juli, nicht mehr die, die es allen recht machen wollte, nicht mehr die, die alles kontrollieren musste, weil sie sonst Angst bekam. Die neue Juli war anders, mutig, geradezu rebellisch.

Ich war noch immer eine leidenschaftliche Denkerin, aber auch mein Denken hatte sich verändert. Es war nun viel fokussierter. In meinem Kopf passierte nicht mehr so viel gleichzeitig, dass ich den Überblick verlor.

Nachdenklich sah ich aus dem Fenster.

Hatte Anjano nicht gesagt, dass er in jeder neuen Lebensphase einen anderen Namen angenommen hatte?

Bei mir fand gerade die wahrscheinlich umfassendste Neuorientierung meines Lebens statt. Vielleicht sollte ich mir einen neuen Namen aussuchen, um den Wendepunkt zu markieren und anzuerkennen. Aber wie wollte ich heißen? Wer war ich?

Der weiße SUV meiner Mutter bog in die Einfahrt. Kurz darauf fiel die Haustür ins Schloss.

»Schatz!«, rief meine Mutter, kam mit schnellen Schritten zu mir und umarmte mich fest. »Du hast dich angezogen! Wie geht es dir?« Es war keine Floskel. Sie wollte es wirklich wissen. Ihre Augen sahen in mich hinein. »Es geht dir besser«, stellte sie fest. »Aber du bist trotzdem noch immer furchtbar traurig.«

»Ja, Mama.« Das Loch, das Anjano in meinem Herzen hinterlassen hatte, blutete unaufhaltsam vor sich hin.

»Du willst nach wie vor nicht darüber sprechen, hm?«, fragte sie bekümmert. »Und jetzt zieht Papa auch noch aus. Er ist schon weg, oder?«

»Er ist vor ein paar Stunden gefahren«, erwiderte ich. »Aber … wir haben uns versöhnt, irgendwie.«

Meine Mutter setzte sich mir gegenüber an den Küchentisch. »Hast du bei ihm auch die Hand aufgelegt, so wie bei mir?«

Ich nickte.

»Du hast da eine außergewöhnliche Gabe.« Neugierig betrachtete sie mich. »Seit du mir deine Hand aufgelegt hast, fühle ich mich ganz anders als vorher.«

»Wie denn?«

»Weicher, aber gleichzeitig auch stärker«, versuchte sie zu erklären. »Einfach … anders. Und das kann eigentlich nur vom Handauflegen gekommen sein.«

»Das wäre möglich.«

»Ja?« Sie nickte, und in ihrem Kopf drehten sich Fragen und Vermutungen. »Seit zwei Wochen kann ich mich viel besser in andere Menschen hineinfühlen.« Scheu lächelte sie. »In der Praxis hat mir das schon ein paar Mal geholfen. Weißt du, manchmal sind die Menschen gar nicht körperlich krank, sondern in der Seele. Das habe ich aber erst in den letzten Tagen erkannt.« Ihr Blick richtete sich nach innen. »Ich glaube, ich kann eine noch bessere Ärztin sein. Ich habe mich bisher zu sehr vom Drumherum ablenken lassen. Aber in Zukunft will ich mich mehr auf die Patienten konzentrieren.«

Ich lächelte schief. Es war seltsam, meine Mutter so sprechen zu hören, ungewohnt, aber schön.

»Ich hätte nie gedacht, dass Handauflegen so viel bewirken kann, und ich bin überrascht, dass du so etwas kannst, Juli …«, sagte sie mit fragendem Unterton.

»Handauflegen kann eigentlich jeder.«

Sie stutzte.

»Du kannst es bestimmt auch.«

»Ich?«

»Ja, man muss sich nur auf die Energie konzentrieren, und dann fließt sie. Probier es doch einfach mal und leg bei einem deiner Patienten selbst die Hand auf.« Ich wusste nicht, ob der Kosmos ihr das erlauben würde, aber einen Versuch war es womöglich wert, denn –

Da fiel mir etwas ein. Ungestüm drängte sich die Erinnerung in meinem Geist nach vorn, und mir blieb fast die Luft weg.

Anjano hatte gesagt, dass bereits vor dem großen Finanzcrash im Jahr 2040 immer mehr Menschen mit empathischer Begabung in Erscheinung getreten waren. Mit jedem Jahrzehnt waren es mehr und mehr geworden!

Konnte es sein, dass das Ganze hier seinen Anfang genommen hatte? Hier bei mir und meiner Mutter? Waren wir der Ausgangspunkt für die empathische Entwicklung? Waren wir … der Empathie-Urknall?

Ich schüttelte den Kopf, denn das war ebenso paradox wie meine Theorie zu Whoopis Forschungsinteresse!

Oder war auch dieses Paradoxon gewollt? Vom Universum gewollt und eingeleitet?

»Juli?«, weckte mich die Stimme meiner Mutter aus meiner Starre. »In deinem Kopf brodelt es ja richtig!«

»Es ist alles in Ordnung.« Ich nickte. »Es ist alles genau so, wie es sein soll.«

»Ja, findest du?«, fragte meine Mutter. »Es ist alles mit dir in Ordnung?«

»Was hast du jetzt eigentlich vor?«, stellte ich eine Gegenfrage, da ich wirklich nicht darauf antworten wollte. »Ziehen wir aus diesem Haus aus?«

»Ja, vielleicht. Obwohl es sehr schön ist, konnte ich es, ehrlich gesagt, noch nie so richtig leiden.«

»Ich auch nicht.«

»Es ist viel zu groß, nicht wahr?«

»Ja! Und zu protzig.«

Einen kurzen Augenblick lang war sie verletzt, aber dann sah sie ein, dass ich recht hatte. »Lass uns in ein kleineres Haus ziehen, eines, das besser zu uns passt.«

»Da bin ich sofort dabei!«, stimmte ich zu. »Mit diesem Haus könnten wir etwas anderes anfangen.«

»Etwas anderes? Was meinst du? Wir würden es doch verkaufen!«

»Brauchen wir das Geld denn unbedingt?«

»Nein. Nicht unbedingt, aber –«

»Dann behalten wir das Haus doch und machen etwas Gutes damit.«

Ihr Gesicht war ein großes Fragezeichen.

»Man könnte es der Allgemeinheit zur Verfügung stellen«, schlug ich vor, »vielleicht einen Mittagstisch für ärmere Leute hier einrichten. Oder eine Zuflucht für Obdachlose.«

»Obdachlose? In diesem Haus?« Meine Mutter schaute mich verblüfft an. »Ja, aber … das würde nicht passen.«

»Wieso nicht?«

»Weil das hier ein sehr schönes Haus ist!«, entgegnete sie und biss sich auf die Unterlippe, als sie merkte, was sie da gesagt hatte.

»Gerade die Leute, denen es nicht so gutgeht, verdienen etwas Schönes …«

Sie schaffte es nicht, meinem Blick standzuhalten, und senkte den Kopf. Dann sagte sie: »Papa würde das nicht gefallen.«

»Womöglich hat er aber auch gar nichts dagegen.«

Fragend hob sie den Blick wieder. »Meinst du, das Handauflegen hat ihn ebenfalls verändert?«

»Es könnte doch sein.«

Irgendetwas in ihr klickte. Ich konnte es beinahe hören. *Klick*. Sie richtete sich auf. »Gut, ich werde mit ihm reden.«

»Wirklich?« Ich konnte es kaum glauben. »Im Ernst?«

»Ja«, sagte sie lächelnd. »Ich will neu anfangen, und vielleicht ist … diese Richtung das Richtige für mich.«

Ich schnaufte. »Danke, Mama.«

»Schon gut. Ich wusste ja gar nicht, dass du dich für wohltätige Zwecke engagierst«, bemerkte sie.

»Das tue ich schon lange. Zumindest denke ich schon lange über solche Themen nach. Getan habe ich bisher zwar noch nicht viel, aber daran möchte ich etwas ändern.« Während ich das sagte, spürte ich auf einmal wieder, wie groß meine Sehnsucht war, etwas Sinnvolles zu tun und in meinem Leben etwas zu bewegen. »Es gibt viele Dinge, die ich ändern will.«

»Ich möchte auch etwas ändern – nämlich meinen Namen.«

»Wirklich?« Das war ja drollig. Meine Mutter hatte offenbar ganz ähnliche Gedanken wie ich! »Sofia fand ich immer schön«, sagte ich, »aber vielleicht passt ja so was wie Marlene oder Mathilda besser zu dir.«

Meine Mutter blickte mich verdutzt an. »Ich meine doch meinen Nachnamen.«

»Ach so!«

»Nach der Scheidung würde ich gern wieder meinen Mädchennamen annehmen. Meinen Vater würde das freuen.«

»Ah«, murmelte ich, während mir auffiel, dass ich ihren Mädchennamen gar nicht kannte. Meine Mutter hatte sich vor vielen Jahren, noch vor meiner Geburt, mit ihren Eltern zerstritten und die beiden mir gegenüber nie erwähnt.

»Ich habe vor, meine Eltern im August zu besuchen. Wir haben uns fast zwanzig Jahre nicht gesehen, aber jetzt ist es an der Zeit, die alten Wunden zu schließen.«

»Das ist bestimmt gut.« Ich dachte darüber nach. »Kann ich mitkommen?«

»Ja, natürlich!«, rief sie erfreut. »Du musst die beiden endlich kennenlernen! Sie sind … gute Menschen.« Dieses Eingeständnis fiel ihr nicht leicht. »Vielleicht möchtest du danach ja auch ihren Namen annehmen«, fügte sie scherzend hinzu.

»Wie heißen sie denn?«

»Sonrisa.«

Die Luft um mich herum schien sich ruckartig zusammenzuziehen.

Mein Atem setzte aus.

»Was?«, rief – nein, vielmehr schrie – ich im nächsten Moment, und hielt mich mit beiden Händen an der Tischplatte fest. »WAS?«

»Sonrisa ...«, wiederholte meine Mutter langsam. »Was ist denn plötzlich los?«

Mit weit aufgerissenen Augen starrte ich sie an.

Die Erkenntnis traf mich wie ein Hammerschlag.

SONRISA!

Oh. Mein. Gott.

Ich sackte zusammen.

Ich war es!

Ich war Marie Sonrisa. Die Frau, von der Anjano immer wieder gesprochen hatte. Marie Sonrisa, die Weichenstellerin der neuen Welt. Der führende Kopf der Revolution nach 2040. Die Initiatorin der *No-money*-Bewegung. Diejenige, die dafür gesorgt hatte, dass sich die Schere zwischen Arm und Reich für immer schloss.

Das war *ich*!

Ich klammerte mich krampfhaft an den Tisch und starrte mit großen Augen ins Leere ... und stellte fest, dass ich keine Angst hatte. Davor nicht. Es waren zwar riesige Fußstapfen, in die ich da treten sollte, aber bei der Vorstellung, dass ich die Welt dermaßen verändern würde, begann alles in mir zu prickeln und zu vibrieren, als steckte eine wahnsinnige Kraft in meiner Mitte, die nur darauf wartete, herausgelassen zu werden.

Marie. Natürlich Marie!

Welcher Name würde besser zu mir passen als der meines großen Vorbilds Marie Curie, die all ihr Geld gespendet hatte, obwohl sie selbst arm war?

Marie Sonrisa.

Ja, das war mein neuer Name.

Meine Aufgabe.

Mein Schicksal.

Doch dieses Schicksal hatte etwas ganz Besonderes an sich: Ich wusste bereits, dass ich die Aufgabe erfüllen konnte, denn Anjano hatte es mir erzählt. Für ihn waren Marie Sonrisas Taten historische Fakten, und aus dieser Tatsache konnte ich eine einzigartige Sicherheit ziehen, nämlich die, dass es möglich war. Mehr als das. Es würde geschehen, denn es war bereits geschehen.

Ich stöhnte auf, als ich erkannte, wie wichtig es war, dass ich das wusste. Ohne die Informationen, die Anjano mir gegeben hatte, hätte ich niemals den Mut für eine derart große Umwälzung aufgebracht. Das Geld abschaffen? Wie abwegig mir dieser Gedanke zuerst erschienen war! Hätte ich jemals geglaubt, dass Milliarden von Menschen der *No-money*-Bewegung folgen würden? Nie im Leben.

Angestrengt dachte ich nach.

Es musste so sein, dass Anjano auch deswegen hergeschickt worden war, um mir, der jungen Marie Sonrisa, mit leuchtenden Augen eine Vision der Zukunft zu präsentieren, die mich inspirierte und ermutigte, meinen Weg zu gehen. Einen Weg, den ich ohne Anjano nie zu betreten gewagt hätte. Denn vor ihm war ich keine Querdenkerin gewesen, keine Rebellin, ganz gewiss keine Anführerin.

Das hatte allein er aus mir gemacht.

Weil es *seine* Aufgabe gewesen war.

Mit klopfendem Herzen drehte und wendete ich die Fakten hin und her und kam zu dem Schluss, dass Anjano aus drei Gründen in meine Zeit geschickt worden war:

1.) Damit Whoopi Feuer und Flamme für die Quantenwissenschaft wurde.
2.) Damit bis 2040 immer mehr Menschen zu Empathen wurden – als Vorbereitung auf den großen Evolutionssprung.
3.) Damit ich von der Menschheit der Zukunft erfuhr, deren wundersames Miteinander mich beflügeln würde, genau das zu tun, was getan werden musste.

Ich klammerte mich noch immer an der Tischplatte fest und verfolgte meine erstaunlich klaren Gedanken.

Es bestand nun kein Zweifel mehr: Der Kosmos hatte sich allein durch ein Paradoxon selbsterhalten.

War es möglicherweise ebenfalls Marie Sonrisa gewesen, die dafür gesorgt hatte, dass die Regenwälder gerettet wurden? War sie es gewesen, die sich dafür eingesetzt hatte? Das hatte Anjano mir nie verraten.

Bei diesem Gedanken entspannten sich meine Finger plötzlich.

Es war gut, dass er mir das nicht gesagt hatte. Es war gut, dass ich nicht alles wusste. So konnte ich selbst herausfinden, was das Leben der Marie Sonrisa zusätzlich noch für mich bereithielt. Vielleicht konnte ich etwas für die Regenwälder erreichen. Vielleicht auch nicht. Wie jeder andere Mensch würde ich dies erst wissen, wenn es geschah. Und das war gut so.

Anjani hatte das wohl auch so gesehen. Sie hatte mir verboten, ihren Brief zu lesen, bevor ich meinen Weg nicht von selbst erkannte. *Gib dir die Chance, ein paar Dinge allein herauszufinden*, hatte sie gesagt.

Ich kannte zwar die Meilensteine von Maries Reise, von meiner Reise, aber der Weg selbst lag für mich zu einem großen Teil im Dunkeln. Das war aufregend, spannend und zugleich eine große Herausforderung. Ich würde die Welt verändern, aber wie genau ich das anstellen würde, was genau auf mich zukam, das würde ich erst wissen, wenn es so weit war.

Oder stand das etwa alles in Anjanis Brief?

Der Brief!

»Juli, du bist ja plötzlich ganz blass!«, stellte meine

Mutter fest. Sie schien mich die ganze Zeit beobachtet zu haben. »In deinem Kopf ist die Hölle los, oder?«

»Ja, ich denke über etwas Wichtiges nach.« Ich stand auf. »Ich muss … etwas machen. Bis später, Mama«, sagte ich knapp, verließ die Küche und lief die Treppe hinauf.

In meinem Zimmer setzte ich mich eilig aufs Bett und holte Anjanis Brief hervor. Ich hatte das Rätsel gelöst. Alle Teile des Rätsels, so weit ich es überblicken konnte. Nun durfte ich den Brief lesen. Was würde er mir zusätzlich verraten?

Das Briefpapier war alt und musste ebenfalls aus dem Museum stammen, doch die Schrift darauf war frisch aufgetragen und … gehörte Whoopi. Es war eindeutig Whoopis Handschrift. Zwar ein wenig krakelig und schiefer gelegt als die, die ich kannte, aber ohne Frage die ihre.

Mein ganzer Körper stand unter Hochspannung, als ich zu lesen begann.

Meine liebe Juli, Marie, Meta,
du hattest viele Namen, ebenso wie ich.
Ich schreibe dir in dem Wissen, dass du herausbekommen wirst, wer du bist – oder vielmehr, wer du sein wirst.
Anjano hat dir gewiss von Marie Sonrisa berichtet, und es wird bestimmt nicht lange dauern, bis du eins und eins zusammenzählst.
Weißt du, meine liebe Juli, erst, als Brix aus eurer Zeit

zurückkehrte, habe ich verstanden, was damals in jenem Sommer wirklich passiert ist. Jahrhundertelang habe ich mich gefragt, wie alles zusammenhing, aber mir fehlte immer dieses eine Bindeglied in der Kette, das ich erst jetzt bekommen habe.

Es war damals Anjano, unser Anjano, der dich besuchte! Ich wusste all die Jahre nur, dass es ein Zeitreisender gewesen sein muss, der dich in jenem Sommer so tiefgreifend inspiriert, verändert und auf deine Aufgabe vorbereitet hat. Aber du und ich konnten nie darüber sprechen. Sobald wir es versuchten, setzten Interventionen ein. Jetzt verstehe ich natürlich auch, warum, denn hätte ich gewusst, welche historische Rolle Anjano spielt, hätte ich ihn mit anderen Augen gesehen, hätte mich ihm gegenüber wahrscheinlich anders verhalten, und das hätte einen anderen Menschen aus ihm machen können.

Als Brix mir erzählte, dass Anjano für ein Mädchen namens Juli im einundzwanzigsten Jahrhundert bleiben will, da habe ich begriffen, dass Anjano der Zeitspringer ist, der damals alles verursacht hat. Wenn ich so darüber nachdenke, hätte niemand diese Aufgabe besser übernehmen können als er. Er ist der geborene Erzähler, nicht wahr? Dieses Blitzen in seinen Augen wird selbst eine Marie Sonrisa mitgerissen haben, und darauf kam es offenbar an. Ohne Marie Sonrisa wäre die Welt heute ein Jammertal, und ohne Anjano, der Geschichten erzählt, hätte es Marie Sonrisa wohl nie gegeben.

Ohne ihn wäre ich zudem vermutlich nie auf die Idee gekommen, Quantenphysik zu studieren. Ich erinnere mich noch sehr gut daran, wie faszinierend ich diese mysteriösen Geschehnissen damals fand, die Interventionen, die dich davon abhielten, mir von ihm zu erzählen. Das war das auslösende Moment für meine Liebe zur Quantentheorie und alles, was danach kam. Das ist schon kurios, oder? Wenn ich die Zeitachsen nicht entdeckt hätte, hätte Anjano auch nicht durch die Zeit springen können. Also musste er dafür sorgen, dass sich die junge Whoopi für Zeitreisen interessiert.
Ich begreife auch erst jetzt, dass bei dir wohl keine seltene Empathie-Mutation aufgetreten ist, die sich durch dich in der Bevölkerung verbreiten konnte, sondern dass wahrscheinlich Anjano bei dir die Hand aufgelegt und damit deine Empathie aktiviert hat, richtig? Wir haben nie offen darüber sprechen können, aber nun erkenne ich endlich die Zusammenhänge.
Noch etwas: Wenn Brix oder Anjano Marie Sonrisa persönlich kennengelernt hätten, hätten sie dich sicherlich erkannt, aber wie du dir bestimmt schon gedacht hast, war es dir nicht vergönnt, vierhundert Jahre alt zu werden. (Die wenigsten aus unserem Jahrhundert sind über hundertfünfzig geworden.) Doch in der Zeit, die dir zur Verfügung stand, hast du so viel vollbracht, wie zuvor kaum ein anderer Mensch. Jeder einzelne Tag war dir heilig, du hast jeden Augenblick genutzt. Nur auf diese Weise kann man solch hohe Berge versetzen, wie du es getan hast.

Meine liebe Juli, deine und Anjanos Geschichte rührt mich sehr. Ihr wart nie dazu bestimmt, ein Liebespaar zu sein, und doch war eure gegenseitige Anziehung essenziell für den Lauf der Geschichte, denn nur durch euer großes Interesse füreinander habt ihr euch derart intensiv ausgetauscht, wie ihr es musstet. Das erscheint dir sicherlich unfair, aber es gibt einen guten Grund dafür, warum ihr nicht für immer und ewig glücklich miteinander leben durftet. Den Grund siehst du auf der nächsten Seite.
In alter Freundschaft,
deine Whoopi, Arca, Albertina, Anjani

Mit laut pochendem Herzen nahm ich die nächste Seite zur Hand. Es war eine herausgerissene Seite aus einem anscheinend sehr alten Buch. In der Kopfzeile stand *Marie Sonrisa – Eine Biographie*.

Mein Rücken versteifte sich abrupt, und einen Moment lang kniff ich erschrocken die Augen zu, denn da war ein Bild, ein Foto von mir selbst – in der Zukunft. Ich hatte es ganz kurz nur gesehen, musste nun aber all meinen Mut zusammennehmen, um es mir eingehend anzuschauen.

Ich öffnete die Augen.

Ich sah mich. Oder besser: Marie Sonrisa.

Sie war etwa Ende vierzig, und sie sah ganz anders aus als ich. Marie stand aufrecht wie ein Segelmast, mit zurückgenommenen Schultern. Sie hatte raspelkurzes, schneeweißes Haar, trug eine viereckige, getönte Brille, und ihre Augenbrauen waren blau. Ja, blau!

Ich starrte das Bild an und konnte es kaum glauben. Die extrem kurzen Haare ließen mein abstehendes rechtes Ohr wie einen übergroßen Henkel wirken. Und dann die knallblauen, buschigen Augenbrauen. Das betonte meine Makel ja regelrecht! Marie Sonrisa musste ziemlich selbstbewusst sein, um so herumzulaufen, denn das war … einfach krass. Aber irgendwie auch cool.

Es war kein Wunder, dass weder Anjano noch Brix mich als Marie Sonrisa erkannt hatten. Ich hätte mich ja fast selbst nicht erkannt!

Nun sammelte ich erneut Mut, denn ich war auf dem Foto nicht allein zu sehen. Als ich mich stark genug fühlte, wanderten meine Augen weiter. Neben Marie stand ein gutaussehender Mann, ebenfalls etwa Ende vierzig, der den Arm um sie gelegt hatte. Ich fühlte einen heftigen Stich im Herzen. Es war grausam, jemand anderen an meiner Seite zu sehen als Anjano. Wer war dieser Typ? Auf meine Schule ging er jedenfalls nicht.

Langsam glitt mein Blick über die anderen beiden Personen auf dem Foto. Es waren zwei junge Frauen.

Sie waren groß. Sie sahen mir ähnlich.

Ich starrte sie an, erst die eine, dann die andere, und eine einzelne Träne lief mir die Wange hinab.

»Hallo, meine Mädchen«, sagte ich leise, wischte mir die Träne fort und las die Bildunterschrift: *Marie Sonrisa mit ihrem Mann, dem Ozeanologen Philipp Anderson, im November 2048, bei der Feier zur Verleihung ihres Friedensnobelpreises. Neben ihnen ihre gemeinsamen Töchter Marlene und Mathilda, die später die OceanHope-Anderson-Methode entwickeln sollten, durch die große Teile der Weltmeere mit Hilfe einer hydrophilen Sauerstoffkombination gereinigt werden konnten.*

Ich starrte auf die Worte, während ein bittersüßer Schmerz von mir Besitz ergriff. *Ihr seid der Grund. Meine Mädchen. Ihr müsst geboren werden. Genau ihr beide.*

Ich seufzte schwer. Dann schaffte ich es zu lächeln.

Es war in Ordnung. Ich konnte dem Universum verzeihen. Denn ich begriff nun, warum die Natur wie eine Löwin um die Existenz dieser beiden jungen Frauen gekämpft hatte. Meine Töchter würden dafür sorgen, dass die Ozeane wieder atmen konnten. Doch mit einem anderen Vater als diesem Philipp wäre das wahrscheinlich niemals möglich gewesen.

Auf dem Foto strahlte er übers ganze Gesicht. Er schien stolz auf mich zu sein.

Ich lachte erstickt.

Ich würde einen Nobelpreis bekommen. Den Friedensnobelpreis!

Gigantische Fußstapfen.

Ich betrachtete Marie Sonrisa mit einer Mischung aus Ehrfurcht und Begeisterung. Dann bemerkte ich, dass sie barfuß war. Auf ihrer Nobelpreisfeier. Ich kicherte.

Da fiel mein Blick auf die Kette, die sie um den Hals trug. An der Kette hing ein kleiner Holzanhänger. Ein geschnitztes Herz.

Ich riss die Augen auf. Es war Anjanos Herz! Es sah ganz genauso aus wie das, was er auf der Lichtung geschnitzt hatte!

Es hatte ein Loch.

Als ich das sah, beruhigte sich augenblicklich etwas in mir, fand ein kleines bisschen Frieden.

Ich trug Anjanos Herz. Auch in dreißig Jahren würde es noch da sein. Und Philipp hatte offenbar kein Problem damit, dass ich es trug. Es war Platz für dieses Herz.

Ich atmete tief und lang aus.

Auf der Seite befand sich ein weiteres Foto, ganz unten, recht klein. Ich hob das Blatt höher, so dass meine Nasenspitze beinahe das Papier berührte. Zwei Menschen waren auf dem Bild zu sehen, ein Mann und eine Frau. Als ich die Frau erkannte, verschluckte ich mich fast. Es war Whoopi! Ein wenig schlanker, als ich sie kannte, und mit vielen Lachfältchen um die Augen herum, aber ganz eindeutig Whoopi.

Der Mann neben Whoopi war enorm attraktiv. Und hellblond. Er war Anjano wie aus dem Gesicht geschnitten. So sehr, dass es wehtat.

Ich stöhnte auf.

Die Bildunterschrift lautete: *Quantenforscherin Arca Tempesta und ihr Mann, Benjamin Anderson.*

Moment mal, mein Mann hieß doch auch Anderson!

Aufgeregt überflog ich den Text der Seite, in dem es um die langjährige Freundschaft der beiden herausragenden Persönlichkeiten Sonrisa und Tempesta ging. Dann las ich diesen Satz: *Auf ihrer Hochzeitsfeier mit Philipp Anderson stellte Sonrisa ihre beste Freundin dem Bruder ihres Bräutigams vor. Es heißt, die beiden verliebten sich auf der Stelle ineinander. Sie heirateten ein Jahr später, und aus dieser Ehe gingen drei Kinder hervor.*

Ich lachte zittrig, denn die letzten Puzzlestücke fügten sich nun zusammen. Ohne Philipp und mich hätte Whoopi Benjamin wohl nicht kennengelernt. Ohne meine Verbindung zu Philipp wäre Anjano niemals geboren worden. Alles hatte so kommen müssen, wie es gekommen war.

Ich legte die Blätter zur Seite.

Anjano und ich hatten uns nicht lieben dürfen. Nicht für ein ganzes Leben.

Es war in Ordnung. Ich verstand es. Doch das bedeutete nicht, dass es nicht furchtbar wehtat.

Heiße Tränen strömten nun über mein Gesicht.

Das Loch in meinem Herzen schrie. Ich vermisste Anjano so sehr, dass ich glaubte, mich jeden Augenblick vor Schmerz auflösen zu müssen.

Plötzlich fuhr ein heftiger Luftzug durch mein Zimmer, ein Wind, eine regelrechte Böe, die wie aus dem Nichts zu kommen schien. Sie ergriff Anjanis Brief und die Seite aus meiner Biographie, ließ sie durch die Luft wirbeln und sog sie dann mit aller Macht durch den Spalt des gekippten Fensters hinaus.

Mit offenem Mund starrte ich den Blättern nach.

Sie waren fort.

Ich war mir sicher, dass ich sie im Garten oder auf der Straße nicht wiederfinden würde.

22.

Da klopfte es an meiner Tür. Ich zuckte zusammen. »Ja?«, rief ich und wischte mir eilig die Tränen fort.

Die Zimmertür öffnete sich. Ein liebes, rundes Gesicht schob sich zwischen Tür und Rahmen hindurch. »Hey«, sagte Whoopi vorsichtig. »Darf ich reinkommen?«

Ich sprang mit einem Satz in die Höhe, riss die Tür ganz auf und drückte Whoopi fest an mich.

»Holla, ganz ruhig!«, rief sie lachend. Doch dann merkte sie, dass ich weinte, und hielt mich einfach nur fest.

Es tat so gut, sie wiederzusehen, und ich war so unendlich froh, dass sie meine Freundin war.

»Ich hab dich lieb.«

»Ich dich auch«, gab sie leise zurück.

Ich löste mich von ihr und sah sie an. »Willst du mit mir zu meiner Lichtung gehen?«

»Was, echt? Du hast doch noch nie jemanden mit dahin genommen!«

Mir drehte sich vor Schmerz fast der Magen um, aber ich riss mich zusammen. »Ich will etwas holen«, erklärte ich. »Es wäre schön, wenn du mitkommen würdest.«

»Ja, gern«, sagte sie und musterte mich besorgt.

Ich griff nach ihrer Hand und verließ mit ihr das Haus.

»Du hast ja schon wieder keine Schuhe an!«, bemerkte Whoopi. »Willst du jetzt immer barfuß rumlaufen?«

Ich nahm die Schultern zurück. »Ich glaube, ja.«

»Du bist ganz schön seltsam, meine Liebe.«

»Stimmt. Ich finde mich ja manchmal selbst ein bisschen seltsam. Aber weißt du, was? Das stört mich nicht mehr. Vielleicht macht mich gerade das Seltsame aus.«

Whoopi seufzte. »Na also. Hast du's endlich kapiert.«

Ich lächelte. »Ja, ich habe es endlich kapiert.«

Whoopi schien sehr zufrieden. »Morgen hast du Geburtstag!«

»Oh, morgen schon?« Sie hatte recht. Morgen würde ich siebzehn werden.

»Sollen wir zur Feier des Tages in die *Kitty Kitchen* gehen? Wir könnten uns diese Mango-Eistorte bestellen und zu zweit verputzen!«

Ich überlegte. Was wollte die neue Juli? Was wollte Marie? »Nein«, entgegnete ich. »Ich gebe eine Party.«

Whoopi blieb stehen. »Was?«

»Ich will richtig feiern. Ich lade alle ein, Antonia, Larissa und die anderen Schätzchen, Carla, und überhaupt alle. Wir feiern bei uns im Haus. Wir werden tanzen!

Dann sehen endlich mal alle, was für ein Knaller du auf der Tanzfläche bist!«

Whoopi starrte mich entgeistert an. »Das ist dein Ernst, oder?«

»Ja, absolut.«

»Was ist, wenn keiner kommt?«

»Die werden kommen. Jede Wette«, antwortete ich mit so viel Selbstbewusstsein, dass ich Whoopis Zweifel damit zu zerstreuen schien.

»Okay, dann feiern wir!«, rief sie, warf ihren langen Zopf über die Schulter zurück und setzte sich mit beschwingten Schritten wieder in Bewegung.

Ich schwang mit.

Feiern.

Ich würde feiern, dass ich noch am Leben war.

Dass ich ihn hatte lieben dürfen, für eine Zeit.

Wir kamen auf der Lichtung an. Sobald wir die Wiese betraten, bekam ich ein mehr als mulmiges Gefühl im Bauch und wäre am liebsten wieder umgekehrt. Aber ich wollte nicht ohne es gehen.

Der Unterschlupf war fort. Wo er gestanden hatte, war das Gras plattgedrückt und gelb, aber alle Bretter und Äste, die unser Nest zusammengehalten hatten, waren verschwunden.

»Das ist ja superschön!«, rief Whoopi und drehte sich um die eigene Achse. »Kein Wunder, dass du dich immer hierhin flüchtest. Hier ist es so friedlich!«

Ja, genau das Richtige für jemanden, der mal den Friedensnobelpreis bekommt, dachte ich beiläufig und hielt nach meinen Taschen Ausschau. Offenbar hatte Anjani sie ebenso verschwinden lassen wie den Unterschlupf, was mir aber durchaus recht war. Die Dinge, die ich mit ihm auf der Lichtung benutzt hatte, wollte ich nicht wiederhaben, denn sie würden mich nur traurig machen.

Aber eines wollte ich.

Langsam streifte ich durchs Gras und spähte umher. Es musste doch hier sein! Schließlich hatte ich es auf dem Foto gesehen …

Suchend ging ich zu meinem Platz am Teich. Hier hatte Anjano immer gesessen und geschnitzt. Lag es womöglich hier?

Ich blickte mich um.

Und da war es.

Das Herz.

Das Herz mit dem Loch.

Es lag auf dem Boden, gleich neben dem Küchenmesser und dem wiesengrünen Frühstücksbecher, aus dem Anjano immer getrunken hatte.

Ich sank auf die Knie.

Er musste diese Dinge an seinem vorletzten Tag noch benutzt haben, und dann waren sie hier liegen geblieben.

Bebend nahm ich das Herz in die Hand.

Es war warm von der Sonne, aber für mich fühlte es sich an, als sei es warm von seiner Liebe.

Wieder stiegen mir Tränen in die Augen. Wie soll ich das alles nur ohne dich schaffen?, fragte ich ihn verzweifelt in Gedanken.

Da legte sich mir eine tröstende Hand auf die Schulter. »Warst du mit dem Zeitreisenden hier auf der Lichtung?«, fragte Whoopi. »Hat er das für dich gemacht?«

Ich nickte und zeigte ihr das Herz.

»Das ist unglaublich schön«, sagte sie und bewunderte das kleine Kunstwerk.

»Ich werde es an einer Kette tragen.«

»Ja, das solltest du tun«, sagte Whoopi in feierlichem Ton. »Es sieht aus, als müsste es gewürdigt werden.«

Damit hatte sie vollkommen recht.

In meinem Herzen würde auf ewig eine Bruchstelle sein, ein Loch, das sich niemals schließen konnte. Aber ich würde lernen, mit diesem Loch zu leben. Ich musste es lernen. Ich musste leben, und ich wollte leben. Leben und das Leben feiern, jeden Augenblick, wie er es mich gelehrt hatte. Dinge bewegen. Die ganz großen Räder drehen und dabei die eine Liebe im Herzen bewahren, die all dies ermöglicht hatte.

Für immer.

DANKE

Ich danke meinem Freund Piam, mit dem ich unermüdlich über eine bessere Welt, die Wege der Liebe, über Handauflegen und die Zeit diskutiere. Piam, der Philipp liebt als sei er Anjano, und der sich selbst meine Muse nennt. Und das ist er auch.

Ich danke meinem Mann Guido, der den Bieber zuerst Butzemann nannte, und der mir nicht nur unzählige Vorlagen für witzige Kommentare in meinen Büchern liefert, sondern darüber hinaus eine weise alte Seele ist, die mir das Anderssein so viel leichter macht.

Dank an meine Testleser, die ›Der Sommer, in dem die Zeit stehenblieb‹ vorab auf Herz und Nieren geprüft und mit hilfreichen Bemerkungen nicht gespart haben: Carola, Niko, Anne, Bine, Aline, Kerstin, Manu, Anja, Tuulia und die Teen-Testleser des S. Fischer Verlags!

Ich danke Gesu und Kerstin, die mich in meinem Traum, Schriftstellerin zu werden, bestärkt haben, als alle anderen mich belächelten. Danke Reiki!

Dank an Paps, Eva und Brigitte – für alles.

Dank an Michélle Pyka für das zuverlässige Finden von Fehlern und Murks in meinen Manuskripten.

Dank dem Team von FISCHER KJB, das mich auf die netteste Weise betreut und unterstützt. Einen herzlichen Dank insbesondere meiner Lektorin Katja Massury für die tolle Zusammenarbeit!

Ich danke nicht zuletzt allen Lesern, die sich mit mir, Anjano und Juli auf den Traum von einer besseren Welt einlassen.

Tanya

Das Buch

Als die Bundesrepublik die DDR übernahm, änderte sich vieles: die Kaufhallen wurden voller, die Arbeitsplätze rarer, und wer noch konnte, konnte ans Mittelmeer reisen. Und es kam das bürgerliche Recht in Form des BGB. Das Bürgerliche Gesetzbuch ist, wie man im Osten nun erfahren konnte, deshalb so dick, weil es viel mehr Verbrechen kennt als, beispielsweise, das Zivilgesetzbuch der DDR. Der Autor dieses Buches beschreibt hier, ganz in der Manier seines Vorgängers Gayot de Pitaval, einige der »merkwürdigsten Rechtsfälle«, die sich in Neufünfland ereigneten und die man hier ohne Wiedervereinigung vermutlich nicht hätte erdulden müssen. Es handelt sich um Verbrechen, wie sie in der kapitalistischen Welt an der Tagesordnung sind, Mord also und Korruption, Unterschleif, Veruntreuung, hanebüchene Finanzdeals. Hinzu kommen Fälle von physischer, psychischer, ökonomischer Existenzvernichtung, Verleumdung, Nazigewalt, Verschleuderung von Volksvermögen –, Fälle, wie sie sich hierzulande nur nach Niederwerfung des Sozialismus ereignen konnten.

Der Autor

Klaus Huhn, Jahrgang 1928, Berliner, seit 1945 publizistisch tätig. Er gehörte zur Gründergeneration der Tageszeitung Neues Deutschland *und war bis 1990 dort tätig, die meiste Zeit als deren Sportchef. Bis 1993 war er Vizepräsident des europäischen Sportjournalistenverbandes. Klaus Huhn gehörte zu den namhaftesten und umtriebigsten Sportjournalisten der DDR; so war er beispielsweise Mitorganisator und Begleiter der alljährlich im Mai stattfindenden Internationalen Friedensfahrt, des größten Amateurradrennens der Welt. Nach seinem Ausscheiden aus dem* ND *gründete Huhn den Spotless-Verlag und den Spotless-Buchclub, die sich beide seit nunmehr fast zwei Jahrzehnten erfolgreich im Buchmarktgetümmel behaupten. Inzwischen erschienen weit über 200 Bücher bei Spotless, darunter nicht wenige von Huhn selbst. Zuletzt legte er hier in der* edition ost *eine viel beachtete Schrift über die Abwicklung der DDR-Wirtschaft vor: »Raubzug Ost. Wie die Treuhand die DDR plünderte« (2009).*